U0781892

内容简介

据《福尔摩斯探案全集》中《最后一案》描述，1891 年 5 月 4 日，在瑞士著名风景莱辛巴赫瀑布上，最杰出的护法卫士福尔摩斯与最危险的罪犯莫里亚蒂紧紧地扭打在一起，摇摇晃晃地坠入漩涡激荡、泡沫翻腾的无底深渊。很多人都以为福尔摩斯已不幸坠崖身亡。然而，事实并非如此。福尔摩斯死里逃生之后，在 1891 年到 1894 年这三年时间里，为了躲避莫里亚蒂同伙的追杀，隐姓埋名，游遍亚洲，从拉萨到加德满都，从东印度群岛到拉贾斯坦沙漠，以自己的聪明才智，先后破获了一系列重大案件，将一批隐匿多年的罪犯捉拿归案。该书详细地描述了福尔摩斯在东方历险的每一个细节，全面揭开了福尔摩斯消失三年之谜。多年来，遍及全球的"福迷"一直对福尔摩斯在失踪的三年里的经历感到好奇。《在失踪的三年里》巧妙地填补了柯南·道尔这位伟大作家留给读者的缺憾。

目 录

序言

　　我发现，在过去的差不多二十年的岁月里，由于夏洛克·福尔摩斯的失踪而引起了公众对他的极大关注。从他在莱辛巴赫瀑布失踪开始，到在罗纳德·阿黛尔案件时的回归，在这段漫长的岁月中究竟发生了什么，一直都是报刊界和文学界所关注的焦点。直到现在，我才终于得到了福尔摩斯的授权，为望眼欲穿的各位带来我所整理的《夏洛克·福尔摩斯东方案件专题汇总》。不过在意大利和某些欧洲国家还在等待福尔摩斯的最终授权，以便集册出版。

　　这里叙述的案件大多发生于 1891 年至 1894 年之间。当时，福尔摩斯还不被世人所知，他还在专注于与他的那些不共戴天的遍布世界各地的敌人进行殊死的战斗。1894 年他回到伦敦并与我见面之后，开始向我口述这些案件的相关内容。那时正值秋冬交际之时，他正饱受抑郁症的困扰，只有向我讲述这些案件的时候，他的精神才会因此而获得些许的宽慰。他一直被这种状态困扰，直到来自犯罪世界的全新挑战出现，让福尔摩斯才再次活跃起来。

在阅读下面的故事之前，读者们大概都已经了解福尔摩斯曾经极富戏剧性地在瑞士突然失踪，然后在三年之后再次于伦敦出现这件事了。除了一些欧洲和英格兰媒体的歪曲报道之外，其他部分大都比较贴近事实。读者们如果不熟悉这起事件的话，可以翻阅我之前关于这起事件的详细记录，我在《最后一案》和《空屋奇案》中，曾对这起事件做了非常全面的介绍。

尽管可能有过于详述个人隐私的嫌疑，我还是决定将福尔摩斯失踪之后的行动和遭遇稍作介绍，这会对读者的阅读和理解有所帮助。熟悉我之前作品的人可能还记得，在之前的作品中我曾经提到过，福尔摩斯和我曾经有幸前往莱辛巴赫瀑布旅行，莫里亚蒂紧跟而来。尽管这件事已经过去几十年了，在我提起笔来时，最危险时刻发生的事情仍然在我的脑海里反复徘徊，难以忘却。当时，我和福尔摩斯向瀑布的方向行进时，我们下榻的酒店的一名年轻的瑞士仆从追上来说，住店的一个英国女人被发现患有晚期肺结核，请求我这名英国医生赶往急救。我匆匆忙忙地与福尔摩斯道别，在瑞士小仆从的陪同下，紧急赶往酒店。我往回走的时候，隐约觉得似乎有一个又瘦又高的人沿着通往瀑布顶端的小路快速前进，不过当时因为有重症患者等着我，我并没有多想。可是当我回到酒店的时候，酒店的老板彼得·席勒却告诉我，根本就没有什么病人，并且他也没有让人去叫我。我立刻意识到，自己被骗了，这个消息其实是利用我的职业设下的圈套。我立刻冲出酒店，向瀑布的方向飞奔而去。可惜还是太晚了，当我到达那里的时候，福尔摩斯已经失踪了，我在那里只找到了他为了攀登阿尔卑斯山所准备的装备和一张纸条。福尔摩斯在纸条上写道，他已经猜到刚才把我叫回酒店的消息是一个圈套，但是他觉得，他自己去对付凶恶的莫里亚蒂会更好一些，这是他们彼

此之间最后一次见面，也是他们无法避免的宿命。当时，我久久地凝视着面前奔腾而下的瀑布，以为福尔摩斯已经和他的宿敌一起葬身于可怕的深渊之中。当时，我十分沮丧和懊悔，因为在此之前我没有认出走向瀑布顶端的那个瘦高的人是莫里亚蒂。为此我遭受了十分沉重的打击，心中充满对于自己愚钝反应的懊悔，我因为一个小小的疏忽而失去了我在这个世界上最好的朋友。在那之后，我心情沮丧地回到了伦敦。我要感谢我的妻子，是她在伦敦陪着我熬过了最开始那一段郁郁寡欢的日子，用她的温柔逐渐消除了我内心的创伤。在那段黑暗的日子里，唯一的光明是莱斯特雷德带给我的，他告诉我，莫里亚蒂的大部分黑帮成员已经被捕，四十多名罪犯接受了审讯。可惜的是，包括莫里亚蒂在内的几个核心人物侥幸逃脱，成了漏网之鱼。警方推测，他们可能已经逃离了英格兰，其中有莫里亚蒂的主要助手塞巴斯蒂安·莫兰，有消息称，他可能已经逃往瑞士。其他成员则已经四散逃离，不知去向。

　　尽管有妻子的温柔和帮助以及忙碌的医疗工作分散注意力，我和我亲爱的妻子都意识到，要想让我早日从内心的伤痛中解脱出来，抚平我的伤口，我需要更多的东西充实自己的生活。妻子建议我，到欧洲大陆进行一次旅行，在那里待上几周，去一些我从来没有去过的地方，说不定可以让我好过一些。于是，我把我的患者推荐给在圣巴特的一位值得信任的同事，然后购买了前往那不勒斯的船票，在风浪之中开启了地中海之旅。

　　然而，大西洋恶劣的天气并未缓解我的伤痛，不过当我们乘坐的船驶过直布罗陀海峡之后，弥漫天空的乌云终于慢慢散去，我的心情也渐渐地变得放松起来，就像一个长期身处阴霾的环境中并极度渴望阳光的伦敦人，突然置身于英格兰南部温暖的环境之中，被明媚的阳光抚慰。我搭乘的隶属丹麦的奥尔布号船正行驶在前往亚历山大港和君士坦丁堡的航线上，它将在拉维罗停留一段时间，几周之后返回英格兰。也就是在那个地方，我听到了詹姆士·莫里亚蒂散布的诋毁福尔摩斯并且抬高他那位死去的兄弟的恶心的流言。意大利人乐此不疲地对福尔摩斯进行的诽谤以及关于莫里亚蒂的虚假传说让我无比愤慨，我决定从痛失好友的悲痛中挣脱出来，把我在瑞士最后几天经历的事情写出来，回击这种无耻行为。

我回到伦敦后，得到了福尔摩斯的哥哥迈克罗夫特的诸多帮助。在此期间，迈克罗夫特多次邀请我到戴奥真尼斯俱乐部与他共进晚餐。尽管迈克罗夫特略显肥胖的外表让人很难把他和消瘦的福尔摩斯联系起来，但他敏锐的头脑和极富逻辑性的思维方式与他的弟弟如出一辙，这几乎让我产生了一种错觉，福尔摩斯似乎并没有离开我，他还生活在我周围的世界之中。在一次聚会结束之后，迈克罗夫特邀请我陪同他一起前往福尔摩斯在贝克街的寓所。福尔摩斯失踪之前应该已经有所预感，感觉到自己与莫里亚蒂的会面并不会完全按照自己预料的那样发展下去，所以，福尔摩斯在动身之前给迈克罗夫特留下了一个信息，要求哥哥在自己发生意外的情况下协助处理自己的私人物品，其中就包括福尔摩斯留下来的各种文件。迈克罗夫特的处理方法非常简单，就像大多数讨厌麻烦的人一样，他决定让这里维持原样，仍然按时支付适当的房租给哈德森太太，直到他觉得自己有精力和时间来慢慢处理福尔摩斯的私人物品为止。那是福尔摩斯失踪之后，我第一次回到我和福尔摩斯曾经合租的住所。当我迈进这充满回忆的地方时，眼泪顷刻间模糊了我的视线。在迈进那里之前，我心中还有一丝渺小的希望，希望我走进那里时能看到福尔摩斯坐在他

的那张椅子上，手里拿着他的烟斗向我打招呼。可惜这一切都是幻想，福尔摩斯并没有出现在那里，只有哈德森太太见证了我因痛失好友而缓缓滴落的泪水。

在1892年和1893年的春天，我去了两次让我痛彻心扉的莱辛巴赫瀑布。我的悲痛和懊悔虽然随着岁月的流逝已经得到了缓解，但是绝不会消失。一种复杂的感觉驱使我一次又一次地回到这个可怕的地方。我的内心深处始终抱有一丝希望，因为并没有福尔摩斯的尸体被发现的消息，所以我还对福尔摩斯并没有死亡抱有一丝期望，认为他还会再次出现在我的面前。但是，在巨大的瀑布面前，我心中渺小的希望被汹涌而来的水流扑灭了，面对这大自然的奇迹，福尔摩斯似乎除了死亡再无其他可能。在那里，除了福尔摩斯留下的为攀登阿尔卑斯山准备的装备和那张纸条之外，我没有发现任何让人振奋的东西。我还曾经试图在瀑布之下找到一丝他的被忽略了的痕迹，这是我心中的最后一丝幻想。可经过长时间的努力，我的希望完全破灭了。那里除了奔腾汹涌的瀑布发出的吼声之外，什么也没有。他就这么消失了，没留下任何线索。此时，我心中被幻想所充斥，似乎时间倒流，让我回到了那最后的时刻，挽留住了那时的我，改变自己的决定，让福尔摩斯不至于独自面对强敌。只可惜，幻想终归只是幻想，即使我无限懊悔，现在也已经太晚了。

在我回到瀑布的日子里，我仍然住在迈林根酒店，在此期间，我曾经和酒店老板彼得·席勒进行了一次长谈，询问在福尔摩斯消失的那几个小时发生的事情。现在已经确定，我离开福尔摩斯返回酒店时看到的去瀑布的那个人就是莫里亚蒂，那个给我传递消息的年轻瑞士仆从是他雇的。那个小男孩儿在事发前一天刚到酒店工作，因此，酒店老板无法向我提供更多的关于那个男孩儿的信息。事件发生之后，那个小男孩儿就消失得无影无踪了。

1894 年春季，距离福尔摩斯失踪已经快要三年了，在糟糕的天气刚刚过去的 4 月份，我终于决定就留在英格兰，不再去那个让我悲伤欲绝的瀑布，再次揭开我心灵的伤口。我开始用大量的工作充实我的生活，以分散我的注意力。随着时光的流逝，我的痛苦渐渐减轻。我渐渐可以用稍微冷静的心态去回忆我和福尔摩斯之间一点一滴的往事，不再像之前那样感觉痛彻心扉。通过那些美好的回忆，我重新经历了那些和他一起与犯罪分子斗智斗勇的日子并从中感受到了乐趣。无论福尔摩斯在其他方面有多么高的天赋，他对我影响最大的就是引起了我对侦破案件的兴趣，我现在习惯性地喜欢寻找伦敦报纸上的各种案例，探寻其中的细节，并且乐此不疲。在这个过程中，我似乎又看到了那个曾经和我形影不离地探究案件的伙伴福尔摩斯，他的声音似乎再次在我的耳边响起。他每次都用他那特别的说话方式提出他的理论依据和根据这些理论推导出来的破案方法："也许你了解了一些，华生，但是你没有注意到……""亲爱的华生，根据对这些琐事的分析，我得出了如下结论……""你知道我的方法，华生，只要按照这些方法……"尽管通过和福尔摩斯的长期接触，我已经很熟悉他那一套破案的理论和方法，但我的反应总是非常迟钝，那些熟练地运用到侦破案件中去。我没有侦破任何一犯罪行为，也没有为伟大的苏格兰场侦探们提供任帮助的建议。没有了福尔摩斯，打击伦敦犯罪行了莱斯特雷德、托拜厄斯·格里格森以及阿塞上，他们一直在为此而努力，并且好歹算是糟糕的一伙人，就像福尔摩斯说的那样，虽

然事情很麻烦，但是总要有人去做。

　　在这个春天，罗纳德·阿代尔的英年早逝引起了我的注意，这起谋杀案震惊了整个伦敦上流社会。我全力关注着这起可怕的犯罪案件，并且竭尽所能地搜索着每一个可能的相关线索，我甚至冒着很大的风险去了这起谋杀案的犯罪现场柏宁酒店。我有一种感觉，我似乎被福尔摩斯长期以来对我的潜移默化所左右，自我强迫似的追踪着这起案件。我还清楚地记得那天发生的事情，当我抬头望向发现阿代尔被杀的房间时，因为房间太高，为看到那里的全貌，我不得不向后挪动了一下，撞到了身后的人。我转过身来，看到身后一位年老干瘦的绅士正在弯着腰捡被我撞掉的一些书。我连忙上去帮忙，以弥补我的过失，可这位先生的言语和举止让人心生厌恶，所以我最后放弃了，不再理会那人。我在那里停留了几分钟，从聚集在那里的一群好事者中打听各种各样并且毫无根据的小道消息，然后离开那里，转身回家。

　　我刚刚回到家没几分钟，就响起了一阵敲门声。我打开门，惊讶地发现，刚才那位被我撞到的老绅士就站在我家门前，手里仍然拿着那些书。他先为自己刚才的粗鲁行为向我道歉，因为他终于认出了我，我们两个人其实是邻居，他在我家附近经营着一家书店。接着他问我，对他手里捧着的那些书感不感兴趣，有没有购买的意思。“这些书……”他向我介绍说，然后用修长的手指指向我的身后，“放在那边的书架上会非常合适的。”

　　当他这么做的时候，我下意识地随着他的手指把目光转向我的身后，当我回过头来的时候，那位老绅士不见了，在他刚才站立的位置上换成了我最亲爱的朋友夏洛克·福尔摩斯，他的脸上露出曾无数次出现在我梦中的既亲切又熟悉的灿烂笑容。而刚才那位老绅士已经变成了一堆破布和假发，堆在我和福尔摩斯中间的地板上。接下来发生了什么我现在根本记不住了，我的记忆一片空白。后来福尔摩斯告诉我，当时我的脸色一下子变得惨白，然后突然倒在地上昏迷不醒。在我很快恢复了知觉并且确认面前的福尔摩斯是真实存在的而不是我的幻觉的时候，我立刻把憋在心里的一系列问题连珠炮一样问了出来。福尔摩斯耐心地解答了我的问题，向我讲述了他在瀑布应对莫里亚蒂的袭击以及那位堪称伟大的罪犯最后从瀑布顶端跌落下去的经过。他说，当时他之所以做出让世人以为他已经死了的决定，是因为只有这样他才能够更加从容有效地应付他的那些敌人。接着，他向我简单叙述了他此后的旅程：他去了意大利，还去了西藏，并且还造访了波斯、麦加和喀土穆。在我们之间的一问一答过程中，各位现在看到的这部书稿渐渐成形。

福尔摩斯在《最后的致意》之后宣布退休，在苏塞克斯成了一名养蜂人。当然，如果我说事实真的是这样的话，无疑是对公众的一种欺骗。事实上，这是一种策略，而福尔摩斯也因此再一次获得了成功。他的敌人被他迷惑了，以为福尔摩斯已经彻底退休，安享着他的退休生活。其实福尔摩斯始终关注着种种犯罪活动。福尔摩斯在他"退休"的日子里，侦破了很多当时发生的重大疑难案件，其中一部分案件被我写进了《浩劫余波》一书中。

这个世界上的犯罪活动并没有多到可怕的程度，但是，如果有读者受我的作品影响，以为侦破这些案件就像我在某些作品里写的那样简单，那就是我的失职。实际上，侦破这些案件通常需要好多年时间，大家看到的往往是很久以前的经过删减和整理的案件记录。而且福尔摩斯并不是一个很好的叙述者，往往我不停地追问他才会对我的问题做出回应。有的时候，一个单独的篇幅不长的故事叙述的案件，在现实世界里往往需要好几周时间才能

侦破。

　　福尔摩斯曾经完整地阅读过我的这份手稿。以前，他经常抱怨我把他的破案过程写得和冒险故事一样。他更喜欢用他称之为"科学讨论"的方式，仔细研究案件的某些重要线索，然后依据这些线索做出符合逻辑的合理推论，把整个案件写得和标准的报告文学一样。不过，尽管他对我的描写方法有小小的不满和疑惑，还有一点儿不太情愿，并且把我的手稿称为"寓言故事"，但还是认可了我的手稿。在福尔摩斯的极力建议下，我把书稿中的一些故事修改了一下年份，把历史稍微歪曲了一下。这么做的目的是保护这些离奇案件中的幸存者，并且迷惑那些在福尔摩斯的努力下仍然逍遥法外的罪犯。这里记录的所有案件都发生在1891 年至 1894 年之间，一些细心的读者可能会从这段时间中发生的某些事中发现和书稿里的故事相关的蛛丝马迹。不过，你如果想把这些故事和那些历史事件进行对比的话，恐怕你会大失所望的。

约翰·H. 华生，医学博士

1922 年 2 月 27 日于伦敦

总督助理

　　我的朋友夏洛克·福尔摩斯回到伦敦几周后，他的精神再次出现忧郁症的征兆，他开始变得没精打采，郁郁寡欢。这种情况以前就在福尔摩斯的身上出现过，让我对他的精神健康十分担忧。他开始很少出门，整天缩在贝克街的公寓里，尽管哈德森太太不止一次地对他发出了很严厉的警告，可是他还是几乎什么都不吃。福尔摩斯在每天的大部分时间都茫然地注视着一个地方，偶尔也会拿起自己的小提琴，拉一些门德尔松作曲中的伤感音乐。在这个过程中，他如果感觉手里的乐器稍不如意，就会毫不留情地把它扔到一边，然后坐在沙发上，最后进入深度睡眠状态。每天他唯一充满热情的时刻，就是送报人送来晨报的时候。他会兴奋地在报纸上搜寻所有的信息，如同饥饿的人一样寻找一些能够让他的焦躁不安的大脑兴奋起来的东西。可惜，报纸上出现的绝大多数都是最普通的那种案件，在福尔摩斯看来，这些作案的罪犯愚蠢透顶，他看一眼就能明白这种案子的一切内容。

　　"华生，我想，我的确是消灭了我的敌人……"一天清晨，吃完早餐之后，福尔摩斯闷闷不乐地对我说，"但这很有可能也同样摧毁了我自己。你看看这些无聊的案子：查令十字街发生了一起银行抢劫案，一个男人在牛津杀了他有外遇的妻子，怀特查佩尔的一家工厂被偷了几桶肥料。天啊！如果再继续这样无聊下去，我该怎么办才好？"

"亲爱的福尔摩斯……"我对他说，"也许我们应该去欧洲大陆逛逛。伦敦这种糟糕的阴沉天气导致你有某些忧郁症的倾向，而且……"

我的话没有说完，因为我发现，他似乎不像往常那样沉默并且茫然地注视着一个地方了。长期的共处让我知道，当他处于这种状态的时候，我最好不要去刺激他。我也很害怕他会因为无聊再次吸食可卡因。我这时候无法判断他是否会这么做，因为福尔摩斯到现在一直都在控制着自己，尽量避免使用这种药物。

不过出乎我的意料，福尔摩斯突然开口了："你说得对，华生。我应该尝试改变一下自己的生活态度，这可能会让我好过一些。但是我还没有做好去欧洲大陆的准备。我们可以从一些小事情做起，比如，我们先出去散散步，或者去听一场音乐会。萨拉萨特今天下午有一场演出，如果他的发挥稳定的话，就值得我们为他的表演花费时间。"

漫步走过圣詹姆斯，好像对舒缓福尔摩斯的情绪起到了一些积极的作用，因此听完音乐会之后，我们决定再次走回公寓。这一次我们准备横穿海德公园。我们的时间掐算得刚刚好，我们到家的时候正好是在晚饭前。当我们走进屋里的时候，我注意到，屋子的一扇窗户开着，从窗户外面吹进来的风卷落了福尔摩斯桌子上的一些文件。我连忙走过去把它们捡起来，这时，我在文件中发现了一张便条。便条上的字苍劲有力，很显然当时写这些字迹的手充满了活力。

便条上写着:

我亲爱的福尔摩斯:

我非常感激你在可悲的麦斯威尔事件中给予我的帮助。你也因此为你的国家做出了杰出的贡献,帝国的和平有你一份巨大的功劳。我希望你在返回英格兰的旅途中一路顺风。

柯曾

这张便条的内容让我非常惊讶,也引起了我极大的兴趣。于是,吃晚餐时我对福尔摩斯说:"我亲爱的福尔摩斯,你从来没有和我说过你去过印度。"

他抬头看了我一眼,但是我敏锐地从他眼中察觉到了一丝稍纵即逝的亮光。

"啊,这么说,你看到柯曾勋爵的便条了?"

我点了点头。

"是的,我看到了。"接着,我有些恼火地说,"我必须说,我有点儿生气,作为你的朋友,我竟然不知道你曾经为捍卫帝国的和平付出过努力。你竟然从来没有对我说过这件事。"

"只是一些微不足道的小事罢了,华生,这件事的细节只有我和柯曾勋爵知道。而且我可以很负责地告诉你,这件事的细节我了解得比柯曾勋爵还多。如果我把这件事告诉你的话,你就是除了我们两个人之外第三个了解这件事内情的人了。但我要恳请你暂时不要让公众们过早地知道这件事。到目前为止,因为这件事引起的国家和国家之间的紧张气氛还在持续着,而且还有很多人正在承受着这起可怕事件造成的巨大痛苦。"

很显然，福尔摩斯因为这个话题变得热情起来。而且我发现，他很兴奋地想要向我描述这件他觉得很有趣的案件。在这一刻，他眼中的迷茫和失落消失了，他再次变成了我记忆中的面对真正对手时才会出现的那个精力充沛的福尔摩斯。

"当然了，我的朋友！"我很认真地对他说，"在得到你的认可之前，我绝不会向公众透露一个字！"

"既然这样的话，那么好吧，亲爱的华生，我就和你说说这件案子。在这样一个无聊的日子里，追溯一下那些有趣的案件，也是一个比较不错的排解寂寞的方式，可能会让我的心情稍微好一些。通过这种方式，我至少能让我的思维保持活跃，一直到伦敦发生让我感兴趣的事情为止。"

我们尽可能快地解决了我们的晚餐，离开餐桌，坐在起居室舒服的椅子上。福尔摩斯在自己的拖鞋上敲了几下烟斗，把里面清理干净，然后重新填满烟丝并点燃，叼在嘴里，然后开始用低沉的声音向我讲述这个让他双眼炯炯有神的故事。

"华生，关于这件事，我想，最好从莫里亚蒂死亡之后我的旅行正式开始的时候说起。你可能还记得，我之前和你说过，在那之后，我去了西藏，和喇嘛首领一起度过了两年的时光。"

"是的，你提到过这件事。"我点了点头，"那时你是以一个叫西格森的挪威人身份在旅行。接着，你又去了波斯，造访了麦加，然后去了喀土穆。我记得你当时是和我这么说的。"

"没错，亲爱的华生，你的记性真不错。啊，我在世界其他地方停留的时间似乎多于与你在一起的时间。当时我的确去了波斯和阿拉伯半岛，但我并不是从西藏直接去那里的，而是绕了一大圈儿。离开拉萨之后，我就不再使用西格森这个身份了。你是了解我的，华生，你知道我有一定的语言天赋。我在喇嘛庙里学会了不少藏语，甚至还在那里学会了一些古代西藏人的技巧，比如如何集中全身的热量并进行有效利用。这是一种非常有用的技巧，我现在还时不时地练习一下。这种技巧两次把我从即将冻死的边缘拯救了回来。啊，我还是说说正题吧。离开西藏之后，我穿着喇嘛服，跟着商队，沿着古老的南方贸易路线旅行。几周之后，我到达了尼泊尔的一个山谷，并在那里的一处令人愉悦的佛教圣地落脚，那个地方坐落在山顶上，从那个位置可以俯瞰整个加德满都。华生，说真的，如果不是那里的统治者不怎么喜欢外国人，我都想在那个随处能听到牧歌的桃花源里光荣退休了。我相信，再也没有比那儿更适合养老的地方了。不过，为了待在那里，我不得不一直以喇嘛的身份或者其他某些合适的身份伪装自己，因为那里的统治者、王公贵族很不喜欢外国人出现在那里。不过，尽管我时刻都维持着自己的伪装，但是在某一时刻，我还是忍不住向一位先生暴露了自己的身份以帮助他在某个场合摆脱困境，那位先生叫理查森，是一位英国公民。这件案子我称之为霍奇森的幽灵案件。我在那里还遇到了另外一起案件，这起案件和一个来自巴黎的法国学者有关，他到那里研究雕刻着古代梵文的石碑，却因此给自己惹上了离奇的麻烦事。"

说到这里，福尔摩斯停了下来，抽了一口烟，然后接着述说他的旅程。在那之后，他离开了加德满都，继续向南行进，前往印度。越过边境之后，他转向巴纳拉斯，并在那里对他学习到的东方技艺加以巩固。

"我发现，经过几个月的集中精力训练，我已经能在一定程度上控制自己的呼吸和心跳了。我敢说，我如果运用这一技巧，你用普通诊断方法检查我的身体，即使我站在你面前，你都会做

出我已经死亡的判断。"

"这太不可思议了！"我惊呼了一声。

"是的，亲爱的医生，这的确太让人不可思议了。我在很多地方都运用过这样的技巧，你了解我的行业，这种小手段不知道什么时候就能用得上。"

"那你是如何学到这些的呢？"我问。

"主要是勤奋，当然，还需要一些运气，并且找到一个好老师。你了解我，华生，我是个实用主义者。尽管印度有很多有趣的形而上学的科学基础理论，可我对这些丝毫不感兴趣。只有这种技巧引起了我的兴趣，因为它很可能会在某些时候为我的工作作出巨大的贡献。这种技巧叫瑜伽，华生，是印度那些科学理论的具体实践，只有这部分对我才是有价值的。所以，我为了学习这种技巧，成了一个不知疲倦、勤奋而又努力的好学生。学习这种技巧有不少好处，首先，我获得了刚才我说的那种假死的能力；其次，我的化装技术因为这种小技巧更加精进，甚至达到了不需要对面部化装或者对肢体进行伪装就能改变形象的地步。不过，当时我这么做的目的只有一个，在印度生存下去。而且我必须学会一些新的东西，否则我回到英格兰的时候，我的那些宿敌将会没有悬念地将我击败。"

福尔摩斯在伪装学上造诣颇深，对于这一点我知之甚详，因为我们相识之后，我已经多次成了被他化装之后戏弄的对象。但是，他在巴纳拉斯遇到了一位能让他的伪装更加出神入化的老师，这位老师的名字叫塞伦德拉·沙玛，是那座圣城之中最伟大的大师之一。这位大师居住在距离兰卡不远的一条土路边。福尔摩斯第一次遇见他的时候，这位大师直截了当地问及福尔摩斯到那儿去的目的，而福尔摩斯坦诚地将自己的一切告诉了对方。

"我向这位大师坦白了自己的身份，并且表明了自己的志向，我告诉他，希望能用他传授给我的一切知识与那些邪恶的罪犯做斗争。于是，奇迹出现了，这位大师就在我的面前突然年轻了二十岁，变成了和片刻之前完全不同的另外一个人。看到这一切我就知道，我已经找到了我迫切需要的东西。"

学会了这种技巧之后，福尔摩斯就不再需要依靠假发和服装的变化伪装自己了。变动眉毛的位置、制造前额的皱纹、按照自己的意愿改变眼睛的形状、收缩鼻翼甚至抬高鼻梁，那位大师很快就教会了福尔摩斯所有这些不可思议的能力。

"华生，瑜伽可以改变自身，一个瘦弱的人可以用这种技巧变成一个壮汉，而一个壮汉也可以把自己变成一个瘦子。经过长达数月的艰苦训练，我已经能让自己的身高减掉一只脚的高度，不再需要故意弯腰制造驼背的假象，当然，如果需要的话，我还可以让自己变高几英寸，你完全看不出有任何不自然的地方。我还学会了如何控制呼吸，可以自如地改变自己的肤色，眨眼之间，我就能让自己的肤色变深或者变浅。神奇的瑜伽为我的伪装艺术打开了一扇全新的大门。"

我专心地听着他叙述的时候，突然发现福尔摩斯开始在我的面前改变自己的形象。他的脸部渐渐变圆，他那很显眼的长脖子神奇地缩进了肩膀，肚子微微突出，眼部的线条也开始变宽，脸颊也开始变得丰满起来。就在我的面前，我惊愕地发现，福尔摩斯侦探先生已经变成了一个面色红润、身体结实的体力劳动者，而不再是刚才一直和我侃侃而谈的优雅、消瘦的绅士了。然后，在我的注视之下，我面前的这位矮胖的英国人又开始迅速地不知不觉地改变着他的形象，几分钟的面部运动之后，坐在我面前的又变成了一位黑黝黝的印度婆罗门。

福尔摩斯得意地看着我吃惊的表情，然后慢慢变回自己本来的样子。"亲爱的华生，这并不是什么魔法。只要坚持不懈地练习，然后让自己的精力集中到每一个细微的变化上，谁都可以做到这一点。就像现在的我一样，我已经能够根据自己的意愿在两个世界里转换自己的身份：东方人和英国人。"

福尔摩斯这段对于东方故事和文化的介绍虽然有点儿长，但是却让我深深着迷，他向我展示了其一直以来在我面前隐藏起来的兴趣和个性。说完这些之后，福尔摩斯的表情再次严肃起来。

"不过，我知道，我的一些敌人也学会了这些瑜伽技巧。"他说，"在巴纳拉斯还有一位大师，叫塞纳帕提·拉贾，这位大师更加好胜，有几位学生在他的门下接受教导。我怀疑，这些学生中的一部分学习这些技巧的目的很不简单，很可能带有邪恶的动机。但是那位大师的这些学生接受的训练更加彻底，通常要进行很长时间的瑜伽训练，然后是近身格斗训练，在这种残酷的训练方式中幸存下来的人非常少。我曾经见识过他们的一部分训练过程，因为一周中我总有几次在恒河边的高止山上度过自己一上午的时光。曾经有几次，我看到一些戴着手铐和脚镣的年轻人走到河边，并且跳下水，反复多次地在河中泅渡，直到累得筋疲力尽为止。其中有些人甚至游得比河里的河豚还要快。我不知道这些学生的身份，但是我知道，如果他们从事犯罪活动的话，将是很可怕的对手。我离开巴纳拉斯的时候，曾和那些人中的一个有过接触，这一次接触非同寻常。"

福尔摩斯接着说，他掌握了自己需要的东西之后，迫切地想按照自己的方法验证一下这些东西的实用性。不过福尔摩斯知道，自己必须时刻保持警惕，以免他的敌人得知他还活着的消息，所以他不能在一个地方待得太久，于是他决定去加尔各答。

福尔摩斯认为，在那里他可以向一些可靠的同胞透露自己的真实身份，然后在那里度过一段时间。做出这个决定之后，福尔摩斯便以一个印度教托钵僧的伪装身份告别了自己的老师，离开了巴纳拉斯，然后坐人力车到达了莫卧儿萨拉，准备从那里乘坐提普安快车前往印度首都。

当人力车把福尔摩斯送达车站的时候，他突然感觉人群中有人在注视着他。福尔摩斯很快就在人群之中搜寻到了那个不友善的目光，那是一个印度苦行僧。他敢打赌，自己和这个人并不熟悉，但是，在这个苦行僧的眼中充斥着一种福尔摩斯极为熟悉且无法改变的邪恶。他除了腰部围着一块布几乎全身赤裸，他的手和脚被一条从项圈延伸下来的链子紧紧地束缚着，因此，他看起来除了能拖着脚行走并且勉强能用手抓东西之外，无法做更多的动作。

"华生，就在我看他的时候，这个令人讨厌的家伙纵身而起，跃向空中，然后在人力车边落下，狠狠地盯着我看了一会儿，扭曲的脸几乎要和我的脸贴在一起了，然后，他大笑几声，连续几个纵身，消失在人群之中。华生，我突然觉得自己见过这张面孔，可能在那些横渡恒河的泅水者之中见过，也可能在此之前。我坐上火车之后，开始在自己的记忆中搜索这个男人。那双凶恶的眼睛告诉我，我在印度可能有伴儿了。"

福尔摩斯所讲的这些故事牢牢地吸引着我。我曾经在很多年前服役于阿富汗，我当时最大的愿望就是能够去印度旅行一次。

"我不会向你描述那些可能引起你不喜欢的关于加尔各答的各种细节，华生。不过，当一个人战胜了对当地肮脏环境的反感，并且对孟加拉的湿热气候习以为常之后，会发现加尔各答其实是一个热闹的大都会，那里对犯罪和邪恶来说充满了各种各样的诱惑。"

　　刚一到达加尔各答，福尔摩斯就卸掉了身上的伪装，重新变回了一个英国人。他为自己准备了一个全新的身份和符合他身份的职业，摇身一变成了位于伦敦芬斯伯里区的雷德芬和罗素化工企业的代表罗杰·劳埃德·史密斯。福尔摩斯在一家不起眼的小宾馆订了一个房间，准备享受一下这座大城市带给他的乐趣。

　　"一开始，在那里我除了雷金纳德·麦斯威尔之外，一个人也不认识。"福尔摩斯说。

　　"你认识雷金纳德·麦斯威尔?"我疑惑地打断了他的话。

　　"我知道你为何疑惑，亲爱的华生……"福尔摩斯随意地说，"他的案子在伦敦也是家喻户晓。"

　　"对我们来说，那个案子还是一个谜。他死得实在是太突然了……"

　　"我知道，华生，我会让你知道这件案子有多么离奇。"

　　福尔摩斯告诉我，雷吉（雷金纳德爵士的昵称）是他的大学同学，大学毕业之后他们就分开了，各自忙自己的事业，不过还常有联系。雷金纳德曾经写信告诉福尔摩斯，他进入了女王陛下的外交部并且结了婚，要到远离帝国本土的地方任职几年，最有可能去非洲或者印度。这位爵士先生虽然不是通常人们所熟知的那种智慧型外交官，但是他十分勤勉，并且具有很强的人格魅力。他的能力很快就被柯曾勋爵发现，然后，柯曾勋爵被任命为总督之时，把雷金纳德提拔为自己的私人助理。

　　"你可以想象，华生，能够在一个非常有权力的重要人物身边服务，对于一个人的事业多么重要，在印度次大陆，柯曾总督就是王权的代表。"

　　说到这里，福尔摩斯停了一会儿，清空了他的烟斗，然后继续向我讲述这个故事。他告诉我，他选择罗杰·劳埃德·史密斯这个名字并不是毫无目的的，事实上，这是他另外一位同学的名字。他和麦斯威尔和这位同学的关系都不错，他们都有一个共同的爱好，喜欢斯诺克台球，并且在一起打过很多场比赛。福尔摩斯用这个名字给麦斯威尔送去了一张便条，他知道，麦斯威尔见到罗杰也会很高兴的。如果福尔摩斯的消息没出什么问题的话，罗杰那时还愉快地生活在伦敦郊外，为雷德芬和罗素公司工作。沉浸于幸福生活中的他对于即将和柯曾勋爵的助手见面这件事还毫不知情。

"我在给雷金纳德的便条上写道，我要到黎凡特处理公司的业务，途经加尔各答时希望能和他见一面，哪怕是短时间的会面也可以。当然，雷金纳德肯定会把我认出来，但是在我们俩见面之前我还能隐瞒我的真实身份。第二天早晨，我就收到了雷吉的回复：亲爱的罗杰：听说你来到这里我非常高兴。我希望明天下午 4 点能和你在我的办公室见面。我会派一辆马车去接你，我非常期待与你会面。"

有马车坐，不用从旅馆坐人力车去造访他的朋友，这对福尔摩斯来说是一种很不错的享受。雷金纳德的办公室在政府总部的侧面，离总督的办公室不远。福尔摩斯到了那儿之后，只等了一小会儿就被侍者带到了他的老朋友那里。福尔摩斯向侍者点头致谢，转过身，看到雷吉脸色苍白无比，大口大口地喘着粗气。

"天啊！我简直不敢相信自己的眼睛。你是福尔摩斯！我亲爱的伙计，真的是你吗？我以为你已经去世了！"

"难道这样不好吗？这样一来你的惊喜就有两个了。"福尔摩斯说。

"请原谅我的失态，福尔摩斯，你的到来实在让我太惊喜了，我甚至没有站起来迎接你。我的确期待和史密斯见面，但是和他比起来，无论在任何时候见到你，福尔摩斯，对我来说都是一个天大的惊喜！"

随后，福尔摩斯简要地向他讲述了在过去几年里发生的事情，并且告诉了他自己希望维持死亡假象的原因。最后，福尔摩斯告诉他，自己在西藏、喜马拉雅山以及印度度过了一段孤独时光之后，十分渴望和同胞交流。

"我非常理解你的心情，福尔摩斯。我会为你开放这里的每一项设施，甚至包括竞技场。如果你能让我的妻子也了解你的秘密的话，我想我会更从容的。如果你允许的话，我会告知总督大人你的存在。我确信，他会非常愿意与你会面，听听你对整个中亚地区的印象。他们称之为'大博弈'（19世纪英国和俄国在中亚地区的较量）的对峙还在这一地区进行着。"

福尔摩斯说，如果总督先生希望见到自己的话，自己也很愿意与总督见面。他并不反对雷金纳德向妻子和总督大人公开自己的身份，但他面对公众的时候必须使用自己的化名。雷金纳德很谨慎地答应了他的要求并且许诺，福尔摩斯逗留于加尔各答期间，在社交场合的时候，他都会用罗杰·劳埃德·史密斯这个名字称呼福尔摩斯。

接下来，两个朋友追忆了他们的大学时光。谈话过程中，福尔摩斯近距离地观察了雷金纳德爵士。他比从前强壮了许多，浓密的头发中间已经出现了灰白色的发丝。这和福尔摩斯记忆中的那个雷吉有些不同。不过毕竟过去了这么长时间了，他有些变化也属正常。但在谈话过程中，福尔摩斯也注意到，他的这位朋友似乎一直在用优雅的言谈举止掩饰其内心的某种骚动。谈话一停下来，他的笑容瞬间消失，就好像把一张面具从他的脸上拿下来了一样，形成了巨大的反差。

"亲爱的福尔摩斯，过几分钟我必须去见总督大人。"他说，"也许你已经听说了，爱德华国王将在近期到达加尔各答和达尔巴尔，在这里进行一次长期的访问。我接到消息，陛下的船已经到达锡兰北部的孟加拉湾，几天后就到这里。在这期间我们有许多准备工作要做。不过，你能在明天晚上8点和我们一起共进晚餐吗？这是我的地址。"

他递给福尔摩斯一张名片，上面印有位于市区的阿里波尔街地址。

"这些年我的妻子从我这里听说了很多关于你的事情……"他接着说道，"所以，我相信，如果能见到你她会很高兴的。不过，她将在后天启程返回英格兰。"

"啊，我也很希望能够见到她。"福尔摩斯说，"顺便问一句，她要回英格兰待多久？什么时候回来？"

在这一刻，福尔摩斯发现，他朋友的脸上被痛苦的表情覆盖，他说话的声音也有些干涩："恐怕，她再也不会回来了。"

福尔摩斯含含糊糊地点了点头，没有再问更多的问题。不过，显而易见的是，雷金纳德爵士的痛苦来源于他个人和他的家庭生活，而不是他的工作，从外表看来，他非常成功。

"华生，我要告诉你，那是我最后一次看到活生生的雷金纳德爵士。"说这句话的时候，福尔摩斯重新填满了他的烟斗，然后为我们两个人各倒了一杯白兰地。

"请继续说，福尔摩斯。我有种预感，案件似乎已经到了一个奇特的转折点。"我忍不住催促道。

"奇特？是的，华生，这个词用得很准确。"他接着说，"不

仅奇特，而且还很悲惨。我的第六感当时就告诉我，第二天早晨可能会有一些不寻常的事情发生。"

第二天清晨，福尔摩斯很早就起了床，在吃早饭的时候收到了一张便条，上面写道：

亲爱的罗杰：

　　还记得我和你提到的那位重要的访客吗？发生了一些和他有关的意外事件，因此，我不得不遗憾地告诉你，我对你发出的今天共进晚餐的邀请取消了。我很抱歉，希望这不会给你带来不便。我会尽快再次联系你。

雷吉

这张便条是匆忙写就的，字迹非常潦草，福尔摩斯能够看出，他的朋友写这张便条的时候内心的惶恐不安，连手似乎都失去了控制。尽管如此，福尔摩斯却什么也做不了，把一天时间都消耗在了游览各处的名胜古迹上。

在黑暗笼罩世界之后，福尔摩斯返回酒店，他回到自己房间的时候已经是晚上 11 点了。他走进房间没多久就响起了一阵敲门声。福尔摩斯打开门，看到了一位一身黑衣的女士，脸上戴着面纱。福尔摩斯一开门，她就迅速地走进了房间，然后随手关上了房门。在室内微弱的光线下，福尔摩斯除了能看出来她身材很高并且举止优雅之外，再也看不出什么其他的东西了。

"请坐吧，麦斯威尔夫人。"他说。

这位女士顿时惊呆了，因为福尔摩斯竟然说出了她的身份。不过，很快她就回过神来，坐到了屋里的沙发上，同时摘掉了自己的面纱，对福尔摩斯说："你真令我惊讶，福尔摩斯先生。你怎么知道我是谁?"

"我只是猜了一下，女士。不过很显然，我猜中了。其实你的身份并不很难猜到，在这里，只有雷金纳德爵士、你还有那位总督大人知道我的真实身份。所以，我就有充分的理由来猜测你的身份了。"

福尔摩斯坦诚地向我承认，自从波西米亚事件之后，他已经很多年没有遇到过像麦斯威尔夫人那样富有魅力的美女了。她具有英格兰女性少有的美丽容貌，同时融合了撒克逊人流传下来的优雅举止。福尔摩斯研究这位女士的时候，甚至为自己有了那么一丝遗憾，因为他当初选择了与邪恶罪犯奋战到底的道路，这也排除了他与一位这样美丽的女人组建一个幸福安宁家庭的可能性，因为他选择的道路是危险和孤独的。

"尊敬的女士，究竟是什么事情驱使你在加尔各答这个伸手不见五指的深夜，冒着各种可能出现的危险来找我呢?"

"我可以很明确地告诉你，福尔摩斯先生，如果不是有非常紧急的事情发生，我是不会到你这里来的。因为对雷金纳德有些失望，所以我就要回英格兰了。至于在我们生活中究竟发生了什么才导致我做出这个决定，我在这之后会向你解释的。我希望并且相信，你能够帮助你的老朋友渡过这一段对他来说可能是人生最困难的时期。接下来我要告诉你的事情会让我有些自责，我相信，你会对我告诉你的事情严格保密的，对吗?"

"你可以畅所欲言，夫人，请相信我。"

这位夫人看着福尔摩斯，点了点头，开始了她的诉说。毫无疑问，把自己的秘密说给别人听是很困难的，但是，她的诚实让

她做出了这一举动，而福尔摩斯也被她的坦诚所感染。所以当这位夫人讲述这件事的时候，福尔摩斯觉得，她是那么高贵美丽，让人无法亵渎。

"这件事要从头说起……"她开口说道。

她在约克郡的怀克里辛顿的一个小村子里出生，在嫁给雷金纳德之前，她的名字叫詹妮弗·休姆。她的父亲名叫杰里米·休姆，是一名成功的律师。她和妹妹在舒适的英国乡村长大，就像其他所有幸福家庭一样，她们的生活在大多数的时候平淡、无奇、温馨、简单。

"我的父亲很爱我们。"这位夫人说，"但是偶尔他也会变得很严厉，并且因为某些事而闷闷不乐。我的母亲则很有耐心，而且善解人意。当我十六岁的时候，我的父母已经开始讨论我应该嫁给一个什么样的人了。不过，当时我向他们明确地表示，如果要结婚的话，我希望能自己选择丈夫。我父亲并不喜欢我这样，他希望我和一个能在财政上为他提供帮助的男人结婚，并且作为一家之主，他可以在很大程度上主宰我的婚姻。我相信，很多家庭都出现过这样的情况。当时，这件事并没有引起太大的波澜，因为我还年轻，谈论这个为时过早。"

然而，仅仅在一年之后，这位夫人就遇到了自己命中注定的那个人，这个人轻而易举地俘获了她的芳心。他叫詹姆士·汉密尔顿，和他的母亲住在和这位夫人一家毗邻的村子里。詹姆士甚至不知道自己的父亲是谁，整个家庭靠他母亲给别人洗衣服并且做一些琐碎的工作来维持。在邻里间的闲谈中流传着不少关于所谓的老罗斯·汉密尔顿的粗鲁笑话。这位夫人当时无法理解这些笑话，这已经超出了她当时的理解能力。在此之前，她从来没有遇到过詹姆士，尽管他被称为该地区最帅的小伙子。

"在一个普普通通的早晨，我去离我们家不远的田野上采野花。当时，我站在路边的花丛中，突然感觉好像有人正看着我。我转过身，看到了詹姆士。我第一眼看到他时就被他迷住了，这就是所谓的一见钟情。他的个子很高，身材也很苗条，有一张英俊的面孔。但是，福尔摩斯，偷走我的心的并不是这些，而是他的笑容和眼中炙热撩人的目光。那天，我们只简单地聊了几分钟，对于彼此之间的接触还有几分窘迫，就像所有的年轻人初次见面时一样。他问我，能否帮我一起采花，我同意了。采完花后，他陪我走到家门口，然后礼貌地和我道别。那天，我夜不能寐，食不知味，脑海里飘来荡去的都是他的影子，那天和他说的每一句话都反复在我脑海中出现，让我细细回味。"

在第二天的同一时刻，她再次去同一地点采野花，并且在那里又看到了詹姆士。很显然，他也很喜欢陪伴在她的左右。两个人很快就熟悉了，并且谈笑风生。接下来的一段时间里，每天他们都见面，但是有时候他们会故意拉开彼此之间的距离，所以一直没有人注意到他们之间的关系。

"虽然说这些话让我有些脸红，但是福尔摩斯先生，我还是要告诉你，仅仅过了几周之后，我们的爱情就不可避免地突破了禁区。在那期间，我的妹妹给了我自信，她一直忠诚地守护着我们，创造机会让我们约会，并且保证不会有人来打扰。在那几个月里，我享受到了对任何一个女人来说都值得回味一生的甜蜜爱情，亲爱的詹姆士成了我生命中不可或缺的一部分。"

但是，突然有一天，她的父亲发现了这些。他无比愤怒，并且做出了让自己女儿无比恐惧的事情。他几乎用尽了英语中所有的恶毒字眼，毫不留情地侮辱了她心爱的詹姆士。她当时试图阻止自己的父亲，拼命地打他，但是却没有成功。詹姆士呆呆地站在那里，一声不出，直到她的父亲把所有的愤怒发泄出来。在那之后，詹姆士用她从来没有见过的悲伤眼神深情地看了她一眼，转身而去。她试图挽留詹姆士，但是她心爱的人只是淡淡地让她放手，并且告诉她，自己会写信给她的，然后坚决地离开了。

"他的背影渐渐消失之后，我伤心至极，两眼一黑，昏迷在地。我完全不知道自己是怎么回到家里的。当我再次醒来的时候已经是第二天早晨了，当时我躺在床上，我母亲紧张地坐在床边。詹姆士让我的妹妹送来了一张便条，我妹妹把便条给了我母亲，我母亲又把便条给了我。

便条上写着：

我最亲爱的詹妮：

请相信我对你的感情，我一心一意地爱着你，至死不渝。但是你父亲对我的侮辱深深地伤害了我。我决定去寻找我的生父，我相信，自己的出身并不平凡，我也许是出身名门，拥有巨大的财富。如果是这样的话，我们终究有一天会幸福地生活在一起。等我归来，我的挚爱。无论多久，我对你的爱不变，请一直等我。

爱你的詹姆士

"这张便条虽然留下了爱我的誓言，但是却让我心中无比惶恐。我从床上跳下来，沿着偏僻的小路跑到了詹姆士家。但是，他已经离开了，房子里只剩下她的母亲，这个女人纵饮狂欢了一整夜之后已经烂醉如泥。我尝试和她交流，但是却徒劳无功。我爱着的詹姆士突然消失得无影无踪。我感到无比绝望、心乱如麻并且十分失落，我无法形容那种感觉，只有那些曾经经历过希望破灭的人才能够体会到我当时的心情。从那以后，我再也没有见到过詹姆士·汉密尔顿。这样的日子持续了十三年，直到几个月之前命运之神再次捉弄我为止。"

在这里，福尔摩斯暂时停下了他的叙述。

"你应该能够理解我当时的心情。"他对我说，"亲爱的华生，即使是现在，一想起那位美丽的女士坐在我的对面向我诉说她的人生时的场面，我的心中仍充满了怜悯和同情。"

福尔摩斯接着向我叙述这个故事。

在那个时候，这位女士已经失去镇定，身体开始瑟瑟发抖。那个时候，天气已经很寒冷了，即使是加尔各答的冬夜同样冰冷刺骨。福尔摩斯为这位女士倒了一杯当地人称为拉卡西的亚力酒，希望能为她带来温度和勇气。她对此表示了感谢，捧着酒杯浅浅地喝了一小口。

"从我身上，你能看到女人的意志有多么薄弱，福尔摩斯先生。"她捧着酒杯说道，意志消沉。

"我从不批判诚实之人的脆弱，夫人。每一个人都有脆弱的一面。但是人性中的弱点往往会被邪恶利用，最后导致无法挽回的后果。我的兴趣就是阻止这一切发生。"

"我刚才说的那些往事，到目前为止似乎还没有导致什么无法挽回的悲催后果，可是我担心接下来会发生什么意外。我到这里来的目的，就是为了避免这件事给大家带来更多的伤害。"

詹姆士走后，她整日神志不清，无比迷惘。从那以后，她和父亲几乎不再说话。她的母亲和妹妹经常安慰她，但却往往非但徒劳无功，反而会反复地揭开她心中的伤口。她的思维渐渐被伤心的泪水和愤怒的狂暴所支配，让她心力交瘁。大约一年之后，时间终于慢慢抚平了她的伤口。詹姆士的模样开始慢慢淡出她的脑海，她终于可以走出心灵的禁锢，用比较正常的方式融入生活。但是这只是假象，白天有诸多事情分散她的注意力，但是一到了晚上，孤独和痛苦往往会再次将她包围。她终于完成了学业，并且得到了一个为爱德华·斯汤顿先生的子女做家庭教师的工作，工作的地点在彭布罗克郡的圣·戴维斯。她立刻接受了这个工作，并且义无反顾地离开了那个让她伤心的家，没有丝毫留恋。

斯汤顿夫妇有一个幸福的家庭，他们有两个可爱的女儿，一个七岁，一个九岁。在很短的时间里，她和斯汤顿姐妹之间就建立了信任，她们互相都很喜欢对方。爱德华·斯汤顿和妻子是她遇到过的最友好的人，而且在他们的家里总是充满了欢笑和快乐。

"我在那里工作了三年。然后，让我今天造访这里的宿命开始降临。我很清楚地记得，十年前的圣诞节那天，斯汤顿先生邀请了一位朋友在他那里度假。那是一位长者，是个鳏夫，名字叫汉弗莱·麦斯威尔，是一名高等法院的大律师，家住伦敦。他个子很高，身体健壮，年纪大概六十岁左右。不过这位先生偶尔会有一些让人不快的粗鲁举止，所以我对他的第一印象并不太好。他脸上的表情总让我莫名地焦虑，因为这些表情总是触及我内心某些脆弱的需要隐藏的东西。不过，福尔摩斯先生，在那几天里，他对我非常尊重，并没有任何失礼的举动。他即将离开斯汤顿先生家的时候，才开始对我关注。"

假期结束之后，麦斯威尔先生离开了斯汤顿先生的家。随后，斯汤顿先生告诉她，麦斯威尔有一个不久前刚刚大学毕业的儿子，长得很英俊，他将在春天造访这里并和我们一起生活一周。他还说，麦斯威尔先生很喜欢她，觉得她会是一个非常出色的儿媳妇。斯汤顿夫妇觉得，她已经到了适婚年龄，而且一直热心地为她寻找合适的丈夫。

"福尔摩斯先生，尽管我在那里生活了三年，但从来没有向他们吐露过我和詹姆士之间的爱情，他们也不知道我和我的父亲有矛盾。我曾经下过决心，一直等待我亲爱的詹姆士，如果他再也不在我面前出现的话，我将孤独地度过余生，不会再去爱另外一个男人。"

但是，当春天到来的时候，她继续说，雷金纳德·麦斯威尔先生，也就是汉弗莱·麦斯威尔先生的儿子，来到了圣·戴维斯。这是一位非常有魅力并且充满智慧的年轻人，她第一次见到雷金纳德的时候，这位年轻人就让她的心跳加快，因为她从他的身上看到了詹姆士的影子。这大概是她对詹姆士的思念在作祟。雷金纳德只比她大几岁，比詹姆士大一岁，是一位前途远大的年轻人。他毕业于牛津大学法学系，正在试图谋求一份政府机构的海外派遣工作。为此他正在伦敦接受培训，可能年底就会去内罗毕上任。他想找一位能够陪伴他的妻子一同赴任。

"他认为我最最适合做他的妻子。我并不知道这是怎么回事，也许是缘分。我和雷金纳德很快就坠入了爱河，在他造访圣·戴维斯的那一周时间里，我感受到了他的体贴与温柔，我曾经的决心开始动摇了。在那段时间里，我们常常沿着长长的威尔士海岸漫步，相处得十分融洽。他离开之后，我开始觉得，詹姆士可能再也不会出现在我的面前了，他留给我的只有那张简单的便条，一张被泪水浸湿、被我的手反复摩挲的便条。它什么也不是，仅仅是一团纸罢了。与其一直生活在一段短暂的记忆里，我还不如自己挣脱出来，寻找一个合适的对象，开始新的生活。雷金纳德后来又来过几次，尽管我可以很明显地感觉到他对我的爱意和关注，但是我从内心里其实并不爱他。我心中爱着的仍然是詹姆士，我无法改变自己的想法。我怀疑自己能否接受这样一种生活，和一个我并不爱的男人结婚，但是精神上却和另外一个人相爱。"

时间渐渐到了夏末，雷金纳德已经做好了向她求婚的准备。她准备告诉雷金纳德，其实自己心里爱着另外一个已经离开她的男人，她不知道那个男人去了什么地方。那个男人可能不会再回来了，甚至可能已经死了，但是她仍然爱着他。她准备告诉雷金纳德，如果他可以接受一个这样的自己的话，她可以和他结婚，并且努力尝试去爱上雷金纳德。但是，如果他们真的结婚的话，雷金纳德必须给她足够的时间，让她忘记那个离她而去的人，真正爱上自己的丈夫。

"夏天，雷金纳德再一次来到了我的身边。一天傍晚，我们俩在房子附近散步的时候，雷金纳德终于向我求婚了。于是，我把自己的想法告诉了他。雷金纳德毫不犹豫地答应了我的条件，他甚至满腔热忱地对我说，他对我的爱超过了世上的一切，我能待在他的身边就足以让他开心了。于是，我做出了一生中的一个最重大的决定：嫁给雷金纳德·麦斯威尔。我把自己要结婚的事情通知了我的母亲，我告诉她，雷金纳德将会在不久之后去我们家里见她，同时让她代表我征求一下我父亲的意见。不久之后，雷金纳德到我家拜访了我的父亲，并立刻就讨得了我父亲的欢心。我父亲对于能与汉弗莱·麦斯威尔这样一位在社会上有巨大影响力和声誉的人联姻感到万分高兴。"

两个人在初秋完婚，然后一直居住在伦敦。在他们结婚后一个月，汉弗莱·麦斯威尔就病倒在床上。雷金纳德陪着自己的父亲度过了最后的时光，医生做了所有能做的努力，但因心脏衰竭，汉弗莱·麦斯威尔一周之后去世了。尽管雷金纳德十分悲痛，但因上任时间将至，他只好带着自己的新婚妻子登上了从南安普顿开往内毕罗的客轮。

这段航行漫长而又美好。这位夫人说，雷金纳德渐渐地从父亲去世的悲痛中解脱出来，但她却偶尔会因为心中那段挥之不去的记忆觉得烦乱。她丈夫对她很有耐心，通过交流，他们彼此产生了信任。他对她讲述了许多自己家庭的秘密，他发现，因为他们的婚姻有点儿仓促，自己的妻子对自己知之甚少。渐渐地她了解到，丈夫的母亲在他出生之后不久就去世了，丈夫是被家中的老仆人抚养大的。他的父亲因为自己母亲的去世而悲痛欲绝，常常用酒精麻痹自己，常常在酗酒之后寻衅滋事或者突然消失几周，不知所踪。心中的愤怒和悲伤慢慢减轻之后，老麦斯威尔终于回到了他的儿子身边。他非常宠爱自己的儿子。有一次在聊天的时候，雷金纳德曾经微笑着和爸爸说，自己很可能有一位漂泊在外的弟弟。爸爸曾经反复向他暗示过这一点，并且承诺会在合适的时候，告诉他关于他那个兄弟的事情。老麦斯威尔临死之前终于向雷金纳德坦白，他的确有一个同父异母的弟弟一直漂泊在外，如果有可能的话，希望他能找到自己的那个弟弟。

"我们在内毕罗生活得很愉快，而且我最终意识到，自己的沉默寡言和犹豫不决对我的丈夫来说很残忍，于是我们终于真正地结合了，而不是仅仅有形式上的婚姻。我竭尽全力埋葬了所有对于詹姆士的思念。从外表上看，我们是让人羡慕的一对儿模范夫妻，生活得幸福并且安逸。雷金纳德的事业也获得了成功，接连得到了几次提升。四年之后，他被派往仰光，我陪伴他在那里度过了三年的岁月。雷金纳德已经被很多人当成了未来的外交部长。就在这个时候，他遇到了将要被任命为印度总督的柯曾勋爵。柯曾勋爵希望，雷金纳德能够在他的任期内前往加尔各答，担任他的私人助理。雷金纳德和我听到这个消息后都非常激动，这意味着，他的事业将要迈上一个全新的台阶。"

可是，就在他们准备前往加尔各答之前，她在缅甸的寓所里收到了父亲去世的消息。是她妹妹写信通知她的，同时还告诉她，她的母亲精神尚好，让她不必担心，也不需要回去看她们。

"和我妹妹的信一起寄来的还有一个包裹，里面都是詹姆士给我写的信，时间跨越了好多年。我的父亲在我收到这些信之前截获了它们，并且把它们藏了起来。父亲去世之后，我妹妹在他的私人文件中发现了这些信并把它们寄给了我。福尔摩斯先生，你可以想象，我看到这些信的时候多么震惊。为了把这些信送到我的手里，詹姆士想了各种各样的方法，但是我的父亲总是有办法在其他人察觉之前把信拿到自己手里。一共有十五封，寄出信的地点遍布世界各地，但其中大部分来自美洲。最近的一封信是七年前从旧金山寄出来的，这是他写给我的最后一封信。詹姆士因为一直没有收到我的回信，以为我不再爱他了，决定再也不徒劳无功地写信了。从那之后，闲暇之时，我就把这些信件取出来，一遍一遍地阅读，试图找到詹姆士旅行的线索，同时不停地诅咒着我的父亲，因为他我和詹姆士彼此相爱却又无法相聚。尽管无比绝望，我还是对雷金纳德隐瞒了我的心事。"

在那之后，他们离开了缅甸，前往加尔各答。他们到加尔各答之后不久，受邀参加了一个印度富商举办的大型宴会。很多嘉宾都出席了这次宴会，柯曾总督及其夫人也在宴会上短暂地露了一面。

"在宴会的间隙，我走到阳台上，观赏花园里的景色。"她说，"突然，我感觉似乎有一双炙热的眼睛在我的身后注视着我。

我慢慢转过身，看到詹姆士·汉密尔顿站在我身后的几步之外，他的眼中充满了疑惑和掩饰不住的爱恋。我相信，他在我的眼中也一定看到了这些。我们两个激动得无法言语，之后我们约定，在第二天秘密见面。从那一刻开始，福尔摩斯，我在加尔各答的生活充满了各种各样的谎言。詹姆士对我的爱仍然炙热，我能很清晰地感觉到这一点，他逼着我离开雷金纳德，和他一起返回英格兰或者和他一起去美洲，因为他现在已不再是当初的那个穷小子了，他富有了，能够给我富裕舒适的生活。我在詹姆士和雷金纳德之间摇摆不定，痛苦不堪。最后，我决定离开加尔各答，返回英格兰。福尔摩斯先生，我觉得，只有在那里，只有我独自一人的时候，才能安静下来仔细地思考自己的选择，决定我的人生。我告诉雷金纳德，我想离开他一段时间，回到伦敦之后我会给他写信的。我并没有告诉他关于詹姆士的事情，只是和他说，我母亲告诉我，我父亲的遗产处置出现了一些问题，我必须回去解决问题。尽管詹姆士逼我对雷金纳德坦白一切，但是我无法做到这一点。"

但是，几天之后，她和詹姆士之间的关系还没有暴露的时候，她的丈夫雷金纳德突然告诉她，自己已经找到了自己失散多年的弟弟，他叫詹姆士·汉密尔顿，他们在宴会上曾经见过他。她极度惊愕，连忙追问丈夫，是否已经确认了这一点。他回答说，老麦斯威尔曾经留给了他一些线索，而所有的线索都指向了詹姆士，现在只要再确认一些比较隐私的地方就可以了，但他并没有向妻子透露细节。

"你可以想象得到我听说自己深爱的那个男人竟然是自己丈夫的弟弟时的心情，福尔摩斯先生。我再也无法忍受这种双面人的生活了，尤其是这突如其来的意外更是让我忧心忡忡，于是下

定决心离开这里。福尔摩斯先生，不定什么时候，他们两个人就会相认，我担心，詹姆士突然得知自己是雷金纳德的弟弟时会因为无法控制自己的情绪而向雷金纳德彻底摊牌，把我们之间的关系公之于众。"

到了这里，她的故事已经接近了尾声。

"福尔摩斯先生……"她说，"我之所以决定离开加尔各答，并不是因为我畏惧什么，而是我的丈夫和我爱的詹姆士让我不得不做出这个决定，因为我无法在他们之间做出选择。我的确害怕他们相认，但是我知道，这是无法避免的。我希望你看在和我丈夫之间的日久弥坚的友谊上，用你的智慧让我们从这张由痛苦编织的罗网之中解脱出来。你的智慧让人赞叹，你的建议也许会适合我们每一个人。"

说着，她站起身来，好像要离开这里。福尔摩斯告诉她，他已经了解了事情的经过，并且知道了可能发生冲突的缘由，如果有机会见到雷金纳德爵士的话，他一定会同他讨论这件事情。这位夫人对此表示感谢，并且准备同福尔摩斯道别。

"我提出来，希望送她回家，因为在深夜里一位孤身在外的女士是非常危险的。但是她婉拒了，她说，她已经学会如何在晚上照顾好自己了，请我不要为她的安全担心。我把她送到了酒店的门口。酒店的员工已经躺在地板上睡着了，我们小心翼翼地踮着脚尖儿从他们身边走过。我慢慢地拉开门的插销，打开门。她向我再次行礼道别，放下面纱，消失在外面无尽的黑夜之中。我凝视着外面这位女士的背影，突然预感到，一件不幸的事情就要发生了。"

在那之后，福尔摩斯返回了自己的房间。他和麦斯威尔夫人会面的时候，并没有透露自己和她丈夫会面的细节。现在，福尔摩斯回想起当时麦斯威尔隐藏在平静外表下的焦躁情绪,不由得有些担心,最坏的情况可能已经发生了:雷金纳德爵士不仅知道了詹姆士·汉密尔顿是他失散多年的弟弟,而且还知道了詹姆士是他深爱着的妻子的情人。

我看着坐在对面的福尔摩斯。

他站起身来,把已经熄灭了的烟斗放进了放烟斗的容器里,然后走到了壁炉旁,凝视着壁炉里将要熄灭的余烬,淡淡地说:"那是一个噩梦一般的夜晚,华生,在那之后,我的大脑不自觉地开始反复想象这件事可能引发的后果。"

这对福尔摩斯来说是一个不眠之夜,因为他刚刚睡着就被一连串的噩梦惊醒。大约在早晨4点钟,他再也睡不着了,便从床上爬了起来,开始洗漱,然后穿上衣服,准备到清晨的加尔各答街头散步。就在这时,突然传来了一阵沉重的敲门声。他打开门,看到一名英国士兵站在他的门外。

"劳埃德·史密斯先生,我是劳顿军士。"他说,"先生,总督派我来请你立即到他的办公室去,他希望能和你尽快会面。"

说着,他递给了福尔摩斯一张便条。

便条上并没有写抬头称呼,而是直接写道:

> 我希望立刻与你会面,我遇到了一个非常重大的问题。
>
> 柯曾

一辆出租马车已经在酒店门口等候多时了,福尔摩斯走出酒店,登上马车,直接到了总督府,走进总督的私人办公室。尽管早晨的光线有些昏暗,但是福尔摩斯还是立刻认出了这个地方,这里距离他的朋友雷金纳德爵士的办公室不远，他昨天刚刚拜访了那里。他走进了办公室之后，总督立刻示意其他人出去，然后从办公桌后面站了起来，请福尔摩斯坐下。

然后，柯曾勋爵坐到了福尔摩斯的正对面，严肃地对他说："福尔摩斯先生，就在昨天夜里，发生了一件可怕的悲剧事件。我相信，你之所以能够死而复生，就是因为受到上帝的指引，到我这里帮助我们避免更多的罪恶发生。"

"我听从你的吩咐，阁下。"福尔摩斯说。

"那么，我们就长话短说吧。"柯曾勋爵说，"我很遗憾地告诉你，你的朋友同时也是我最信任的助手雷金纳德·麦斯威尔爵士被发现死在他的私人办公室里，同他一起死亡的还有英国商人詹姆士·汉密尔顿先生。我刚刚从现场回来，那里遍地都是血。福尔摩斯先生，我从来没有看到过如此惨烈的一幕。他们两个人都被子弹击中，同时被砍下了首级。这可能是一个杀人狂魔做的，也可能是一起疯狂的刺杀事件。凶手还在办公室的墙上用一种特别的文字写下了某种诅咒，可能是梵文，但是现在还没有完全确定。在那里还出现了一些东西，这些东西表明，凶手的目标很有可能不仅仅是那两位绅士，而是直指我们对这里的统治地位。在雷金纳德桌子后面的墙上，凶手用受害者的鲜血画了一个淫秽的女神，她的两只手上各拿着一颗人头，旁边还有用当地文字写的'卡莉'和'拉斯特拉'两个词。福尔摩斯先生，有人告诉我，'卡莉'是本地传说中的邪恶的女神，而'拉斯特拉'则是国家的意思。到目前为止，我们还没有查出到底是什么人犯下了这种残忍卑鄙的罪行。如果事后证明，做出这种恐怖行为的是一些偏执极端的政治派别，而不是某一个精神失常的疯狂杀手的话，我们与印度之间的关系将会遭到很沉重的打击。"

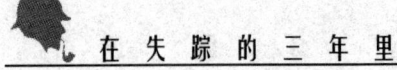

　　总督短暂地停顿了一下，平复了一下自己有些激动的情绪，然后接着说："我现在只能祈望，这起恶劣事件并不是针对即将访问这里的爱德华陛下采取的一种所谓的'欢迎仪式'。按照正常行程，国王陛下三天之后将踏上印度的土地。"

　　总督先生站了起来，接着说："福尔摩斯先生，还有一种可能，即雷金纳德·麦斯威尔和詹姆士·汉密尔顿是代人受过，凶手真正想要刺杀的是我本人，只是因为意外才让他们两个人受害。那些疯狂的禽兽在黑暗之中潜入到这里，然后在混乱之中制造了这起屠杀。如果事情真的如我猜测的这般，我必将采取一系列坚决行动，尽快将这些凶残的罪犯绳之以法，以保证国王陛下访问印度期间的安全。"

　　总督先生就像一只暴怒的狮子在办公室里踱来踱去，突然，他停了下来，再一次站到了福尔摩斯身边，盯着他的眼睛说："但是，这起案件有一个疑点让我感到有些古怪。据我所知，麦斯威尔最近刚刚发现，那位汉密尔顿先生是他的弟弟，或者说是他同父异母的弟弟。一开始，他似乎因为找到了自己的亲人而感到很高兴，但是不久之后，他的精神开始变得有些萎靡，看起来也有些痛苦，好像他知道了某些难以启齿的秘密。我无法确定这起谋杀案是否和他们之间的关系有关联。请问，福尔摩斯先生，你知不知道关于这件事的一些内幕？你如果知道的话，可能会解开这起凶案中的谜团。"

　　福尔摩斯告诉总督，他的确知道这里面的许多内幕，但是，他不能随随便便把它们泄露出去，即使要把这些说出去，也必须是这些内幕的确与这起案件有着至关重要的联系，同时可以避免一些无谓杀戮的时候。

　　总督先生对福尔摩斯的谨慎态度表示欣赏，同时也告诉他：

"福尔摩斯先生，这起案件的严重性已经远远超过了个人承受的悲伤或者有可能遭受的损失。说起来也许无法接受，但是我们不得不承认，这起案件已经上升到了很严重的国家高度，因为我们发现，一份关于国王陛下对于之前的一个国家重大决策有关的批判性建议的文件遗失了。这份文件是由我亲自起草的，只有我和麦斯威尔两个人知道它的存在。昨天下午，我把文件交给了麦斯威尔，他将文件存放在一个保密的地方。但是文件现在不见了，我找遍了整个办公室也没找到。"

"阁下……"福尔摩斯问，"你能否适当透露一些关于这份文件的内容？否则的话，我担心我的调查会受到影响。"

总督很严肃地看着福尔摩斯，就像听到了一个让他愤怒的无理要求一样。过了一会儿，他慢慢恢复了平静，说："福尔摩斯先生，我曾经向伟大的陛下发过誓，除了私人助理，我不会向任何人透露这份文件的内容。你应该尊重我发的誓言。不过，如果你在调查过程中发现了什么事关帝国的重大问题，需要我适当地透露一些这份文件内容的话，我会为了一个远大的目标违背我的誓言，向你透露其中的一部分内容，不过这些仅仅限于你本人知道。我现在可以简单地告诉你，这份文件可能涉及在接下来的几年里发生的一场涉及欧亚的战争。如果稍有不慎，这场战争很可能会给全人类带来灾难性的后果。"

"我知道这些就足够了，阁下。我想，我现在要去看一下案发现场。"

"对了，福尔摩斯先生，这件案子还有一个匪夷所思的地方。"总督突然说，"我想，你进到麦斯威尔的办公室之前应该知道这个情况。也许是出于偶然，那名犯罪嫌疑人在黑暗之中把两个受害人搞混了，他把汉密尔顿的头放在了麦斯威尔的尸体上，而把麦斯威尔的头放到了汉密尔顿的尸体上。"

这个消息让福尔摩斯觉得后背一凉，他并不认为这是因为马虎造成的偶然事件。

"是谁第一个发现了犯罪现场？"福尔摩斯问。

"是麦斯威尔夫人。"总督回答，"这个可怜的女人半夜从睡梦中醒来，却发现麦斯威尔没有在家，于是匆匆忙忙地赶到了丈夫的办公室，一头冲进了我向你描述的那个恐怖的犯罪现场。看到那一幕，她整个人都崩溃了，疯了一般从办公室里跑了出来，向一名卫兵挥舞手臂。那名士兵勘查了犯罪现场之后立刻封锁了那里并且通知了我。到目前为止，除了我和劳顿之外，没有人再去过那里。劳顿就是那个带你来这里的副官，他是我的私人保镖。他学过一些当地语言，能大概读懂墙上的文字。"

"麦斯威尔夫人现在在哪里？"

"在家里接受重症监护。医生担心她的身体状况和精神状态，给她用了镇静剂。"

福尔摩斯回想起了几个小时之前麦斯威尔夫人消失在寂静的夜色之中的情景。当时他们谁也没想到，他们谈话的时候这件事的恐怖结局竟然远超他们的想象。

总督让劳顿军士陪同福尔摩斯去了案发现场——他两天前刚刚拜访过的麦斯威尔的私人办公室。现场异常恐怖！血迹喷溅得到处都是。两具尸体头对着头平躺在地板上。他们的头的确被互换了。福尔摩斯想到了麦斯威尔夫人，这个可怜的女人希望她的痛苦能够在未来的某一天随着时间的逝去归于平淡。

"我不想把我的案件调查过程说得太详细，那太烦琐了，华生。你了解我通常运用的方法。我对现场进行了仔细的检查，然后把房间里每样东西的位置都详细地记录了下来。办公室墙上的图案和字引起了我的注意。就像柯曾勋爵向我描述的那样，墙上写着卡莉和拉斯特拉。卡莉是孟加拉的嗜血女神，拉斯特拉是印度语'国家'的意思。这有可能是印度独立分子想把印度变成一个独立国家的标志。不过，有一些细节让我觉得有些好奇。在卡莉这个单词的一个音节后面有一个标点，印度语中并没有这个习惯。而且拉斯特拉这个词后面还有一个小破折号一样的标志，可能是杀人犯想留下的信息很长，这个词还没有写完，拉斯特拉并不是这个词的全部，杀人犯还没有写完这个词就被打断了。但是，华生，除非我的脑子出了问题，在我的记忆中，没有任何一个单词里包含破折号，我熟悉的语言里也没有。那个淫秽的女神画像是用简单的粗线条画的，没有头，鲜血从她的咽喉部位涌了出来。女神的两只手里提着两个头颅，没有身体部分，画风同样粗糙，鲜血从两颗头颅脖颈的位置流了出来，在女神的身体两侧形成了两个顺从、跪伏的姿势。图案中还有一个人影，可以看出那是个女性，同样跪在地上向女神膜拜。和这个可怕的场面比起来，伦敦的罪犯们要保守多了。"

取证之后，福尔摩斯走到外面的走廊上，仔细排查搜集到的证据。他相信，只要把这些看似支离破碎的东西联系到一起就能找到事情的真相。这起案件到底是不是像总督怀疑的那样，是一起由某些渴望印度独立并与我们开战的极端政治家策划然后由那些邪恶的狂热信徒们实施的恐怖的政治事件呢？还是有其他未知的阴谋隐藏其中？突然，福尔摩斯的脑海中灵光一现，前一天夜里那些让他不安的噩梦似乎和脑海中的某些东西开始重合，让他有了某些想法。于是，他快步走进总督办公室。总督正在和一名秘书交谈，看到福尔摩斯走进来，立刻把那名秘书打发走了。

"阁下，我相信，我已经掌握了某些东西。"福尔摩斯对总督说，"我很理解，昨天晚上发生的一系列事情让你很不安。但是，我相信，那起案件并不是所谓的暴徒采取的恐怖行动，也不是某些极端政治家雇用罪犯制造的政治惨案。"

"那么，究竟为什么会发生这样的事情呢？"

"我想，我很快就能告诉你答案。不过，我希望你能够把这件事当成一起恐怖袭击事件处理，或者假装把这件事当成恐怖袭击事件来处理，然后按照对待这类事件的惯例进行调查。一般来说，在这种极端情况下，你可能采取的行动包括：让军队随时待命，紧急抓捕某些嫌疑人，但是不要让这些被抓捕的人受到伤害，因为这件事不是那些人做的。你的人必须严格遵守相关纪律，尤其是在遭到反对或者抗议的时候，要表面看起来行事极端，背地里却采取温和处理的方式。只有这么做，真正的罪犯才会放松警惕，不会在我们到他的巢穴里把他抓捕归案之前趁机逃跑。"

"你怎么能肯定那名罪犯还没有逃走？"总督疑惑地问。

"他的确有可能已经跑了，说不定已经跑到了我们能够对他采取措施的范围之外。但是，我相信，那个真正的罪犯可能持有那份极为机密的文件，而且他也知道，我夏洛克·福尔摩斯已经抵达加尔各答。如果我没猜错的话，他正在等着我去找他讨价还价，用一笔巨款把那份机密文件赎回。"

"如果那份文件的内容还没有泄露的话，我们会支付他赎金并且保证不会逮捕他。但是那个人是谁？他在哪儿？他是一个人行动还是有很多同伙和他一起行动？"总督问。

"核心人物至少有一个！他可能会有同伙，但是和这个人比起来，其他人都无足轻重。阁下，我现在希望你能提供给我一份标有这座城市所有圣殿位置的圣殿指南和最详尽的城市地图。而且我希望我工作的时候，不会有任何人打搅我。"

"没有问题，你很快就会得到这些东西的。"

"为了更好地破案，我还有两个要求。首先，我需要一份为麦斯威尔服务的雇员名单，包括清洁工、侍应生以及其他干粗重家务的仆人，以及这些雇员都是由谁引荐来的。两天前我来拜访雷金纳德爵士的时候，是一位仆人把我带进办公室的，我对他现在的下落和身份也很感兴趣。如果有相关消息的话，在我破案期间要随时提供给我。"

"这很简单。还有什么其他要求？"总督问。

"我还需要三名你最信任的廓尔喀族士兵，在我与那名罪犯会面的时候陪伴在我身边。他们最好化装成普通的朝圣者，除了廓尔喀弯刀之外，不能携带其他任何武器，因为我希望活捉那名罪犯。从他的行为你就可以看出，他的作案手段残忍，而且智商非常高。如果我没猜错的话，我和他是老相识了，以前曾经交过手。他有能力制造最暴力最恐怖的事件。我很清楚，如果有可能的话，他绝对想置我于死地！"

"福尔摩斯先生，只要你说一句话，我就可以把整个廓尔喀族军团借调给你！"

"阁下，尽管这次行动比较危险，但是我相信，三名优秀的廓尔喀族士兵足以完成这次任务了。"

福尔摩斯离开了总督府后，拿着圣殿指南和城市地图找个地方坐了下来，按照地名索引寻找他要去的地方。他猜测，那名罪犯正在等着他前往卡莉女神的神庙，肯定有一座寺庙专门供奉这个被切断了头颅的女神。这是他从墙上的绘画中得到的信息。在印度加尔各答只有一座侍奉这位卡莉女神的神庙，那是一座中世

纪建造的庙宇，位于这座城市的北郊。福尔摩斯猜想，他要找的
那个男人应该就在那里，因为那里非常僻静，而且一有风吹草动
就可以立刻逃离。他正在研究那个区域的地图并观察通往那座神
庙的道路时，接到了总督传来的消息：麦斯威尔的一名叫卡里姆
的仆人失踪了，他是一名克什米尔移民，那天就是他带福尔摩斯
去麦斯威尔办公室的。福尔摩斯现在知道凶手是怎样进入麦斯威
尔办公室并且窃取文件的了。

　　大约在晚上 6 点左右，福尔摩斯结束了他所有的工作，然后
直接去了柯曾总督的办公室。柯曾勋爵亲自挑选的三名穿着普通
尼泊尔朝圣者衣服的廓尔喀族士兵正坐在总督办公室里等候着福
尔摩斯的召唤。福尔摩斯一走进办公室，三个人立刻站了起来。

　　"这三个人是我亲自挑选的，是廓尔喀军团里最勇敢也是战
斗力最强的战士。福尔摩斯，他们每一个人都能对付十五到二十
个普通人，我很同情那个将要和他们交手的人。"总督说。

　　福尔摩斯仔细观察着这三名战士。这三个人不仅身体强壮，
而且异常冷静。福尔摩斯吩咐他们，稍后进入一座寺庙并像普通
朝圣者那样礼拜。与此同时，他将拘捕一名危险的谋杀犯，他希
望可以将他活捉，这三名战士要在那段时间里做好准备，在福尔
摩斯发出暗号的时候出手帮助他。同时，他们也商量好了暗号：
看到福尔摩斯将左手放到自己耳朵上，他们三个人就动手。福尔
摩斯接着向他们描述了要抓的那个人的外貌特征：那个人个子不
高，身材消瘦，几乎皮包骨头，穿着打扮可能很像一名瑜伽修行
者或者苦行僧。之后，福尔摩斯又告诉了他们去那座寺庙的路
线，并让他们三个人先到那里做准备，自己很快就会到达那里。
他们在那里绝不能暴露和自己的关系，但要时刻关注自己的一举
一动。一看到他发出的暗号立刻采取行动，抓住那个和福尔摩斯

说话的人，如果可能的话尽量将其活捉，不要伤到那个家伙。

"随后，我离开了总督府，坐人力车前往供奉断头女神的寺庙。这段路很长，大概五六英里。当我到达那个寺庙附近的时候，已经是黄昏时分了。在去寺庙的路中，我在脑海里反复完善着自己的抓捕计划。这座寺庙的一侧是修行者聚集的地方，那里有寺庙首席神职人员居住的房子，还有一些印度托钵僧聚集在那里。我很确定，我要寻找的猎物就在这些人中间。"

福尔摩斯说到这里的时候非常激动，因为描述的时候他仿佛再次经历了传奇事件中最刺激的那一幕。

"我下了车走向寺庙的时候，天已经几乎完全黑了。寺庙里正在按照惯例进行着傍晚的宗教仪式，到处都是铃铛声和婴儿的哭声，而且还摆满了各种贡品。我走进庙门，想找到那几位廓尔喀族保镖，但是并没有看到他们。那时我已经无法退缩，只能寄希望于他们能够及时赶到那里。"

福尔摩斯当时扮演的角色是一名英国游客，脸上的表情看起来充满了好奇和迷惑，同时也没有明确的目的性，因为他相信，那名罪犯会发现他并把他引到自己身边。他的眼睛渐渐地适应了周围的黑暗环境，首先看到了一群被社会遗弃的人——他们大多身有残疾，比如四肢不健全、哑巴等，而且被饥饿纠缠。借助油灯的昏暗光线，他勉强看清了寺庙里的模样。寺庙里到处画着骷髅、可怕的鬼神以及怪兽的图案。在主神殿里摆放着无头女神的神像。这时，一个女孩儿走到了福尔摩斯的身边，和这里许多被社会遗弃的人一样，她是个哑巴，身上只裹着一块脏兮兮的破布。她拉着福尔摩斯的外套，把他带到神龛后面的一棵高大的菩提树前。福尔摩斯在黑暗中看到，树下有一个人正用瑜伽的姿势坐在那里，脸被一块几乎覆盖了他整个上半身的围巾遮挡着。哑巴女孩儿拽着福尔摩斯走到那个人面前,那个人示意福尔摩斯坐下。他们身边有两盏昏暗的油灯。

"欢迎你来到这里,夏洛克·福尔摩斯先生。"一个外国口音从那块围巾下面传了出来,好像是从牙缝里挤出来的一样,"我一直在这里恭候你的光临。"

"是啊……"福尔摩斯说,"我们又见面了。如果我的记忆力没出问题的话,我面前坐着的应该是卡罗尔·拉斯诺维奇·莱斯塔克夫,圣彼得堡东方学院的优秀学生,现在是沙皇在中亚的间谍。你在亚洲的黑暗地下世界中可是声名狼藉啊。我们在西藏的时候就交过一次手,莱斯塔克夫,那次的交手我想应该可以算作平局。你在办公室里用鲜血留下的信息立刻就让我猜到了你的身份,你的名字缩写和你姓氏的简写是 Ka、Li 以及 Rastra,在这里的语言正好是'卡莉'和'国家'的意思。我不想在这里和你拐弯抹角地浪费时间,我直截了当地说吧:我要那份机密文件,为此我可以给你一大笔钱,并且让你安全地离开印度。"

"福尔摩斯啊,福尔摩斯,我亲爱的先生,你的进展实在是太快了一点儿。"

这名凶手边说边把围巾拉低了一点儿,福尔摩斯再一次看到了那张曾经在许多罪恶恐怖活动中出现过的凶恶面孔。

"首先,我要向你声明,我对于那份文件的交换条件没有丝毫兴趣。它已经通过秘密渠道被送到它该去的地方了。这份文件对我的雇主有非常重大的意义,我可不会因为其他事情把它交出去。麦斯威尔和汉密尔顿完全是自取灭亡,因为他们在下班之后又突然毫无征兆地回到了办公室,打断了我的搜寻工作。他们进来的时候我藏了起来。可是他们当时的对话实在太长了,仿佛没有止境一样,而且麦斯威尔还不时地大声指责。我当时非常反

感，我可没有那么多时间浪费，所以在他们俩激烈争吵的时候毫不客气地给了他们一人一枪。我原本打算把现场伪造成一起普通的谋杀案现场，可就在我拿到那份文件的一刹那，突然产生了一个灵感：如果我能让总督误以为这起谋杀是针对大英帝国的恐怖行动，就可以让我的敌人遭受更大的打击。所以，我改变了自己的布置，让现场看起来就像是一起政治暗杀。"

"你的布置真够蠢的！"福尔摩斯说，"现场到处都是破绽。那两个被害者其实是先被勒死的，而不是被人砍了头才死的，莱斯塔克夫。"

"只有你这样的高手才能注意到这些微不足道的细节。你的同胞们根本不了解他们统治的殖民地里的人民有什么习惯。所以，我把他们的头砍下来之后又有了一个想法：我要把你引到这里来，因为你第一次拜访麦斯威尔的时候我就认出你了。所以，我把他俩的头换了一下，然后在我留下来的消息里加上了'拉斯特拉'和'卡莉'，我名字的缩写，这两个词有两种完全不同的解读方式。我知道你立刻就能读懂了其中的含义。我想，我的计划现在已经完全成功了。为了避免你们的国王爱德华七世抵达时不出现什么乱子，总督已经让全部的军队待命，同时逮捕了大部分孟加拉的政治领袖。"

说到这里，他停了下来，看着福尔摩斯，微微眯起来的眼睛中露出一缕凶光："在这场大戏的最后一幕，我将从这个世界上把夏洛克·福尔摩斯彻底抹除！"

莱斯塔克夫尖叫着向福尔摩斯扑了过来，手里拿着一把匕首，动作快得让福尔摩斯大吃一惊。福尔摩斯猛地蹿起，向后疾退，可是那把匕首尾随而至，直刺他的胸口。突然，一股温热的液体喷溅到他的身上，一开始，福尔摩斯以为这是自己的血，但是，他抬头一看，却看到莱斯塔克夫被砍掉的脑袋在空中飞舞，他身上的血正是从这个凶手的颈部喷出来的。原来，是潜伏在附近的廓尔喀族士兵之一敏锐地注意到形势不妙，看到福尔摩斯命悬一线，本能地发出了闪电般的一击，用最快的速度消灭了这个邪恶世界中鼎鼎大名的人物。

福尔摩斯目光闪烁地回忆着当时的险境。我则哑然无语，因为恐惧而浑身冰冷。尽管福尔摩斯现在活生生地在我的面前向我描述事发经过，我还是感觉如身临其境，仿佛福尔摩斯已经被刺杀于我的眼前。

"这个故事简直让人难以置信。福尔摩斯，麦斯威尔和他弟弟无缘无故地失去了生命。"

"是的，华生，的确是这样。但是关于他们俩的故事还没有完。我返回了英格兰之后，和你相遇之前又了解到了一些新的东西。华生，你应该还记得，当我返回之后和你相认的时候，我化装成了一个年老的图书经销商。"

"没错，我记得很清楚。"我说。

"就在那前几天，我以同样的身份去了约克郡，想找到罗斯·汉密尔顿，也就是詹姆士的母亲。"

"你为什么要这么做？"我吃惊地问。

"因为我有一种预感，不，不能说是预感，而是怀疑，我怀疑雷金纳德和詹姆士并不是同父异母的兄弟。他们俩死后，我仔细地检查了他们俩的尸体，并在对他们的头盖骨进行鉴定后确认，他们两个人并没有血缘关系。而且，在仔细观察汉密尔顿的面部后，我吃惊地发现，他的确和某人的面部相似，但绝不是麦斯威尔，虽然两个人在某些方面的确有些类似，并且依靠这种类似的容貌，麦斯威尔在最初的时候让他的夫人动了心。所以，我一回到英格兰，就化装前往怀克里辛顿，那里有古老的休姆家族的房产，也是麦斯威尔夫人的出生地。我在那里找到了詹姆士·汉密尔顿的老家，那里现在已经是一个废弃的窝棚。他的母亲在几年前死于酒精中毒引起的高热。那栋房子的门窗被村里的一个男人用木板钉死了，防止有人破坏。在某一天的夜里，我撬开了后窗上钉的板子，花了几个小时的时间检查了那个女人遗留下来的财产，最后在一个旧橱柜的抽屉里发现了一个很小的金属盒子。这个盒子在那个女人的一堆衣服中间，盒子里有一本日记。我在那本日记里看到了我希望找到的信息。日记本的扉页上写着：'就在一周之前，我有了一个儿子，我给他起名为詹姆士。他的父亲叫杰里米·休姆，但是他并不承认这个儿子的存在。'下面写着日期，1865 年 6 月 5 日。"

"我的上帝啊！"我惊呼了一声，"汉密尔顿竟然和麦斯威尔夫人是同父异母的兄妹！"

"的确是这样，我亲爱的华生。我之前从詹姆士的脸上已经发现了他们两个人之间的相似之处。这也就解释了为什么她的父亲发现他们产生爱情之后那么愤怒。在那位夫人向我讲述这个故事的时候，我就已经有些怀疑这一点了。他的父亲的反应似乎有些过激了。不过这可以理解，休姆那样有社会地位的男人与声名狼藉的乡下姑娘罗斯·汉米尔顿私通并且有了私生子，如果这件事被人发现的话，他根本无法面对家庭和社会舆论的压力，所以他而且采取了一系列行动。"

"那麦斯威尔的父亲呢？他究竟向自己的儿子传达了怎样的信息，让麦斯威尔相信汉密尔顿是自己同父异母的兄弟的呢？"

"这对我们来说恐怕永远都是一个谜，因为最后听到麦斯威尔和汉密尔顿对话的只有莱斯塔克夫。但随着那个凶手的死亡，这一段内容和他一起被埋葬了。不过，我亲爱的华生，我们还有一点点运气。我很幸运地看到了罗斯·汉密尔顿的日记，这让我们能够窥视到这个谜团的一角。汉弗莱·麦斯威尔先生的妻子去世之后，雷金纳德的父亲也曾经和她有过一段缠绵的日子，可能是为了从她那里寻找安慰。当休姆先生不认他的亲生骨肉甚至连一点点补偿都没有给她之后，罗斯·汉密尔顿女士抱着她的孩子找到了麦斯威尔并声称，他是这个孩子的父亲。麦斯威尔相信了她并且秘密地为她和她的孩子提供了帮助，让他们可以维持生活。"

"这个故事简直太离奇了！"我惊呼了一声。

"的确是这样。"福尔摩斯点了点头，"当我们再回想这个故事的时候，你会发现，这个故事在你汇总的故事集里非常独特。总有一天，公众们会看到这个离奇故事。"

"如果可能的话，我会这么做的。但是，我现在想知道的是，那位麦斯威尔夫人现在怎么样了？"

福尔摩斯若有所思地凝视着窗外，沉默了一会儿之后说："华生，其实我也想知道，我对她的现状也非常好奇。"

霍奇森的幽灵

1894 年 5 月末，伦敦的报纸刊登了布莱恩·霍顿·霍奇森的讣告：

> 本世纪最伟大的东方学者霍奇森在睡梦中去世，享年九十四岁。他的一生是有限的，但是他的生命却几乎贯穿了整个 19 世纪。

看到他的讣告之后，我决定，将我记录的那些福尔摩斯在东方侦破的案件整理一下。霍奇森在我的这些记录里曾经以奇怪的方式出现在一起奇异的事件之中，并在那起事件里扮演了一个重要的角色。但是在福尔摩斯返回英格兰之后，他们才真正地面对面地认识了对方。福尔摩斯经常谈到这位伟大的佛学家，和我讨论这位学者对欧洲知识分子产生的持久影响。

布莱恩·霍奇森于 1801 年在柴郡出生，二十一岁的时候被派往加尔各答，加入了印度行政参议会，从事低级职员的工作。他在抵达那里的最初几个月里，因为不适应当地的气候，身体健康严重受损，体重迅速减轻。他的上司甚至已经开始考虑把这个年轻人送回国内。后来，他被送到了喜马拉雅地区的库玛翁附近的阿尔莫拉。当时，尼泊尔地区突然出现了一个空缺职位，于是他又被任命为驻当地的英国公使爱德华·加德纳先生的助理。

1823 年 4 月，霍奇森离开了阿尔莫拉，前往加德满都。这一段旅程非常艰辛，为了能够到达这座被尼泊尔当作首都的城市，霍奇森不得不面对危机四伏的塔莱丛林的挑战。这座丛林被当地人称为奥尔，是孟加拉地区最凶险的地带之一，就是在那座丛林里，他患上了在整个世界范围内都算得上最糟糕的热病。在他到达加德满都之后的头三周，高热一直伴随着他，这段时间他都是躺在床上度过的。不过，得益于加德纳夫人的体贴、照顾和山区特有的凉爽气候，他的身体渐渐恢复。

康复之后，霍奇森很快就成了他所在部门的一名充满活力并且值得信任的得力职员。他的上司加德纳对他的评价非常高，加德纳公使退休后热情地推荐他担任自己的继任者。这一推荐在加尔各答获得了认可，就这样，未满三十岁的霍奇森就成了众人瞩目的英国驻尼泊尔公使。

霍奇森在职二十一年。在这段时间里，他一直都维持着两个不同的职业。在官方，他是驻尼泊尔公使，在尼泊尔代表着东印度公司和大英帝国。依托这一有利的身份，他成了尼泊尔统治者的亲密伙伴，同对尼泊尔政局有着非同小可影响的大人物比姆森·塔帕上将的私交尤其亲密。同时，霍奇森在空余时间里还投身于喜马拉雅地区生活的各个方面，不知疲倦地研究当地人的历史、语言、习俗和法律条文。让他在欧洲崭露头角的就是他所著的关于佛教的一系列文章，这个宗教此前在欧洲鲜为人知，于是他的著作就成了欧洲人在随后几十年间进行佛教研究的基础资料。

然而，在 1844 年，他与当时驻印度总督艾伦伯度爵士产生了很大的分歧，两个人甚至发生了正面冲突。于是，霍奇森被艾伦伯度总督塞到了印度的一个虚职上，彻底被架空。霍奇森辞去了自己的职务，并且回到了英格兰，花大量的时间研究亚洲文化。

霍奇森先生去世不久，或者把时间说得更精确一点儿，就是 1894 年 6 月的一个晚上，福尔摩斯和我在家里闲聊着他和莫里亚蒂一同消失之后他四处漂泊的经历。我对那个晚上记忆犹新，因为在那天之前福尔摩斯连续几周时间都被严重的精神忧郁症所困扰。

"你曾经向我说过好几次了，福尔摩斯。"我对他说，"你曾经去过神秘的封闭国度尼泊尔，并且在它的首都加德满都待了很长时间，但是你从来没有向我提过你在那里究竟做了些什么。你也可以说说，你究竟是怎么进入到那个神秘国家的，我对此非常好奇。"

福尔摩斯听到我的话露出了微笑。我好久没有看到他的笑容了，甚至都不记得他上一次露出笑容是在什么时候了。

"华生，相信我，没有几个地方能比尼泊尔更让人沉醉了！我们的一位同胞认为，只有用罗斯金的文笔或者克劳德的画笔才能把这个国家完美地描绘出来，对于这种说法我十分认可。那里风景如画，气候干爽，有利于健康，而且那里的人民十分友善。不过，那里的人同时也忍受着残酷的统治，并且被落后的制度所折磨着，尽管他们支持那里的王公贵族们，但是却积累了很多的不满，随时都有可能摆脱那些统治阶级的专横压迫。如果不是我国政府为了维护自身的利益，不得不对那些王公们采取友好的态度并且支持他们的统治，我想他们会倒台得更快一些。"

说这些话的时候，福尔摩斯变得很精神很健谈，我想，他应该是受到了尼泊尔山区的那些朋友们的影响。

"华生，你可能还记得，我之前曾经在西藏化装成一名到处旅行的斯堪的纳维亚的自然学家。不过，离开西藏的时候，我改变了身份，化装成一个西藏的云游喇嘛，从拉萨步行前往加德满都。在西藏居住期间，我学会了藏语，并且对当地的佛教进行了充分研究，如果需要的话，我会变得和普通的喇嘛一模一样，根本不会有人看出破绽。那位斯堪的纳维亚冒险者同他的朋友们告别并离开他们的那一天，西藏拉萨多了一名从拉达克到那里去的陌生喇嘛。在拉萨，我可以像那些真正的喇嘛一样，我甚至还和真正的喇嘛争论过许多关于宗教哲学的问题。"

接着，福尔摩斯又开始回忆他在拉萨居住期间认识的那位尼泊尔商人，他就是随这位朋友的商队经过艰苦跋涉，从拉萨去了南方。这名商人叫高额沙哈，在西藏居住了很多年，主要经营纺织品和各种各样的手工艺品，甚至还包括从俄罗斯弄来的武器。福尔摩斯到达西藏后不久偶然遇到了这位商人，很快两个人就成了不错的朋友。高额沙哈每四年返回家乡尼泊尔一次，正好今年就是他返回家乡的日子，而福尔摩斯也打算在他回家的时候离开西藏，所以准备跟随他的商队一起去尼泊尔。不过，高额沙哈很严肃地警告他，这种旅行有很大风险，如果他在尼泊尔被发现，搞不好会受到严厉惩罚。福尔摩斯告诉高额沙哈，在任何情况下自己都愿意承担这种风险，因为他只打算在那里短暂停留。

他们先从拉萨到达日喀则，然后从那里又去了江孜，最后乘坐藏人从古流传至今的用牦牛皮做的皮筏艇渡过了雅鲁藏布江，然后进入了空气稀薄的海拔一万五千英尺的世界。

"连许多动物都不再继续向前走了。"福尔摩斯说，"我们必须一边走一边确定方向，找到道路，这耽误了我们的行程。终于，我们穿过了一万九千英尺高的聂拉木高原，抵达了卡萨附近的一个村落并在那里过夜。第二天一早，我们横穿卡达瑞地区，然后在当地住了一晚。第三天，感谢上帝，我们终于可以降低我们的海拔高度了，我们一路向下，向多拉卡王国行进，那里距离加德满都只有几天的路程了。"

　　福尔摩斯说，从西藏到尼泊尔的旅程充满了各种戏剧性的变化，那里的风景让人震惊，西藏很多地方都是没有经过开发并且杳无人烟的不毛之地。他原本以为，在那么高海拔的喜马拉雅地区应该到处银装素裹，被冰雪覆盖，可他们从高海拔地区向下走的时候却发现，映入眼帘的是穿过山谷的清澈溪流，而且还出现了覆盖了整个地表的郁郁葱葱的植被。

　　"据我的了解，我应该是第一个访问多拉卡地区的欧洲人。我十分惊讶，在如此封闭的世界里竟然有这般让人流连忘返的美丽画面，这样一个山清水秀、风景如画的地方竟然不被外人所知。置身于这样一个世界里，我开始从艰辛旅途造成的疲劳中慢慢恢复过来，感觉到了一种在我生命中从来未曾感觉到的幸福。"

　　福尔摩斯很少像现在这样对别人敞开心扉，不过一谈到尼泊尔，他无法掩饰心中的喜悦。他好像看出了我的想法，突然很严肃地对我说："亲爱的华生，我必须告诉你，我其实有时候也会被你为我勾勒出来的形象逗笑，在你的描述里，我就像一台没有感情的机器。虽然有的时候我也会拿这些来自嘲，不过，这并不是真实的，事实上，我也有感情，像所有人一样。但是，我可以完全支配我自己的感情，让它们理智地为我的大脑服务，这可能是我与其他人不同的地方。"

听到这番话我感到非常开心，因为亲爱的福尔摩斯试图把这种过于理性的态度归咎于我的文学夸张，而不是他自己的性格。这种想法很不错，我可不会因此而打断他的描述并且和他进行毫无意义的争论。看到我什么也没说，福尔摩斯沉思了片刻，就如我希望的那样继续向我讲述他的经历。

在多拉卡短暂休整之后，他们继续前进，穿越潘琦卡尔，到达了位于尼泊尔峡谷东南面的古老的城镇巴内帕。福尔摩斯对自己在巴内帕度过的那个早晨印象深刻。那天，他们早早起了床，在大哈瑞斯河洗了个澡，然后继续他们的行程，向加德满都方向前进。清晨的阳光渐渐驱走了冬日的薄雾，他们爬上山坡的时候天色还很早。就是在那个地方，许多美丽的尼瓦尔村落首次闯入了他们的视野，那些村庄星星点点地散落在广阔无垠的大地上，美得像一幅画一样。他们继续向上爬，途中路过了一些不大的砖瓦结构的寺庙。

"田野上是一望无际的绿色，因为刚刚下过很大的雨，所以肥沃的田野上百花盛开，各种各样的植物争先恐后地从土壤中冒了出来。我们到达山顶后，我向右侧转过头来，那里就是加德满都峡谷！我必须告诉你，华生，我当时惊呆了，在此之前我从来没有见过如此美丽壮观的景象，甚至在此之后也不曾见到过。我当时感觉比自己第一眼看到拉萨的时候还要惊讶。加德满都就在那里，我能看到金色的宝塔、波光粼粼的河水还有碧绿的田野。我一边随着队伍前进一边久久地凝视着那里。走在我身边的高额沙哈注意到了我的神情。

"'这里就是我的家乡！'他用骄傲和自豪的语气对我说。

"华生，那是我成年以后第一次放松了时刻保持的警惕。我的意志完全放松了下来，在这个温馨美丽的世界里，我的内心平静了下来，这是一个几乎没有犯罪和邪恶横行的世界。在那一刻，我甚至有过一丝犹豫，想要留在那个美丽的地方，或者干脆在那里组建一个自己的家庭，远离邪恶纵横的世界以及那些各式各样的敌人。不过，我很快就恢复了冷静。我知道，我已经将自己置身于与邪恶搏斗的世界里，不能犹豫和退缩，也无法回头了。而且我清楚地知道，我那些狡猾的敌人已经厌倦了在伦敦或者其他欧洲大城市的犯罪活动。如果你真的想找到一个足够狡猾的坏人，只能到那些看起来不大可能发生犯罪的地方去找。越是纯洁的土壤越容易被那些坏人利用，实施他们邪恶的犯罪计划。华生，看到那些尼泊尔孩子天真无邪的面孔，你就能够理解喜马拉雅的肥沃土地对那些罪犯们意味着什么。"

他们到达加德满都郊外的时候，已经是傍晚时分了。

高额沙哈在城里有一个小客栈，他和他的家人就住在那里。客栈的客人绝大部分是印度商人。他邀请福尔摩斯住下，并且为他提供吃的东西，这样比福尔摩斯自己一个人没头没脑地出去乱跑要好，那种行为虽然勇敢，但是太引人注目了。在到达那里的最初几天，福尔摩斯的活动范围只有他的房间和客栈里那个不大但是很漂亮的庭院。福尔摩斯决定，从这里走出去之前为自己换一个更易于活动的伪装身份，因为一个从西藏来的僧侣在这座城市里很容易引起别人的注意。

"华生，你知道，我有伪装自己的天赋。当我决定将我的人生投入到与犯罪作斗争的时候，这个世上就失去了一位伟大的演员。可是，我在尼泊尔为了找到一个合适的可以用来伪装自己的身份几乎绞尽了脑汁。尽管我可以控制自己的身高，并且让自己降低一英尺左右的高度，但仅仅这样我还是无法将自己伪装成为一个地地道道的廓尔喀人。这些山区的居民的身材和他们的面部轮廓与我们完全不同。伪装成一个西藏喇嘛或者一个欧洲旅行商人，旅行的时候会很方便，但是在加德满都停留会受到太多太多的限制。于是我决定化装成一个印度人，因为印度人可以在莱塔自由地穿越两国边境。而且我还必须化装成一个高种姓印度人，因为只有这样我才能自由行动。最后，我决定化装成一个来自克什米尔的婆罗门或者梵文学者，到这里是为了学习这里的语言以及附近喜马拉雅地区的方言。我在去印度的旅途中遇到过一个年轻的爱尔兰人，他来自贝尔法斯特，叫格里尔森，是去印度研究当地语言的。当时我注意到，他的助理主要是来自克什米尔地区的婆罗门人，受过良好的教育，肤色较浅，并且精通英语。我还注意到，克什米尔有一个叫欧雷勒·斯坦的匈牙利学者，正在当地进行科学考察。他是一位考古学家，由于对考古工作的巨大兴趣，他的足迹甚至到达过印度库什那样的偏远地区。我决定好好地利用这两个有利的条件。于是，我到达加德满都之后不久，就化名梵文学者兼印度皇家语言调查协会助理调查员考尔。我还拿着格里尔森和斯坦的推荐信，当然，这些都是伪造的，不过伪造得非常不错，足以以假乱真。"

决定这么做之后，福尔摩斯立刻开始完善他的新身份，于是在某一天，那位来自拉萨的喇嘛和他最近认识的一些熟人道别之后，出发前往印度。不过，通过巴哈米哈迪检查站之后不久，这位僧人脱掉了僧衣，穿上了克什米尔地区的传统服装，以克什米尔梵文学者考尔的身份再次返回了加德满都山谷。

"华生，关于这个细节没有必要讲述得太多，不过我可以告诉你，当时我的形象堪称卓尔不凡。我让一位当地的理发师给我修剪了胡须，戴了一副西藏款式的眼镜，又穿上了一件克什米尔地区的传统服装。接着，我步行回到了高额沙哈的旅馆。我走进他的旅馆的时候，他并没有认出我来，显然我的这个年长的克什米尔梵文学者的伪装身份很成功。"

　　福尔摩斯终于可以在集市上自由地漫步了。他仔细研究了这座由窄小的街道和小巷组成的迷宫一般的城市。他发现，这个国家之所以会变得封闭是因为统治这个国家的政府过于软弱，无法抵抗外来影响，只好通过内部的愚民和封闭政策来维护自己的统治。尽管很多外国人居住在这里，但是，这些人在这里滞留的时间长短，是否能够继续在这里停留，都由他们是否能够成功地贿赂当地的官员以及贿赂多少来决定。这些年来，尼泊尔政府官方允许外国人进入这里，但事实上能进入这个国家的外国人却寥寥无几。

　　"华生，那个国家实际上已经被各种针对我们的敌对势力和间谍蛀得满是窟窿。甚至我在那里看到，几个在整个犯罪世界都闻名遐迩的大人物堂而皇之地走在街上。我仅仅在那里逛了两天，就发现了三个沙皇的间谍，其中就有臭名昭著的无政府主义者和炸弹专家卡科维斯基，他已经失踪很多年了。还有一个叫瑞泽特，他曾经投毒谋杀了一整个家族，制造了一起恐怖的灭门惨案，然而他却在那里开了一家小店，成了一名店主。哦，还有塔尔曼，杀伤力很强的萨尔兹堡来复枪就出自他手，他在那里靠贩卖地图赚取微薄的收入。这还不是全部，我还在那里发现了卡萨帕瑞斯特，他曾经是德国皇帝的马厩里的一名清洁工，实施了一系列恐怖袭击之后潜逃，现在却在那里经营一家眼镜修理店。还有无耻的安娜·米拉马尔，一位西班牙的吉普赛人，曾因为谋杀哈罗勋爵而被通缉，现在却在那里经营一家妓院，还把尼泊尔的妇女贩卖到印度的妓院里，生意做得竟然还不错，赚了不少钱。华生，你能想象吗？所有这些恶棍竟然都集中在这样一个很小的区域里。尼泊尔就像一颗美丽的禁果，大批的蛆虫被吸引到那里，吸食其香甜的果肉。

"回到旅店之后，走进我的房间时，无数的苦恼和烦闷涌进我的脑海里。这么多流氓和罪犯出现在这个地方，难道真的只是意外吗？会不会是某些隐藏在幕后的邪恶势力操纵了这一切？还是另外一个更加高明的罪犯巧妙地布置了这个复杂的局面，即使那些在他的计划里担当重要角色的演员们也被蒙在鼓里，甚至完全察觉不到这个人的存在？"

这样或那样的各种复杂的想法和思绪困扰着福尔摩斯，让他连续好几晚上都无法入眠。一天午夜之后的某个时间，他突然惊醒，再也睡不着了，于是穿上衣服，从自己的房间窗户向外望去。整座城市非常安静，突然从钟楼的方向传来了两声钟声。他久久地凝视着外面无尽的黑夜，决定出去走一走。

尼泊尔的夜晚很冷，也很潮湿，空气中弥漫着从喜马拉雅山脉飘过来的薄雾。福尔摩斯用一块羊绒围巾紧紧地包裹着自己脸部，只有一双眼睛露在外面。他戴着一顶黑色的遮阳帽，很多尼泊尔人都戴着这样的帽子，这样，即使有人看到他也不会产生怀疑。那天晚上，月光已经完全被乌云遮挡，笼罩大地的黑暗似乎随时可以将一个人吞没，但是，福尔摩斯并没有害怕，因为这样的夜晚他经历得太多太多了。

城市里到处都是狗，有的是走失的，有的则是野狗，这些狗常常傍晚就开始嘶吼，直到午夜时分才入睡。所以，现在它们已经安静下来，但是偶尔还能听到从黑暗中传出来的咆哮声。福尔摩斯顺着街道前行，偶尔会被睡在路边的人绊倒。他的目的地是市场里的阿桑广场。朦胧的夜色之中，他察觉到好像有些人正在进行夜晚的礼拜活动，不过却没有发出声音。除了从寺庙里传出来的钟声，整个城市完全被黑暗笼罩，异常安静。福尔摩斯沿着一条寺庙对面的小路前行，为了不被水沟上边粗糙的石头绊倒，他就用左手扶着身边的建筑物。

大约走了二十分钟，福尔摩斯走到了小路的尽头。他发现，自己已经身处一个空阔的大广场中。这里距离古老的皇家宫殿非常近，从这里就可以看到哈努曼多卡宫，也叫哈努曼大门，是用一个猿神的名字命名的。在夜色之中，广场出现了一种奇异的甚至可以说是超自然的景色，在这里可以勉强看到那些寺庙宝塔的影子，还有那些用于祭拜的偶像图腾。在广场中间，他看到了一个邪恶女神的丑陋雕像，即使在这样黑暗的夜晚仍可以很清楚地看到她眼中的白色和尖利的獠牙。

福尔摩斯走过这个看上去十分神秘的广场之后，终于发现了人类活动的迹象。在他前面就是马汉托集市的入口处，他可以看到从一些打开的窗户里透出来的烛光。突然，他听到有人说话，似乎还是英语。出于好奇，福尔摩斯慢慢地靠近了声音传出来的地方。在那里，他听到了一阵争吵声，声音虽然不大，但是好像吵得很凶。他偷偷向屋里看了一下，看到三个男人围着一张小桌子坐着，有一个人面向他的方向。福尔摩斯勉强可以看到他的面孔，觉得似乎有点儿眼熟，他回忆了一下，终于想起了这个人的身份。其他两个人背对着福尔摩斯，而且完全被黑暗围绕。

他听到屋子里有人用欧洲口音很重的英语说："没有了。你知道吗？没有了！我不会再给你了……"

"这是他说的最后一句话，华生。"福尔摩斯表情严肃地对我说，"他说完这句话之后，坐在他对面的两个人之一慢慢站了起来。这个人身材很高，尼泊尔人没有这么高的身材。因为烛光过于昏暗，我几乎看不清他的脸，但是我却注意到了他的眼睛。华

61

生，虽然我的想象力并不丰富，但是这双眼睛却让我感觉，这是一个异常危险的敌人，因为我曾经见过不少高智商的罪犯，他们都有一双这样的眼睛。我当时强忍着才没有惊讶得叫出声。这张面孔在我的面前一晃而过，他从椅子上站起来，从外套下面掏出了一把匕首，猛地刺入对面那人的心脏。那个人异常惊讶，一句话都没说出来就被刺死了。确认那个人已经死亡之后，凶手从那个人的胸膛抽出了匕首，动作从容地用那个人的围巾擦干了匕首上的血迹，然后和同伙离开了那里。当他们离开的时候，蜡烛被他们带起的风吹得跳动了几下，变得明亮了一点儿，就在这一瞬间，我看到了那个凶手的同伙的面孔，那是一张英国人的面孔。"

福尔摩斯冒险跟在这两个人后面走了一段路，但由于这座像迷宫一样的城市在夜晚的路况更加复杂了，他跟了没多久就跟丢了。不过，他有一种预感，在不久的将来他会再次遇到那个杀手。他回到了那个可怜的受害者的家，走进房间，看到那个人的尸体躺在血泊之中。桌子上的蜡烛还在燃烧着。借着烛光，福尔摩斯仔细地看着那张面孔，认出了他是那个投毒者瑞泽特，他杀害了很多人，自己也得到了一个死不瞑目的下场，这是罪有应得。不过，有一个疑惑一直在困扰着福尔摩斯：泽瑞特待在加德满都的目的究竟是什么？

福尔摩斯回到房间，小睡了一觉，直到被窗外传来的一阵奇怪的喧哗声惊醒。声音是聚集在不远处的屋顶上的成百上千只鸽子发出来的，有人给它们喂食，引起了它们的骚动。他从窗口向外望去，看到一个年老的尼泊尔妇女正从他头顶上的阳台向那些鸽子抛洒谷物。新的一天就这样开始了。

"这时，响起了敲门声。站在门外的是拉西曼，他来自一个小村落，只有十一岁，浑身脏兮兮的，赤着脚。他为我送来了早餐：英式的早餐蛋和麦片粥放在了印度式的脏盘子里。拉西曼把我的早餐放在窗前的一张小桌子上，对我笑了笑，然后像他来时般迅速地离开了我的房间。"

福尔摩斯坐在房间里，回忆着昨天晚上发生的事情。他确定，瑞泽特被谋杀，可能是一系列大规模犯罪活动的一部分。但是这个阴谋针对的是什么？依据凶手的身高判断，那个人十有八九是一个欧洲人，这样的话，他只能在夜间活动，以免被人发现，除非他有能让尼泊尔官方接受的理由，让他可以在这里居住。福尔摩斯已经用了几天时间调查整个集市，他相信，他已经发现了所有隐藏在加德满都的欧洲罪犯。那些人他都知道，但是没有任何一个人符合谋杀犯的外貌特征。所以，这个恶棍没有住在集市上，而是住在其他地方。那么他在哪里呢？通过排查和推理，福尔摩斯找到了答案：那个家伙在英国公使馆里，那里是唯一一个外国人可以大模大样地身居其中而不会被人怀疑的地方。

"我坐在房间里沉思的时候，突然，我的茶杯和茶碟开始互相碰撞，发出了一阵叮当声，接着，那个放早餐的小桌子开始摇晃起来，然后我的椅子开始摇晃。开始我以为是一只猫或者其他动物从我椅子下面穿过造成的，但是没多久，整个房间和整个旅馆都开始晃了起来。托盘从桌子上滑落下来，接着从窗外传来了物品打碎以及人们疯狂呐喊的声音。接着，震动毫无征兆地减轻了，就像它毫无征兆地到来一样。我以为发生了地震，连忙跑到窗边，向外张望，却发现在我视线以内的东西基本上都是完整的。接着，我听到了一种我永远也忘记不了的声音，成千上万人一起有节奏地缓慢地不停地重复着像是'啊，啊'的声音，感觉就好像整个加德满都的人都在大喊。我后来从高额沙哈那里得知，这是当地人的一种巫术，他们在喊出这个声音的同时把拇指按在地上，据说这样可以让他们脚下的土地不再震动。"

福尔摩斯很快穿好了衣服，走出了房间。太阳已经升起来很高了。福尔摩斯走到旅馆门口的时候，高额沙哈拦住了他并告诉他，占星家从星象中看到了某些预兆，一颗不祥的行星将会和一个星座形成一条直线，很可能引发一场巨大的灾难。现在所有尼泊尔人都在向神明祈祷，希望能避免灾祸的降临。整个城市都陷入了恐惧之中，因为这种恐惧，任何一个陌生人的出现都可能被迁怒而造成危险。福尔摩斯告诉高额沙哈，自己会小心谨慎地行动，绝不会引起任何的麻烦。他现在必须去拜访英国公使爱德华·理查森先生。高额沙哈说，公使先生正在生病，不接见任何人。由于福尔摩斯坚持这么做，无奈之下，高额沙哈决定把他送到城市的城墙附近。他们走到菩提海缇的时候，一个长长的游行队伍拦住了他们的去路。

"菩萨保佑我们!" 看到这个队伍，高额沙哈虔诚地行礼说道。

游行队伍十分引人注目，队伍中有很多人举着观世音菩萨和其他佛像缓缓前行，每一座佛像都披着一件长袍，挡住了举着佛像的人。高额沙哈被游行的队伍吸引了全部注意力。福尔摩斯穿过旧城门，向位于城市北部的英国公使馆走去。

英国公使馆坐落于旧城墙外，那里原本是一片荒凉的沼泽，后来，一任接一任的英国公使把沼泽变成了英国式的伊甸园。公使馆占地不大不小，看起来很讨人喜欢，而且还有一个别致的小花园。

当福尔摩斯进入公使馆之后，这里的梵文学主管希夫·尚卡尔接待了他。他告诉福尔摩斯，理查森先生的病还没有痊愈，不过，如果会面时间不长的话，公使先生还是可以立刻接见他的。

他带着福尔摩斯走进了公使馆的后部。

理查森公使正坐在后面的门廊处晒太阳，福尔摩斯走过去的时候，他转过身来，示意福尔摩斯坐到他身边的椅子上。福尔摩斯不知道公使先生之前是什么状态，但是很显然他现在生了重病，神情憔悴，脸色苍白。可能他原本就比较消瘦，重病缠身之后，瘦得更是像一个骷髅。

"欢迎你，庞蒂特季。很抱歉让你看到我现在的样子，我的状态很不好，公使馆的莱特医生建议我静养。我现在浑身虚弱无力，连站起来迎接你这样一位学者都办不到。不过，我听说你带来了格里尔森先生和斯坦先生的消息。"

"我为你带来了这两位绅士的问候。"福尔摩斯说。

"啊！"公使先生的声音带着一丝骄傲的成就感，"我记得格里尔森！他是个雄心勃勃的年轻语言学家，写了一本关于次大陆所有语言的书！还有斯坦先生，我在克什米尔遇到过他，他个子不高，但是很有趣，还带着一只可爱的小狗。"

"斯坦先生还具有无限的精力和绝顶的智慧。"福尔摩斯说。

两个人讲了几句客套话之后，公使已经有些精力不济了。想到在这里逗留太久很可能影响公使休息，福尔摩斯选择了离开，并且向公使表示，希望能够与他再次见面。理查森公使对福尔摩斯虚弱地挥了挥手作为道别。在他眼中，福尔摩斯看到了一丝绝望，好像他正在与世界挥手告别一样。

"接着，我去了梵文学者希夫·尚卡尔的书房，在那里，我和这位梵文学者还有一位尼泊尔学者共度了一个下午的时光。那名尼泊尔学者名叫干那安顿，应该是格里尔森分派给我的语言学助手。我们的主要工作就是把包括《圣经》、《浪子回头》之类的寓言故事翻译成各种各样的语言和喜马拉雅地区的方言。这项工作漫长而又枯燥，但这正好为我提供了一个可以经常出入公使馆的借口。"

接下来的几周里，福尔摩斯又去了几次公使馆。他了解到，除了仆人和警卫人员，这里没住几个人，公使馆里的正式成员有莱特医生还有最近才来到这里的理查森公使的女儿露西。大概由于一路上的旅行很辛苦，露西小姐到了这里之后，除了偶尔陪陪她的父亲，几乎不迈出她的房间一步。

不过，不久之后，福尔摩斯关于那个凶手可能藏在公使馆里的猜测终于得到了验证。一天早晨，他和他的那位学者朋友正在忙碌的时候，一个高个子、身材消瘦的英国人走进了房间。几乎在他走进房间的第一时间，福尔摩斯就认出了他。在凶案发生的那天晚上，在那个房间里，他借着烛光曾经短暂地见过这张面孔，他就是和杀瑞泽特的凶手坐在一起的那个男人。福尔摩斯的学者朋友站起身来，同时示意福尔摩斯也站起来，然后向福尔摩斯很正式地介绍了走进屋里的这个人，他叫丹尼尔·莱特，是公使馆里的医生。

福尔摩斯向他行了一个印度人通常行的礼。

"欢迎你，庞蒂特季。"莱特医生说，"我听说，你已经很好地融入了这个学术氛围很浓的圈子里了。"

"我所掌握的知识和两位智者比起来，就像是一滴水和海洋之间的区别那么大。"福尔摩斯说。

"你过于谦虚了，你的智慧同样很卓越。"莱特说，不过口气很冷淡。

说话的时候，他一直盯着福尔摩斯，不过好像没有发现什么异常情况。福尔摩斯继续自己的工作，不过，莱特说话的时候，福尔摩斯已经暗暗记住了他说的每一个单词、说话的语调及每一个肢体动作。

"我当时突然意识到将有罪恶的事情发生，华生，这是我大脑最本能的反应。毫无疑问，那个杀了瑞泽特的人就在附近，我已经做好了与他不期而遇的准备。我的伪装到目前为止还算合格，但是我丝毫不敢掉以轻心，因为我可能会和他们接触很长一段时间，在这段时间里，任何一件不经意的小事或微小的过失，甚至一些无意识的行动，都可能暴露我的身份。"

说到这里，福尔摩斯重重地叹了一口气。他一直凝视着远方，似乎已经随着自己的回忆回到了那遥远的地方。

"请继续说下去，福尔摩斯。"我很担心他把这个话题停下来，不得不提醒他。

福尔摩斯从椅子上站起身，双手背在身后，一边来来回回地踱着步子，一边继续叙说。我专注地看着他，仔细聆听他继续讲述这个奇怪的案件。

"接下来，一个年轻的女人出现在了门口。"他继续说，"是公使先生的女儿露西·理查森。她通知莱特医生，她的父亲想见他。莱特医生立刻离开了这里。"

"这位看起来有些陌生的先生是谁？"她指着福尔摩斯问梵文学者希夫·尚卡尔。

"这位充满智慧的先生是梵文学者考尔，来自克什米尔地区。他已经和我们共事了一段时间了。"

福尔摩斯站起身，向这位女士鞠了一躬。

"啊，对了！"她说，"我的父亲前几天向我提起过你。欢迎你来到这里。和你一样，我也刚到这里不久。你是一位知识渊博的学者，我希望能够从你那里学到一些东西。你可以和我共进下午茶吗？我很希望从你那里了解一些你们国家的风土人情，要是能够学会一些当地的语言那就再好不过了，因为我希望我父亲的身体健康一些，不需要我时时刻刻陪伴在他左右的时候，能够到这个国家的各个地方游览一番。"

"当然没有问题，理查森小姐，我很乐意为你效劳。这是我的荣幸，我会努力向你提供一切我力所能及的帮助。"福尔摩斯说。

"好极了，我 4 点左右会在门廊那里等你。"她说。

福尔摩斯微微一躬身，目送着这位小姐离开了房间。

下午茶时间的客人包括了露西小姐和公使先生。公使先生的健康情况似乎有所好转。他很热情地和自己的女儿聊着天儿并告诉她，自己的女儿能够来看望他，让他觉得非常幸福。

福尔摩斯在下午茶时间和他们聊了克什米尔地区的风土人情，而那一对父女则向他介绍了英格兰的情况。在这个过程中，福尔摩斯一直假装对英格兰一无所知。期间，莱特医生进来了多次，借口为公使先生检查身体。他好像很专注于这件事，似乎对福尔摩斯的存在毫不在意。也因为这样，福尔摩斯得以继续近距离地观察这位医生，尤其是他给理查森做检查的时候。但是在这个过程中，福尔摩斯并没有发现什么奇怪的地方，一切似乎都很正常。理查森公使的状态看上去比他们第一次见面的时候好了一些，身体也强壮了，看上去短时间内不会有什么危险。

"后来，理查森小姐又邀请我陪同她一起到花园里赏花。我们在一起谈论了我的工作情况，期间她也表示出了对自己父亲身体状况的担忧。我告诉她，我希望自己能帮上忙，因为我掌握一些本地的草药治疗知识，可以借此治疗一些疾病。在加德满都到处是各种各样的稀有植物，有的可以治病救人，有的则能置人于死地。"

那天，他们回到门廊的时候已经是黄昏时分，夜幕将要降临。理查森小姐向她父亲坐着的地方走去。但是，她接近公使先生的时候，她的父亲突然猛地站了起来，尽管光线昏暗，但是仍然能看清他那张极度恐惧的面孔。

"他在那儿！他在那儿！他回来了！"他指着花园深处厉声吼道。

福尔摩斯向他指的方向看过去，可是那里空空如也，什么也没有。

可是理查森先生却面无血色地看着那里，呼吸越来越急促。看到他这个样子，福尔摩斯非常担心他会当场丧命。这时候，莱特医生从公使馆里跑了过来，给公使先生用了一剂药。这剂药看起来十分有效，公使先生立刻就安静了下来。

"我们没有更多的那种东西了……"莱特对公使先生说，"如果这里有什么刺激到你的东西的话，我不得不限制你的行动，你只能待在房间里闭门谢客了。"

公使没有任何回应，但是他看起来对自己刚才的举动感到十分懊悔。这时候，几个仆人跑了过来，将公使抬回了他的房间。

莱特医生转过头来，对福尔摩斯说，"对于刚才的意外事件我感到很抱歉。公使先生身患重病，似乎经常产生某种幻觉。不过，他患有严重的热病，高温经常会引起这种症状。"

福尔摩斯满脸同情地点了点头，然后说，时间不早了，自己应该告辞了。他要走的时候，露西·理查森小姐突然对他说："考尔先生，今天你的渊博的印度宗教知识让我获益匪浅，所以，我想明天参观一下沉睡在这里的毗瑟挐神的圣殿。也许我的请求有些冒昧，不过，我还是想问一句，你能陪同我一起去吗？"

"荣幸之至。"福尔摩斯说。

福尔摩斯向莱特医生鞠躬后离开了这里。不过，他注意到，当他接受了理查森小姐的邀请时，一丝恼怒的神情在莱特的脸上一闪而过。不过莱特很快就把这一丝情绪隐藏了起来。然后，福尔摩斯返回了旅馆。

"整件事变得越来越神秘了。莱特这样的恶棍是怎么成为公使馆的医生的？那个谋杀瑞泽特的凶手很可能是这一切阴谋的策划者，那个人现在在什么地方？还有，公使真的病了吗？如果没病的话，他又是因为什么变成这个模样的？一直缠扰着公使的幻觉究竟是什么？他又在幻觉中看到了什么？我决定向我那位值得信任的朋友高额沙哈求助。我向他讲述了刚刚发生的事情，请他帮我打听一下公使馆的情况。尽管高额沙哈对我的要求和那些奇怪的事情感到有些担心，怕牵扯出更多的东西来，但他还是答应了我的要求，同时告诉我，很多尼泊尔人都听说过关于公使馆的种种传言，有人还声称，曾在那里看到过疑似幽灵的幻影，这被认为是灾难发生之前的不祥征兆。"

福尔摩斯终于不再来来回回地踱步了，重新坐了下来，从口袋里掏出了烟斗和烟丝，点燃之后，缓慢地喷出了一股烟雾。他坐在那里沉思的时候，最喜欢这种特别的混合物弥漫在整个房间的甜香味。

他继续讲述这个故事。

第二天早晨，福尔摩斯再次前往公使馆，在公使馆门口遇到了理查森小姐。她身边还有一位由尼泊尔政府提供的警卫人员和一名女佣。在一个 2 月的阳光明媚的早晨，薄雾渐渐消散，太阳绽放出灿烂的光芒之时，他们一同踏上了去往沉睡的毗瑟挐神殿之路。福尔摩斯对我说，他陪在这位小姐身边时，觉得他们的这种搭配很奇怪：一位年轻美丽的女士身边陪着一位年老的梵文学者。不过，一路上盯着他们看的那些奇怪的目光并没有引起他们太多的注意。毗瑟挐神殿坐落在山谷的最北边，距离公使馆大约一点五英里，只有一条土路通向那里。走到半路时，他们在路边的"班萨巴瑞"竹林里稍作休息。到目前为止，露西·理查森已经问了福尔摩斯很多关于克什米尔的事情。福尔摩斯给她讲了许多喜马拉雅山另一侧的风土人情。对于一个从来没有去过那里的人来说，福尔摩斯讲的事情非常吸引人。实际上，福尔摩斯此前为此准备了许多更详细更偏门的问题，比露西·理查森问的问题复杂得多。

福尔摩斯讲完之后，理查森小姐陷入了沉思。

"你是不是很快就要回去了？"她突然问。

福尔摩斯告诉她，自己还没有明确的计划，除非他把在加德满都的工作做完，否则的话，他也不知道自己什么时候能回去。

"我在这里停留的时间没有期限。我从英格兰逃了出来，庞蒂特季，因为我母亲家里发生的种种事情让我无法容忍。如果我和你说了这个故事，它会成为你的负担吗？"理查森小姐问。

在说这番话的时候，她的脸上仿佛充满悲哀。福尔摩斯能从她的表情看出来，这件事已经憋在她心里很久了，她一直找不到可以倾诉的人。其实，福尔摩斯很希望从她口中听到某些隐私的事情，因为他觉得，解开谜团的钥匙很可能就隐藏在她家族的历史之中，尤其是关于她父亲的那部分格外重要。

"我当然不会觉得有任何负担。我很愿意倾听你的诉说。"福尔摩斯回答。

露西告诉福尔摩斯，她的童年是在印度印多尔度过的，在那里，她父亲获得了在印度的第一个职位。理查森先生成为驻尼泊尔公使的时候，她刚刚十二岁。她本来应该像普通孩子一样无忧无虑、快快乐乐地度过童年的时光，但因为当地没有合适的学校，她不得不返回英格兰上学。她的母亲决定和她一起回去。虽然她的父亲和母亲在表面上没有什么不妥之处，但露西还是能感觉到他们之间的关系似乎正在渐渐疏远。尽管两个人在她的面前从来没有吵过架，但她经常无意间听到两个人在房间里用很过激的方式交流。妻儿离开自己对她父亲来说是很痛苦的，因为他自己也不知道什么时候能回英格兰，所以他希望，如果可能的话，女儿能常回尼泊尔看望他。

"我们仅在尼泊尔待了几个月就离开了。返回英格兰的旅程对我来说充满了伤感，回到英格兰之后的生活又沉闷得让人厌恶。我在母亲的家里住了下来，那里离牛津很近。我先在当地的学校上学，后来我的母亲把我送到了伦敦附近的伊索寄宿学校，这对我来说是一种解脱，因为在家的时候母亲经常对我的生活不分青红皂白地横加干涉，而且由于那个我们俩都知道的原因我们相处得也很不好。我长大之后才开始慢慢意识到她内心中的孤独，渐渐地对她产生了同情。每隔一段时间，父亲都会寄来一封信，但都是写给我的。他从来没有给我母亲写过信，常常只是在写给我的信的结尾敷衍了事地问候我母亲一两句，可写给我看的内容则热情洋溢，充满了活力，向我详细地描述尼泊尔的风土人情以及他幸福地生活在那里的状况。我尤其羡慕他在信里向我描述的他到加德满都之外的地方旅行的经历，尤其是他遇到的那些王公。"

大约在一年之前，露西小姐发现，她母亲有了一些细微的变化，似乎比之前更加快乐幸福。终于在一天晚上，她知道了母亲发生变化的原因：她有了一个情人，叫莫里森，是她一位非常要好的朋友介绍给她的一位绅士。她的朋友叫埃伦·范·莫佩尔蒂，丈夫是荷兰外交官，他们一家住阿姆斯特丹。埃伦第一次遇见莫里森是在苏门答腊岛，觉得他非常迷人。莫里森先生曾经周游过世界，据说在阿姆斯特丹做生意，主要业务是从荷属东印度群岛进口稀有木材。有了情人之后，露西的母亲一开始偶尔会邀请他与她们两人共进晚餐。在接触了莫里森先生之后，露西明确地对母亲表示，她的这种行为是不道德的，可仍然无法阻挡露西对莫里森先生的欣赏。这位绅士个子很高，容貌英俊，而且有一种让露西感觉难以置信的睿智，尤其擅长数学计算。她的母亲被他彻底迷住了。露西对此无能为力，也没有理由抗议母亲的行为，因为母亲告诉她，父亲曾在尼泊尔东部山区找了一个夏尔巴人做他的情妇。

"我从学校毕业之后回到家里时，莫里森先生已经搬进了我家，和我母亲住在了一起。有一天，莫里森对于尼泊尔和我父亲在那里的工作情况突然表现出极大兴趣。他解释说，他对喜马拉雅地区的地理环境有极大的兴趣，并称那里为地球上不为人知的大自然母亲。莫里森说，想拓展自己的业务，从那里搜集一些当地特有的喜马拉雅树木。一开始我对他还算客气，直到有一天，我意外地发现，他竟然在偷看我父亲写给我的信。我对他这种侵犯我个人隐私的行为感到十分气愤。我当面指责他这种令人厌恶的行为的时候，他竟然矢口否认侵犯了我的隐私并狡辩说，他拿那些信是因为我母亲想让他看一下信里的一条记录。我母亲竟然还为他辩解。我发现，除了一些无关紧要的琐事之外，我几乎无法与我的母亲沟通了。

"一天晚上，我听见母亲和莫里森在书房里发出了很大的声音。莫里森向我母亲反复逼问公使馆的情况，包括里面都住了谁、里面的警卫和仆人的情况、房间的布局，甚至还有家具的摆放位置以及花园的详细模样。我听见母亲向他苦苦哀求，说自己已经没什么可以告诉他的了，因为她能记住的都已经说出来了。莫里森突然怒发冲冠，对我母亲拳脚相加。我听到了母亲大声求饶的声音，终于忍不住了，冲到书房门前，狠狠地砸门，冲着里面大声喊叫。里面突然安静了下来。过了一会儿，莫里森打开了门。我看见母亲在房间里默默地哭泣着，脸上还有几处明显的伤。莫里森站在她的对面，表情平静，但是灰色的眼睛里充满了冷酷。我觉得好像是站在魔鬼化身面前一样。我绕开莫里森，跑到母亲身边，而莫里森则离开了，回到了客房。

"我母亲脸上的伤看起来很吓人，但实际上并不是很严重。第二天早晨，她悲伤地告诉我，莫里森要离开这里。我恨不得他立刻就滚蛋，但是我母亲的身心已经被那个男人支配了，她不顾一切地取悦他，恳请他留下。但是，一天下午，莫里森带着他所有的东西离开了，没有留下一丝关于他去向的线索。我母亲为此郁郁寡欢，她联系了所有认识的朋友和熟人，试图找到莫里森，可是谁也不知道莫里森去了哪里。莫里森彻底消失了。几天之后，莫里森还没有回来，我母亲开始怨恨我，说是我把莫里森逼走的，是我阻挠了莫里森对她的爱。这件事之后，我终于决定离开那里。我给父亲写了一封信，告诉他我要去找他，然后乘坐印度大君号轮船经历一番艰苦的跋涉来到加德满都，找到了我的父亲。"

"露西·理查森那让人深深触动的故事，证明了我之前那种糟糕的预感。"福尔摩斯说，"尽管一切还没有很确定，但我对一件事情的怀疑越来越重，那个古怪的神秘而又无情的莫里森现在很有可能就在加德满都。我不知道加德满都到底有什么东西吸引着他，但他很有可能就是杀害瑞泽特的凶手，而且，莱特在公使

馆的行动也受他的指使。不过，到目前为止，这一切仅仅是猜测。我连他在什么地方都一无所知，又怎么能解决其他的问题？"

福尔摩斯决定立刻展开行动。首先，他想要了解莫里森这个人。那个时候，这个世上只有一个人知道他的行踪，那就是他的哥哥迈克罗夫特。他们两个人之间有一整套详细的密码系统，以便在某些特殊情况下取得联系。这种密码系统是迈克罗夫特年轻的时候根据密码原理设计出来的。只要在一开始用一种预先设定的警示标志做标记，就可以把这种密码嵌入各种复杂的语言之中来传递信息。福尔摩斯以前使用过罕萨（克什米尔）地区的布鲁夏斯基语，还用过洛兰那语，这是一种让人几乎无法理解的南美洲印第安土著语言。不过这一次福尔摩斯并不打算使用它们，他准备使用一种新的语言——达语。这是濒临灭绝的喜马拉雅部落使用的语言，最初是由霍奇森先生发现的。这种语言甚至比布鲁夏斯基更加鲜为人知，能懂它的人几乎绝迹了，全世界好像只有两个欧洲人懂这种语言。使用这种语言传递消息最安全，几乎不可能被人破译。福尔摩斯用乔根森这个名字给哥哥发了一封电报。乔根森是达语英语词典的作者的名字。在给哥哥的电报里，福尔摩斯询问了莫里森的情况，并且让哥哥帮忙调查他的行踪。高额沙哈让一个很可靠的人去塔莱无线电发送站，把电报发到伦敦并让他在那里等待回复。如果一切正常的话，福尔摩斯三天之后就能拿到他想要的东西了。

"然后，我做出了一个决定。"福尔摩斯接着说，"我决定在夜里悄悄地进入公使馆，和理查森谈谈这件事，对这件事他应该可以提供一些重要线索。"

进入公使馆并不是一件很难的事情，公使馆里的守卫力量不是很强。福尔摩斯一直借机观察着这里，他发现，门口站岗的印度兵白天有两个人，晚上有三个，他们偶尔会沿着墙巡逻一下。从高高的外墙上翻过去是这次行动最大的难题，福尔摩斯注意到，公使馆外墙边有几棵树，他决定，借助这些树的帮助翻进去。

在午夜之后，福尔摩斯来到公使馆外墙边，借着灯笼的灯光，发现那三个卫兵已经睡熟了。于是，他爬上了一棵距离外墙很近的树，从树上跳到了墙上。从那里，他能看到整个花园和公使馆的后院。从外廊附近的一个窗户透出灯光，他接近那里，从窗户里看到了公使。他身上穿着睡衣，正在伏案疾书，好像在处理之前几天积压的工作。

突然，下方的花园里传来一阵轻微的噪声。福尔摩斯看到，一个巨大的身影出现在花园里，他的身高超过了七英尺，穿着黑色的衣服，缓慢地向公使走过去。他的左手拿着一盏灯笼，看上去好像在一边走一边在地上寻找什么东西。他身上的衣服款式几乎是一个世纪以前的模样，脸上有长长的胡子。走着走着，那个人影突然停了下来，伏在地上呻吟了几声，接着再次站了起来，慢慢地接近公使。这时候，福尔摩斯看到公使的手里拿着一把枪。当那个人影接近的时候，理查森猛地站起身来，打开外廊的门，走出了房间，对着那个人影扣动了扳机。那个人影微微地摇晃了几下，可是并没有倒下。理查森又朝那个人影的头部和胸口开了几枪。可是那个人影似乎并没有被子弹伤到，被子弹击中的时候只是发出了几声怪叫。

理查森公使异常恐惧地大声呼喊着仆人。听到他的喊声，仆人们跑了过来。就在福尔摩斯转过头去看公使的几秒钟时间里，花园里的人影突然消失在夜色之中。福尔摩斯平躺在墙上，以免被人发现。理查森在两个仆人的帮助下返回了他的房间。这时候露西出现了，看她的模样，就知道她紧张得浑身都在发抖。莱特医生很快也赶过来了，给公使用了一剂药。莱特医生的表情很平静，照顾公使的时候也非常冷漠，做完这一切之后立刻离开了。

福尔摩斯得意地笑了笑，因为他已经看穿了这个阴谋的一部分。现在他可以肯定，理查森此前并没有出现幻觉。他此前看到的一切都是真实发生过的，并不是大脑因为高烧在这个夜里幻想出来的没有根据的东西。福尔摩斯透过窗户凝视着公使的房间，看到理查森公使躺在床上，满脸恐惧，右手紧紧地握着手枪。尽管恐惧依然包围着理查森公使，但是他还是因为疲劳打起了瞌睡。看来是刚才莱特给他吃的药现在开始发生作用了。

福尔摩斯确定他已经睡着了之后，跳下墙，从外廊进入了公使的房间。他从公使的手里把手枪快速地抽了出来，然后慢慢地摇晃他。公使惊醒之后，刚要发出尖叫，福尔摩斯用手紧紧地捂住了他的嘴上，对他说："不要害怕，公使先生。我是你的朋友，我知道你没有生病，也没有产生什么幻觉！"

"考尔！"公使惊呼了一声，"你怎么会在这里？"

"我会在适当的时间把所有的一切向你解释清楚。我们现在没有多少时间。理查森先生，你的生命现在受到了非常严重的威胁。你必须立刻离开这里，和我一起离开公使馆。你应该躲起来一阵子，最多两天，可能几个小时之后就没事了。"

"我不能离开我的岗位，也不能离开我的女儿！"

"目前来看，你别无选择。你的女儿暂时没有危险，但是你非常危险。相信我的话，公使先生，我们没有多少时间可以浪费。"

福尔摩斯的这一番话似乎打消了理查森的疑虑。福尔摩斯扔给他一件大衣，他穿好之后，跟着福尔摩斯走到了外廊。福尔摩斯准备带着他从自己来时的路离开这里。不过，翻越高墙对公使现在这种虚弱的身体状况来说并不太容易，福尔摩斯好几次都以为他会掉下去，但是对自由的祈望始终鼓舞着理查森。他们翻过墙之后，他走起路来已经灵活多了。大街上空无一人，他们很轻松地回到了旅馆，走进福尔摩斯的房间，没有任何人发现他们。

福尔摩斯向理查森公开了自己的身份。公使一开始十分怀疑福尔摩斯说的话，因为他听说过福尔摩斯死亡的消息，但是福尔摩斯和他说了一些关于莱辛巴赫瀑布和莫里亚蒂教授的相关细节之后，他很快就相信了，站在他面前的就是夏洛克·福尔摩斯。

"尼泊尔究竟发生了什么，福尔摩斯先生?"公使问，"为什么有人要伤害我?"

"关于这一点，我有几个推论，但我不能确定到底哪一个是正确的，因为我现在缺少能让我分析的信息。所以，我想听听你的遭遇，也许这会对我提供很大的帮助。"

公使缓缓地对福尔摩斯说："我还是无法摆脱纠缠着我的噩梦。我的确病了，病得很重。我在夜里经常会看到鬼神，根本无法入眠。按照那些尼泊尔人的说法，我看到的都是鬼神的化身，是那些希望我们这些英国人滚出尼泊尔的幽灵，因为他们认为，我们亵渎了他们的土地。他们告诉我，我们必须离开这里，否则就会被埋葬在这里。莱特医生告诉我，我之所以会产生幻觉是因为我得了非常典型的尼泊尔疾病，并对我进行了治疗。他给我治疗之后，有的时候我会感觉舒服一点儿，有的时候反而会觉得更糟。"

"那些幻觉是都像今天晚上这种还是有其他的幻觉出现?"福尔摩斯问。

"在我的幻觉里出现的鬼神只有那一个，他一般在我睡着之后出现，每次用吱吱嘎嘎的奇怪声音把我从睡梦中惊醒。我醒了之后，鬼神就出现在我面前。我第一次看到他的时候，他就在我的窗户外面，透过窗户，我看到了他模糊的影子。借助微弱的灯光，我可以看到，那是一个个子很高、长着胡子、穿着黑色衣服的人，他手里拿着一个灯笼，在花园里来回徘徊。一天晚上，他走到离我很近的地方，我看到了他的脸，那是一张苍老的男人的面孔。我的仆人告诉我，那是前几任公使中的一个公使的幽灵，叫霍奇森，他的灵魂从英格兰返回这里来寻找他去世的妻子。他们说，除非我离开那里或者我死掉，否则那个幽灵会一直在那里徘徊。起初我对这些传言嗤之以鼻，根本不相信，但是福尔摩斯先生，那些幽灵总是在我周围出现，就像你今天看到的那样。有时候，我感觉这就是真实的，不是幻觉。我担心我的精神已经崩溃了。我是一名神枪手，福尔摩斯先生，但是你刚才也看到了，子弹对那个幽灵一点儿作用也没有。"

"我能理解你的感受。"福尔摩斯说，"事实上，那些幽灵是真实存在的，我可以解释究竟是怎么回事。"

"我不知道这些是什么，是自然现象还是什么其他东西，福尔摩斯先生。我觉得，加德满都有一股针对我们的邪恶势力。我大概在八年前来加德满都担任公使，可是，我妻子觉得，这里的一些都令人厌恶，最终，她再也无法忍受这一切了。我们到达加德满都几个月之后，这段或多或少带着一点儿功利性质的婚姻终于破裂了。我们在这里分手后，她返回了英格兰，并且带走了我的女儿，送她回去上学。

"在开始的那些年里，我感觉似乎获得了前所未有的自由。我妻子离开不久，一个美丽的女仆就成了我的情妇。她叫玛拉，美丽、善良，而且温顺、可爱。很快，玛拉就怀孕了。刚听到这个消息时我异常惊恐，可是我什么也做不了。后来，她的家人偶然获知了这个消息，愤怒不已。不过，我给了他们一大笔钱之后他们和我和解了。

"但是，玛拉的生产过程却不顺利，奥德菲尔德医生尽了最大努力，可是却没能挽回玛拉的生命，婴儿也没能保住。她的死让我悲痛欲绝，我把玛拉和那个孩子都葬在了公使馆的后花园里。那段时间，如果不是奥德菲尔德医生无微不至地关怀我，我可能会因为悲伤过度而精神崩溃。他一直悉心地照顾我，直到我走出那段最黑暗的时光。可惜后来他被调到了加尔各答，莱特医生接替他负责治疗我现在的病。"

公使告诉福尔摩斯，那个幽灵第一次出现在他面前是在奥德菲尔德去印度之后不久。那天晚上，他邀请新来的莱特医生与他小酌一杯，之后，莱特医生就先行离开了，只留下他一个人独自坐在花园里。夜色越来越黑，风也渐渐变大，天空中，蝙蝠到处飞来飞去。突然，他听到了一个奇怪的声音，好像是一个妇女在轻轻呻吟，还有一个婴儿在她身边啼哭一样。接着，一个穿着半个世纪前英格兰服饰的人影出现在院子的角落里，拿着一盏灯，弯着腰，好像在地上寻找东西。

"我当时吃惊地看着那个人，冲他大喊，但是他完全没有反应。我向那个人跑了过去，可是我跑到那儿的时候，他已经消失得无影无踪了。"

"真有趣。"福尔摩斯说，"这和我今天晚上看到的不一样。好像子弹打穿他的时候他消失得更快一些。"

理查森第一次露出了笑容，然后继续讲述他的故事。

"一开始，我以为那只不过是我的幻觉或者是一个无聊的恶作剧，并且试图忘掉那个幽灵。"他说，"可是关于霍奇森的某些传言让我受到了惊吓，据说，霍奇森曾经有一位尼泊尔的妻子，

也是死于难产，最后也被葬在了花园里。可是，我又把我的玛拉葬在了花园里。同一块土地里有两个女人的灵魂，导致她们之间爆发了竞争，最终导致霍奇森的妻子召唤霍奇森来保护她。我开始发高烧，全身每一处关节和肌肉都在疼痛，胃也非常疼，就好像一辆燃烧的火车高速穿过一样。我没有做过任何让我感到愧疚的罪孽，但是却被痛苦反复折磨，仿佛只有死亡才能让我摆脱这种痛苦，直到你出现在那里，把我带了出来。"

理查森讲完自己的故事后已经精疲力竭了。于是，福尔摩斯找来了高额沙哈，让他把理查森安排在旅馆的内部，没有外人能够进到那里。

"我从高额沙哈那里了解到，我们的驻外机构通常只关心和我们有关系的政府，却不关心我们派驻在海外的工作人员。根据我当时得到的消息，之前被调往理查森公使馆的军医处处长丹尼尔·莱特其实已经在穿过尼泊尔边境之后遭袭身亡。在公使馆里假冒他的其实是一个来历不明的英国人。尽管我对那天晚上在犯罪现场发现的第二个英国人的身份还不了解，但是我能肯定，他的目的是配合住在宫殿里的某些人除掉现任尼泊尔王公，然后让那些阴谋家家族中的人取而代之。如果他的阴谋得逞，新的政治集团将不会再对英国友好。这是有预兆的，就是那个在公使馆里出现的幽灵或者灵魂。尼泊尔人认为，那个幽灵的出现是灾难临头的预兆。那天，我亲眼目睹了瑞泽特的死亡。我相信，这并不是一起简单的谋杀，瑞泽特一定是因为想摆脱策划这起事件的那个阴谋家的控制而被杀的。"

安排好一切之后，已经到了第二天早晨。福尔摩斯穿好衣服，像往常一样去公使馆上班。他走进公使馆之后，发现里面的情况有些紧张。干那安顿先生告诉福尔摩斯，公使昨天晚上失踪了，目前行踪不明。莱特医生现在负责公使馆的相关事务，他现在已经去了尼泊尔宫廷，报告尼泊尔政府公使失踪的事。理查森小姐已经回她的房间，但是她留下了话，考尔先生来了马上通知她。

得到消息之后，理查森小姐立刻就来到了福尔摩斯的研究室。她很好地隐藏了自己的情绪，但福尔摩斯还是从她的眼中看到了烦乱和担心。

"你应该已经听说了我父亲失踪的消息，庞蒂特季。你能不能猜到他到底去了什么地方？我非常担心他的安全。"

"你的父亲会平安无事的。我们到花园去散散心吧，也许能让你的心情平复一些。"福尔摩斯对她说。

尽管他很想告诉理查森小姐，她父亲目前十分安全，但考虑到如果她因为担心父亲而心烦意乱的话，可以更好地迷惑犯罪分子。在这种危险的情况下，哪怕是她露出了一点点破绽，都可能危及她的生命。

听到福尔摩斯的话，理查森小姐勉强笑了笑，说："好的。我想，这应该是个好主意。我父亲对他在花园里种的花感到很骄傲。"

在花园里散步的时候，她向福尔摩斯叙述了前一天夜里发生的事情。

"我有点儿好奇，小姐。"福尔摩斯说，"你是否能把那个幽灵出现的地方指给我看看。我对这种民间传说和故事很感兴趣，尽管我来自西部地区，不过我也可以算得上是这里的土著居民了。"

理查森小姐答应了他的要求。于是，他们穿过门廊进入了花园。几个园丁正在那里栽种新的花卉。福尔摩斯注意到，在花园的另一侧有一个游泳池。

"我父亲曾经告诉过我,这里旧时是一个矿泉疗养池,但是已经废弃了好几个世纪了。"她说。

福尔摩斯走近那里,看了一下游泳池的结构,在游泳池喷泉的喷口处发现了一个古老的石碑。

"我可以看一下碑文吗?"福尔摩斯问。

"当然没问题。"理查森小姐回答。

露西在游泳池的上方等着,福尔摩斯从一个小台阶下到了游泳池的底部。地面上杂草丛生,没有使用过的迹象。他先仔细地看了一遍碑文,然后将视线转到了地上。那里到处是高高的杂草,一副残败的迹象,看起来几个世纪都没有人使用过这里了。在另外一侧,有一个装饰着古老怪兽图案的喷水嘴。下方的石壁上雕刻着常见的非常精美的水妖图案,不过引起福尔摩斯注意的并不是这个浮雕,而是浮雕下面的两块巨石。看上去那两块石头最近被移动过,因为它们的边缘有移动过的痕迹,而且非常新鲜,移动时间应该不超过二十四小时。接着,他在地面上又看到了一些木头碎片,也可能是竹子的碎片,像是刚刚被扔在这里。他弯下腰,捡起了一些大一点儿的碎片,小心地把它们放在了自己的口袋里。

福尔摩斯爬上了台阶,回到理查森小姐的身边。

"很有意思的碑文……"他说,"是关于著名的阿姆术瓦拉曼国王的。"

"听起来很有趣。"她说,"我一点儿也不知道这里还有这样的碑文。也许你能把它翻译出来……"她话没有说完。

不过福尔摩斯看得出来,对父亲的担心已经让她对这些东西提不起兴趣了。

在他们返回公使馆的路上，露西一句话也没有说。他们走进公使馆的时候，她终于抬起头来对福尔摩斯说："庞蒂特季先生，说实话，我并不怎么信任莱特医生。也许我的怀疑毫无根据，因为他做的事情没有任何可以指摘的地方。不过，我觉得，他好像对治疗缺乏耐心，对我父亲也没有表达出什么善意。我怀疑他很可能与我父亲突然失踪这件事情有关。"

"理查森小姐，"福尔摩斯说，"公使馆里发生了很多用眼睛无法捕捉到的事情。我可以很坦诚地告诉你，我其实对那些碑文没有丝毫兴趣，而且，如果你需要我帮助的话，我就在附近。"

听到这番话，理查森小姐似乎已经消除了顾虑，她礼貌地向福尔摩斯道别，然后离开了。

福尔摩斯离开公使馆，穿过街市返回自己的住处，一边走一边分析自己获得的信息。那个所谓的幽灵是通过那个旧游泳池下面的地道出入公使馆的，那两块被移动过的大石头就是证据，这毫无疑问。但是这条地道从哪里开始又通向何处，这才是主要问题，知道了这些，才能知道那个人是从哪里进入地道然后进入公使馆的。

他回到旅店之后，高额沙哈告诉他，他已经把公使安排在旅馆的一个隐蔽位置。福尔摩斯向高额沙哈询问，自己能否在他的私人图书馆里查阅一些研究亚洲文化的书籍。高额沙哈很痛快地就答应了，并亲自陪福尔摩斯到了他自己的房间，让福尔摩斯查阅他保存的关于尼泊尔历史的各类著作。

"我在旧纸堆中寻找着加德满都城市建设的线索。很快，《尼泊尔语言、历史和地理杂记》引起了我的注意。这本书的作者就是布莱恩·霍奇森本人。我拿起那本书并且快速地浏览了这本书的目录。里面有一篇关于节日和游行的文章，还有一篇是关于尼瓦尔人古老的农用机具的。接着，一个标题让我眼前一亮：《加德满都的喷泉和古代排水沟》。这是一篇枯燥单调的理论性文章，整篇文章都是描写这个山谷城市里各种各样的喷泉，这样的喷泉有成百上千个，有的从基督时代就开始存在了。接着，我在这本书里看到了这样的一段描述：毫无疑问，在古代和中世纪时期，各式各样复杂的供水系统连接着大型的喷泉。在一系列下水道中，利用巨大的陶瓦水管提供泉水。很多证据表明，这种供水系统一直到18世纪都在良好地运行。直到玛拉国王被廓尔喀人彻底击败，这些供水系统才被废弃。在许多古老建筑里，那些供水系统已经完全失效，成了遗迹或者变成了野生动植物的乐园。如果现政府恢复这些供水系统，仍然能够利用这些古老设备。这些下水道和隧道经过漫长的岁月之后仍然十分坚固和畅通，不但可以供水，甚至可以用于政治阴谋和军事突袭。过去，廓尔喀族人就曾经成功地运用过这些设备。我相信，如果有人通过这些水管可以将公使馆的院子变成自己的后花园，可以随意出入。不过到目前为止，我还没有发现当今的执政者有重新利用这些设备的想法或者迹象。也许是他们幸运，当地居民好像也完全遗忘了这个庞大的供水系统。我终于发现了线索，华生。毫无疑问，公使馆里就有一个这个庞大的地下网络的入口，利用这些古老的建筑可以很容易地出入公使馆，无论入侵那里还是制造幻觉，都非常简单。如果有人知道这个供水系统，就可以从任何一个位置进入或者离开那里。这就是那个被称之为霍奇森的幽灵进入公使馆的秘密。所谓的公使馆闹鬼事件，其实是某些人为了自己的利益而故弄玄虚制造出来的。但究竟是谁发现了这个古代供水网络，又是怎样发现它的，现在还不得而知，但是毫无疑问，他正在利用这个网络实施他的阴谋。利用这个网络，他即使在城里漫步也不用担心被人发现。我现在要用烟把他从老鼠洞里熏出来，或者干脆跟着他一起钻进老鼠洞。"

福尔摩斯的眼中闪烁着兴奋的神采。他沉默了几分钟，然后继续他的讲述："我开始考虑这个人到底是谁。这个人应该就是这一切的主犯。他是莫里森吗？是那个消失在英格兰并且声称自己对加德满都有极大兴趣的人吗？这个名字对我来说没有任何意义，除了名字之外我对他知之甚少，只知道他是一个商人，在荷兰和荷属殖民地做生意。这样一个神秘的家伙，实在太值得我关注了。"

福尔摩斯再一次陷入了沉默。我能在他的脸上看到激烈的思想斗争，似乎他又回到了加德满都的那个古老旅馆里。

"华生，我当时盯着霍奇森写的那本书，感觉似乎一股来自于五十年前亚洲的发霉味道充斥着我的鼻孔。我坐在那里，仔细地在脑海里搜索着数以千计犯罪分子的犯罪行为，思考着每一个可能有用的线索，分析着每一个我捕捉到的和那个人可能相似的犯罪手法和性格特征，不放过任何一个细节。在此之前我从来没有这样过。最后，我把所有特征汇总到一起并开始思考：如果把这些特征放到一个人身上，不论那个人是死是活，谁最有可能符合这一切特征？我最终找到了答案，这个答案让我非常不安。"

福尔摩斯停下来看着我，好像在等待我说出答案。

"莫里亚蒂！"我惊呼了一声。

"是的，华生，就是他，但又不可能是他。莫里亚蒂的确有能力在尼泊尔策划我发现的这个巨大的阴谋，这对他来说并不难。但是，我可以确定他已经死了。他不可能从莱辛巴赫瀑布下面重返人间，他的尸骸还在那可怕的深渊底部。"

"那么，这个人是谁呢？"我急切地问，"会不会是他的助手，一个能力和他很接近的人？会不会是科罗内尔·莫兰？"

"一个天才的人物，要么成为杰出的伟人，要么变成一个伟大的罪犯。没有人能和莫里亚蒂比肩，即使莫兰也不行。而且，有一点很重要，那个人很可能认识所有我在加德满都找到的那些罪犯，他们会变成那个主犯的一颗颗棋子，华生，这让我想起了一个非同寻常的人物。"

他再次停顿了几分钟，然后继续讲述。

"我经常和你提起我的哥哥迈克罗夫特，他甚至有比我更加出色的观察力和推理能力。同样，华生，在加德满都或许也有一个人，一个比莫里亚蒂教授更狡猾更有才能的魔鬼，那就是莫里亚蒂的兄弟詹姆斯。我在高额沙哈的书房里得出了这样的一个结论。华生，你应该还记得詹姆斯·莫里亚蒂写的那份对他兄弟的辩护词，他在那篇文章里声称，是我编造了整个案件，把莫里亚蒂打造成了夏洛克·福尔摩斯的虚幻妄想的无辜受害者。"

"我的确记得这件事，当时因为要为你辩护，我才打破了我一直以来的沉默，描述了我知道的所有事情。"

"就是在那个时候，我才知道有詹姆斯·莫里亚蒂这个人，因为他从未参与过犯罪活动，并且和他哥哥没有太多联系。我不知道他是怎么走上现在这条路的，但是我已经确定，他就是我这一次的对手。迈克罗夫特回复我的电报证实了我的猜测。电报上面写着：

亲爱的夏洛克：

我很抱歉过了这么长时间才给你回复，因为我费了很大的功夫才找到一本乔根森的达语词语字典。不过，我拿到这本书之后，解密的速度就快了，很快就看到了

你传回来的消息。我可以告诉你，霍奇森现在还活着，
尽管已经老朽不堪了。他很虚弱，所以不能和我谈得太
细致，不过他告诉我，他在加德满都的确曾经有一个尼
泊尔的情妇，并且已经去世很多年了。他家族里的几个
成员都知道这件事。那个尼泊尔的情妇为他生过两个孩
子，他把他们送到了他的姐姐家里抚养，并让他们在阿
姆斯特丹的学校读书。可是，那两个孩子并没有活下
来，他们在爱尔兰的一场海难中不幸丧生了。还有，你
提到的另外一件事我也查清楚了。理查森的妻子的确被
一个叫詹姆斯·莫里森的人控制住了，那个人是她的情
人。最关键的是，那个人的真名叫詹姆斯·莫里亚蒂，
是你曾经的宿敌的弟弟。他突然涉足犯罪行为的原因非
常有趣，我们见面的时候我会详细和你说说这件事。你
要保持警惕，并且多加小心，因为他现在行踪不明。我
除了查到他曾经在皇家海军威尔士王子号船上订过一个
舱位以外，没有找到其他任何线索。威尔士王子号驶往
悉尼，但是会在加尔各答短暂停留。这就意味着，他可
能离你并不远，而且很有可能也在寻找你的踪迹。

迈克罗夫特

"看到这个消息之后，我开始期待和迈克罗夫特见一面，向
他打听那个莫里森为什么会变成一个罪犯。不过，也许并不需要
迈克罗夫特向我解释这件事，我就能猜到一二。

"无论怎样，我现在已经确定了我的对手，他和我注定无法
共处，而且，我还不得不假设，他可能已经以某种方式确认了我
还活着。我们俩最终必然会面对面地发生冲突，但是究竟在什么

时候我还不得而知。不管最后的结果怎么样，起码现在我还能平静地面对这一切。"

我全神贯注地聆听完我的朋友的讲述，然后向他提出了一个问题："福尔摩斯，遗传有其特殊性，其后代继承的总量应该是保持不变的，但是在细节上或多或少都会有所变化。比如说，你经常谈到，你的哥哥迈克罗夫特的观察能力和推理能力都在你之上，但是你也不能否认，迈克罗夫特缺少你所拥有的那种活力，这限制了他在犯罪侦查领域的发展。所以，詹姆斯·莫里亚蒂应该在某些方面和他的那位邪恶的教授哥哥有所不同，你应该知道这一点。"

福尔摩斯点头微笑："的确是这样，你说得很对，华生，我对你这种睿智的提醒表示感谢。事实上，詹姆斯·莫里亚蒂的性格有很严重的缺陷。他残酷、粗暴、容易冲动，那时候，他的理智就无法控制他的行为。比如他突然暴怒，杀了瑞泽特。他殴打理查森夫人，就是他性格缺陷的证明。我再次返回公使馆的时候，又发现了证明他这种性格缺陷的事情。那天，返回公使馆之后，我就做出了决定：与其让事情这么继续发展下去，还不如单刀直入，直接去找丹尼尔·莱特，让他带我去见莫里亚蒂，或者也可以称他莫里森。我走进公使馆的院子之后，听说露西·理查森已经在下午出去打听他父亲的消息去了，而莱特则躲在自己的书房里，谁也不见。可是我已经做出了决定，所以在警卫离开之后，我直接溜进了莱特的办公室。

"莱特当时的确在他的办公室里，但是已经死了，被以杀死瑞泽特同样的方式刺死在那里。房间里到处都是垂死挣扎的痕迹。很显然，由于公使逃跑了，导致了一系列预料之外的事情发生，莫里亚蒂迁怒于他，暴怒之下杀死了自己的主要同伙。"

福尔摩斯仔细检查了莱特的尸体和他的衣物。他从找到的私人文件中发现，这个人的真实姓名是桑德斯，曾经是一名医疗护理员，曾在驻印度的军队里服役，后来因为对自己战友实施暴力和一些财政上的问题被开除。很可能是莫里亚蒂到了印度之后雇了这个人，两个人可能是在加尔各答遇见的。桑德斯被开除之后，在加尔各答成了无业游民。

在桑德斯的个人物品中并没有可以提供莫里亚蒂行踪的东西。福尔摩斯仔细地检查了他的医药包，发现了一些空药水瓶，里面还有极其稀少的药品残留，这是一种在当地流传的具有可怕效果的毒药。很显然，桑德斯在此之前曾经给理查森服用过这种药物，剂量可能不大，但是足以导致剧烈的疼痛还有高热以及持续性的体力衰退。

一名侍者哭着找到了福尔摩斯并且通知他，露西·理查森在集市上失踪了。福尔摩斯第一时间想到了最糟糕的结果：露西·理查森小姐恐怕已经落到了詹姆斯·莫里亚蒂的手里。

福尔摩斯离开了公使馆返回了旅馆。高额沙哈带他去旅馆内部的隐蔽区域见理查森。他的健康状况已经开始有所好转，已经开始吃东西了，身体上的疼痛也轻多了。福尔摩斯将所有的事情，包括露西可能已经被莫里森也就是詹姆斯·莫里亚蒂劫持这件事都告诉了他。他听到妻子在英格兰的生活状况以及女儿可能遭受到的苦难之后异常吃惊。但是，他之前对詹姆斯·莫里亚蒂的行动丝毫没有察觉，甚至连加德满都的地下还有这么一套复杂的供水网络都一无所知。

和理查森公使聊完之后，福尔摩斯回到了自己的房间，正在思考整个事情的来龙去脉以及下一步应该采取什么行动时，响起了一阵敲门声。

拉什曼站在门外，递给福尔摩斯一张便条。

福尔摩斯打开便条，上面写着：

亲爱的福尔摩斯：

当你收到这个便条的时候，你已经无法阻止这件事的发展了。我一直怀疑你其实并没有死在莱辛巴赫瀑布，而是从那里逃走了。我猜到你会出现在这里，于是通过你哥哥发给你的消息确定了你的位置。你伪装得非常出色，给我造成了不少麻烦，所以，我很乐意在适当的时候把你彻底解决掉。

同时，我邀请你参加接下来的盛宴，享受那种无能为力的无助感。另外，为了让你不再胡思乱想，我可以很明确地告诉你，露西就在我身边，她让我代她向你问好。

詹姆斯·莫里亚蒂

福尔摩斯在我面前再次背诵出莫里亚蒂那张便条上的内容时，脸色变得异常苍白。我似乎能感受到那时他有多么绝望。看到他这个模样，我突然异常担心他当时的安全。如果他现在不是确确实实地坐在我的面前，我几乎以为他已经死在异域他乡。他给迈克罗夫特的便条被莫里亚蒂拦截导致消息泄露，露西被劫持让他很痛苦。詹姆斯·莫里亚蒂在此之前也许还算不上他不共戴天的仇人，但是现在他已经是福尔摩斯无法原谅的敌人了。福尔摩斯在我的面前低着头，说出了莫里亚蒂给他的便条上那最后几个字。不过，当故事慢慢进行到尾声的时候，他重新拾回了自己的信心，继续述说道：

"那张便条的最后提到了露西，让我不得不以最快的速度开始行动。我跑下了旅馆的台阶，遇到了高额沙哈。他告诉我，城里正在谣传，婆罗门预言的灾难将在今天晚上降临，人们开始疯狂地膜拜神灵，以消除他的怒火，因为英国人或者其他野蛮人出现在神圣的土地上，让神灵们怒火万丈。一个婆罗门由于恐惧疯狂地杀死了一个玷污了土壤的贱民。这·突发事件距离旅馆不远。人们认为，这是毗瑟挐神的本尊在发泄他的怒火。在此之后，这个时代将步入终结，引发恐慌的渎神者将会受到惩罚，一个新的王朝将在这里建立。高额沙哈根本不相信这些谣言，他认为，这只是想推翻现政权的一系列阴谋之一。可是他不知道导演了这一切的人是谁，也不知道他们现在在哪儿。但是，因为听信了这个谣言，人们心中最原始的情绪被释放出来。现在的情况糟透了。高额沙哈说，他担心，那些看似温和的人心中被压抑了几个世纪的暴力情绪因为这一点点诱因完全爆发出来了。祭司已经号召所有人于黄昏时分在城市的最中心位置达克尔广场集合，他们要在那里做礼拜或者伟大的献祭仪式，以此安抚毗瑟挐神。"

这时已经是傍晚了，福尔摩斯已经能够听到许多人向城市中心的圣地聚集的脚步声。他必须在天黑之前想出办法，因为时间并不充裕。福尔摩斯挣脱了高额沙哈因为担心而一直拉着他的手，跑到了街道上。街上到处都是人，很多人都跑向城市中的圣地达克尔广场。每个人手里都拿着用稻草扎成的火把，就像把整个城市燃烧起来了一样。

"我立即向阿桑的方向跑去，和那些被洗脑了的人群的移动方向正好相反，并在那里找到了奥地利军械工人塔尔曼的店铺。店铺的门已经关上了，但是我仍然毫不费力地就打开了门上的锁。里面空无一人。我在店里找到了一个密室，里面保存着塔尔曼的几件杰作。最后，我选择了武器中精度最高的萨尔兹堡来复枪。塔尔曼的密室里还储存着数不尽的弹药。我在口袋里塞满了子弹，然后用一条毛毯包着来复枪，提着它直奔达克尔广场。那里当时已经被成千上万只火把照得亮如白昼。"

福尔摩斯继续介绍说，当时火焰和浓烟已经覆盖了整个广场，甚至有几个人已经因为受不了浓烟和火焰而晕倒。当他到达博塔海缇的时候突然发生了几次巨大的爆炸，爆炸声传遍了整个城市，整个城市都被震得摇晃起来，火光照亮了整个天空。福尔摩斯被震得摔倒在地。人们恐惧地尖叫起来，但仍然盲目地继续向达克尔广场前进。他站了起来，和人群一起向那里跑去。他到达克尔广场之后，爬上了一栋建筑物，从那栋建筑物的顶端可以看清整个广场。他站在阳台上，看到人群已经聚集在广场上，祭司们告诉他们，要尽快地进行一场伟大的献祭仪式。整个广场的气氛好像都被点燃了，无数火把照亮了一切。这时候，再次传来了爆炸声。福尔摩斯发现，爆炸来自西南方一个军营，显然有人在那里埋下了大量的炸药。

爆炸声突然停了下来。周围一片死寂。广场上只有祭司念咒的声音和火把燃烧时发生的噼啪声在回荡。

这时，广场上响起了毗瑟挐神的声音。接着，在成千上万只海螺号的演奏声中，一个巨人骑着一匹高大的白色骏马从东面缓慢走进广场，他有四只手，还带着金色的头盔，身后跟着一大群骑兵，身上都穿着古代印度军队的军服。那匹高大的白马最后在人群前停了下来。人们向巨人恭敬地鞠躬行礼。伟大的毗瑟挐神已经来了，人们等待着神灵给他们的训示。

福尔摩斯的眼中闪烁着莫名的光彩，举起来复枪瞄准那个巨人扣动了扳机。巨人被打得不停地摇晃，那匹马受到了惊吓不停地在原地暴跳，试图把身上的巨人摔下来。子弹打碎了那个巨人的伪装，里面的一个竹笼露出来，原来竹笼是架在一个高个子英国人的肩膀上。外面的伪装被破坏后，他整个人都暴露在人们眼前。他身后的士兵逃跑了。人群死死地盯着他，他已经被当成了亵渎神灵的恶棍。他被从马上扯了下来，几个人挥舞着廓尔喀弯刀，以敏捷的动作，用最快的速度把詹姆斯·莫里亚蒂送上了西天。

福尔摩斯从楼上下来，混进了人群里。卡萨帕瑞斯特从他的马上跌了下来，正试图逃走，被福尔摩斯抓住了。福尔摩斯逼着他带自己去找莫里亚蒂的巢穴。他带着福尔摩斯走进了供水网络之中，穿过古老建筑，走到了摩柯伽罗寺附近。借助蜡烛的光亮，福尔摩斯走进了一些古代工程师使用过的地下房间，找到了仍然被人看守的露西·理查森。知道行动已经彻底失败了，那些守卫头也不回地跑了。福尔摩斯陪着露西到旅店与她的父亲会合，并把卡萨帕瑞斯特放了，让他好自为之。

福尔摩斯继续介绍，第二天一早，尼泊尔王公比尔·萨姆比亚逮捕了他的一个弟弟，罪名是密谋造反，同时被逮捕的还有一个不知名的外国异教徒，他们的行为十分恶劣，因为他们试图假扮伟大的毗瑟挐神。他们不仅阴谋颠覆尼泊尔政权，还试图在尼泊尔和印度政府之间制造紧张的关系，摧毁他们彼此的信任。王公宣布，从此以后将对外国人实行更加严格的禁入制度，并将严惩那些参与阴谋的人。他赦免了不知情的公使和他的家人以及公使馆里的仆从，并且希望同印度政府和女皇陛下保持友好的关系。

福尔摩斯站了起来。"不过故事并没有结束，华生。现在已经太晚了，你应该已经厌倦了我的故事。"

我们俩现在都没有睡意，于是我提议到外面去散散步，听他把故事讲完。我们沿着贝克街散步。他大步向前走着。在暗色的树影和漫天的星斗映衬之下，我看到我朋友的背影高大挺拔。我们默然无语地走了一段路，直到到达特拉法尔广场他才开始说话，不过他仅仅回答了我的困惑，因为这个故事还有很多问题我没有搞清楚。

"请你先告诉我，"我说，"你从那些竹子的碎片里得出了什么结论？"

"我在那些碎片里几乎找到了所有的答案。那些碎片其实关系到三个关键性的东西，霍奇森的幽灵、露西失踪事件还有最后以毗瑟挈的形象出现的莫里亚蒂。我发现，那些竹子以网状的形式连接在一起，轮廓很像理查森开枪打中的那个霍奇森的幽灵。为什么他被子弹打中却没有流血，而是留下了一地的碎竹片？我盯着它们的时候，突然想起了我之前看到的那个游行队伍，还有在霍奇森写的文章里记录的关于加德满都的尼瓦尔人宗教游行的相关信息：游行的时候，人们会用竹笼做成神祇的模样，套在他们的上半身上。竹笼撑起了巨大神祇的头部和那些神圣的服饰。这样的效果非常具有戏剧性，那些高大、神圣的神祇看上去就像是正沿着古老城市的小路向寺庙走去。即使在夜里，它们也非常引人注目。我不得不说，那个藏在霍奇森塑像下面的家伙非常幸运，如果当时理查森瞄准的位置再靠下一点儿，那他的结果恐怕就会非常惨。"

"假扮霍奇森幽灵的那个家伙到底是谁？"

"就是卡萨帕瑞斯特，在我放走他之前，他向我供述了全部罪行。目前他还没有被再次提住。他们用同样的办法抓住了露西·理查森，当她走到街市上的时候，一个游行队伍正好经过那里，一个藏在佛像下面的莫里亚蒂的追随者抓住了她，然后由当地叛军的一名士兵把她带到了莫里亚蒂的藏身之所。当然，我也因此知道了，如果我有合适的工具的话，就有机会把莫里亚蒂从座驾上敲下来。莫里亚蒂的追随者中有人擅长制造这种危险的玩意儿，萨尔兹堡来复枪，我亲爱的华生，那的确是一种强大的武器。"

"福尔摩斯，我还是对莫里亚蒂的目的感到有些困惑。他为什么要做这一系列的事情?"

福尔摩斯笑了。

"很多人都会对此感到奇怪,华生,这些事情的确有很高的危险性。不过就像你知道的那样,我们之所以能够维持我们帝国的强大,是因为我们付出了很多努力。在印度次大陆和整个亚洲地区,我们都有很多的敌人。我们的成就令人嫉妒,所以我们必须时刻保持警惕。简单地说,莫里亚蒂的计划就是先让公使渐渐地丧失工作能力,让他长期生病,和外界隔离,但是除非有必要,否则不会要他的命。这伙人的目的是,在他丧失工作能力期间趁机接管尼泊尔政权,并且建立一个表面上维护英国在印度次大陆上的利益但实际上却对之怀有恶意的政治群体。然后,以那里为基点,再与其他对帝国不满的国家、群体以及不甘于蛰伏的印度其他地区的王公贵族结成同盟,最后把我们从那里驱逐。如果真的给他们一点儿时间,我敢向你保证,你就会看到一个由廓尔喀人、锡克族的马拉塔人以及阿富汗人组成的同盟出现在那个地区。在过去几十年里,经常出现这种情况。你有在阿富汗服役的经历,所以你也该知道,我们为了保护帝国的利益付出了什么样的代价。当然,他们的手段比较卑劣,想利用尼泊尔的历史和所谓的预言以及由于迷信引起的恐惧煽动民众颠覆现有政府。莫里亚蒂自己扮演了毗瑟挐,一个神灵的角色,这一幕很有戏剧性。我估计,他的野心十有八九比成为一个神还要大,他想成为一个独立印度的领导者。"

"如果你当时不在那儿的话,福尔摩斯,我简直无法想象会发生什么事……"

"说起来也许你不相信,华生,如果当时我不在那儿的话,这一切搞不好并不会发生。"

"你为什么这么说?"

"就是因为莫里亚蒂怀疑我在那里,所以才设计了这一整套阴谋,用来作为我们之间的一场对决。"

"的确是这样。他好像真的知道你在那里,甚至还截获了你发给迈克罗夫特的消息。可是他到底是怎么知道这一切的呢?"

"我有一种猜测,仅仅是猜测,华生,因为我们之间没有任何的交流。不过,在返回英格兰之后,我确定了一件事。你一定记得,我曾经在西藏化装成一名斯堪的纳维亚植物学家。因为我在科技方面的著作引起了反响,我那个身份的知名度突然变高了,尽管我尽了最大的努力不让人拍照,但是在几个特殊场合还是没法避免这种事。我知道,这些照片之中至少有一张出现在一本喜马拉雅生物学杂志上,是约瑟夫·胡克的作品,题目是《伟大的喜马拉雅植物学家》。糟糕的是,你应该还记得科罗内尔·莫兰,那个莫里亚蒂教授的主要追随者,他至今仍然逍遥法外,他的兴趣就是研究喜马拉雅地区的植物。我不得不做出这样一个假设,他在杂志上看到了我的照片,并认出了我,然后通知了詹姆斯·莫里亚蒂。詹姆斯·莫里亚蒂对我恨之入骨,迫切地希望能为他的哥哥报仇雪恨。"

"那么,截获你的消息就不是一起意外事件了。"

"对,这不是意外事件,但是截获消息和读懂消息是两回事。华生,我不得不说,我始终搞不明白他是怎么读懂那封密信的,直到我返回英格兰之后才解开这个谜团。在此之前,我一直以为,莫里亚蒂依靠他的数学天赋幸运地破解了我的消息。可是这仅仅能让他罗列出文章,我搞不懂他是怎么看懂这种偏门的语言并且理解它的。毫无疑问,他对那个消息的破解是全方位的,几乎立刻就知道是什么意思了,我完全无法理解这一点。我费尽了心机才找到非常偏门的喜马拉雅地区的方言达语，为了写这封信，我遭了不少罪。"

"的确是这样，莫里亚蒂不可能预先知道你用这种语言来传递消息。"

福尔摩斯笑了笑："来吧，就在这里坐下吧，华生，在纳尔逊勋爵的雕像下，我来给你讲完整个故事。"

我们在雕像下坐了下来，看着周围零零散散在晚上出来散步的人。福尔摩斯在黑暗中比任何时候都要冷静，他的眼中闪着睿智的光芒。

我聚精会神地听着他的故事。

"我返回英格兰之后的第一项任务就是去拜访布莱恩·霍奇森。在离开尼泊尔之前，我知道他还活着，已经九十一岁高龄了，但是精力充沛，只是健康状况每况愈下。我希望在我去拜访他之前他还活着，这样，我就能搞清楚许多关于'幽灵'事件的谜团了。

"那天下午，我坐马车去拜访霍奇森。他的房子在村子的南部，沿着一条小路就可以找到。他住在一条小路尽头的一间小屋里。"

福尔摩斯远远地看见了那个简单的乡村小屋，被花园簇拥在中间。他走近那里的时候，突然门打开了，霍奇森亲自出来迎接他。福尔摩斯看到他的外貌时顿时吃了一惊，因为那个曾经出现在加德满都的幽灵好像再次站在了他的面前，身材高瘦，有一点儿驼背，穿着黑色的衣服，留着长长的白胡子。很显然，那些罪犯成功并且很专业地复制了一个霍奇森，和真正的霍奇森几乎一模一样。

福尔摩斯从马车上走了下来，向他恭敬地说道："我为你从尼泊尔带来了比尔·萨姆比亚王公的问候。"

霍奇森微笑着抓住了福尔摩斯的手，力量之大完全出乎福尔摩斯的预料。他把福尔摩斯让进了自己的书房。伟大的学者霍奇森已经在这里进行了几十年的研究工作了。

两个人聊了整整一下午。

聊到最后的时候，福尔摩斯觉得，自己可以提出自己的问题了。不过出于尊重，福尔摩斯还是准备先问问他哪些领域的问题他不希望被提起。如果他不希望谈那些的话，福尔摩斯也能够理解他的苦衷。

"先生，为了搞清楚我在那里时发生的一些事情，我想问你一些问题，这将有助于解开一些直到现在还没有找到答案的谜团，不过这涉及你和一位当地土著女子的婚姻以及你们的后代。"

福尔摩斯还没来得及问他是否方便回答这些问题时，霍奇森已经站起身来，走到门边，关上了房门。

"和许多我们在国外的同胞不同，我的早期生活没有什么秘密可言。我专属的传记作家亨特先生已经把它们记录下来了，尽管记录得不算太详细。不过，这对于我现任的妻子仍然是一个敏感的话题，如果我们必须提及其中的细节，我觉得还是关上门比较好。当然，这些也是我的秘密。"

福尔摩斯连忙向他解释，自己不希望引起他和他妻子的不快，而且自己对他的私生活也没有什么兴趣，但是他的回答可能会解开笼罩在一些神秘事件上的谜团。他告诉霍奇森，因为这些事情的特殊性自己会一直保持沉默，因为公开这些事情对自己来说没有任何好处，而且还可能给那些还活着的人增加痛苦。

"和生活中许多事情一样，福尔摩斯先生，"霍奇森说，"我的确隐瞒了很多东西，但是在短短的一段时间里，我无法说太

多。你想知道我年轻的时候和一名当地妇女的关系？我不知道你
为什么想知道这件五十年前发生的旧事，不过这件事没有什么好
隐瞒的，我也不会为此而感到害怕。我很好奇你想知道这些的理
由，但是，好吧，我会把一切告诉你的。简单地说，我在担任驻
尼泊尔公使的最后那些年里认识了一家人。这个家庭不大，包括
贩卖藏红花的商人萨利姆和他的妻子及女儿。我经常到他们家去
拜访他们，我完全可以很自然地与他们相处，感觉就像在自己家
里一样。可是不久之后，萨利姆和他的妻子感染上了肺病，几个
月之后，他们夫妇两人双双离开人世，他们的女儿成了一名孤
儿。因此，我决定让她搬到公使馆生活。她受过教育，她的父亲
教过她阿拉伯语和波斯语，因此我让她研究一些她父亲遗留下来
的手稿，尤其是她祖父在西藏居住期间记录下来的拉萨的风土人
情。不久之后，我们两个人之间的关系发生了变化。从一开始保
持距离，然后我发现，自己非常渴望她陪在我的身边，最后我发
现，自己已经完全离不开她了。我们在公使馆中秘密地发展着我
们的恋情。她很美，不久之后，我就请求她作为我的妻子和我生
活在一起。那时候她十九岁，我三十七岁。我们两个人都知道，
我不能正式迎娶她，因为当时东印度公司有规定，不允许这种关
系存在。我当时向她发誓，我的工作一结束我就同她正式结婚，
一起度过剩余的人生。那的的确确是我的想法，她也默许了这
一点。"

　　说到这里，老人沉默了。福尔摩斯知道，他接下来将要讲这
个故事中最痛苦的部分了。

　　他们两个人的生活很幸福，他说，她为他生了两个儿子，年
龄相差两岁，他们是两个人的快乐源泉。但是，他们的幸福生活
突然遭到打击，曾经把她父母带走的肺病再次出现在他的妻子身

上。她当时再一次怀孕了，因为肺病在生产的时候死去，死时只有二十五岁，同她的父母一样，饱受肺病的折磨之后撒手人寰。她怀的那个女孩儿也没能活下来。霍奇森将她们一同葬在了公使馆院子里的一小块墓地里。她的离去让霍奇森伤心欲绝。她死后留给他两个儿子，一个六岁，一个四岁。

"两个孩子因为母亲的离世而深受打击。因为工作我经常去加尔各答，所以在他们成长的过程中我常常无法陪伴他们。他们俩对于母亲有很强的依赖感，失去母亲之后，两个曾经快乐的小孩子变得沉默寡言，而且时不时地流露出悲痛的神情。他们俩几乎不认识我，和仆人待在一起的时间远远超过了和我待在一起的时间。那个仆人来自塔莱附近的部落，平时就住在公使馆后面的小屋里。他们俩在那里同仆人的孩子一起玩耍并且学会了他们的语言，但却几乎把英语忘得一干二净。"

福尔摩斯突然打断了他的描述，问道："对不起，我能问一下这两个男孩子和那个仆人家庭说的是什么语言吗？"

霍奇森想了一下，然后说："你问的这个问题很奇怪。这个家庭来自于加德满都西南部的边远地区。我见到他们的时候，他们已经成了乞丐，因为他们特有的服饰我收留了他们，目的是研究他们的民族。一开始我以为他们来自塔鲁人的部落，但是，他们的语言很奇怪，和其他部落都扯不上什么关系。他们称自己为达语，他们的语言也叫达语，后来，我把这个研究结果发表了出去。这个家庭是这个稀有部落的最后幸存者。我的儿子们很快就学会了他们的语言，而且说得很好。"

霍奇森说，就在这个时候，他决定让他的儿子们离开尼泊尔，回欧洲接受良好的教育，让他们从我们的文明中获益。他决定把他们托付给自己的姐姐埃伦。她嫁给了一个荷兰人，住在阿姆斯特丹，她已经同意抚养这两个孩子了，并且会为他们安排合适的学校。妻子去世不到一年后，霍奇森和儿子一起去了加尔各答，把他们送上了一艘开往荷兰的船。英国商人约瑟夫·麦克尔森同意陪在他们身边，并把他们送到霍奇森姐姐那里去。

"那是我最后一次见到他们。他们的船行驶到英吉利海峡时遇到了强风暴，只好调转船头驶向北方，试图穿过圣乔治海峡，然而，徒劳无功，狂暴的风浪造成了船体的严重损伤。很多人被冲到了海里。麦克尔森先生眼看船就要沉了，带着两个孩子和其他四名乘客爬上了一条小船。但是小船只带着三名乘客最后到达了爱尔兰海岸，麦克尔森、我的两个孩子还有另外一个乘客被冲下船掉进了海里，再也没有了消息。六个月之后，我才在加德满都得知这个消息。我姐姐收到一名幸存者经由船舶公司转来的消息后给我寄来了一封信。带着沉痛的心情，我在我妻子的墓前长跪不起。那之后的很长一段时间，我都无法摆脱悲痛的折磨。"

霍奇森从椅子上慢慢站起身来，走到桌子旁一个巨大的茶柜边，拿出来一本大相册，交给了福尔摩斯，然后说："你可能会对这些照片感兴趣，这些是我仅存的我已故妻子以及两个儿子的照片。"

当福尔摩斯浏览相册的时候，老人坐回了他的椅子上，脸上带着伤痛的表情。

福尔摩斯全神贯注地看着手里的相册，这是公使馆最初的记录，里面包括了公使馆的员工和其他尼泊尔的要员，其中就有为霍奇森留下了大量亲笔签名的布希姆·森·塔帕将军的照片。

"不过，我对这些历史并不感兴趣，而是直接开始寻找我要寻找的东西。我看到了他们在加尔各答拍摄的照片，这张照片就是霍奇森把他的两个儿子送上那艘去往欧洲的满载着不幸的船之前拍摄的。照片上的两个男孩子约瑟夫和詹姆斯，一个七岁，一个五岁。尽管两个人的年纪很小，但我还是一眼就认出了他们。高高的前额、锐利的眼神、残酷的嘴唇，这些特征和我最伟大的敌人完全相同。我们可以想象一下，两个孩子先是失去了宠爱他们的慈祥的母亲，接着又被父亲托付给了陌生人，在海上遭遇的巨大风暴又在他们心灵中留下了深深的伤痕，这些不幸的遭遇让他们心理失常，让他们将自己的智慧用错了方向。后来，他们莫名其妙地在那场强风暴中幸存下来，被带到了爱尔兰海岸线上的某个贫穷悲惨的家庭中，然后在寒冷贫穷的石头堆中挣扎成长。成年之后，两个人离开了恶劣的环境，进入了伦敦和阿姆斯特丹这样的花花世界里。但是他们之前的遭遇使他们成了两名杰出的罪犯，他们的犯罪也因此成了一种必然行为。这些仅仅是我的猜测，不过我们可能永远也无法验证我的猜想了。

"我当时一定是聚精会神地看了很长时间照片，因为当我抬起头来的时候，霍奇森已经在椅子上睡着了，长长的白胡子搭在他的膝盖上。我把相册放在了旁边的一张桌子上，没有打扰他，而是踮着脚尖儿慢慢地退出了房间，关上了房门。那天晚上，我回到了伦敦。"

福尔摩斯讲完了他在加德满都的离奇经历。

我们又坐了一会儿，静静地看着我们面前空旷的广场，陷入了沉思，又过了一会儿，在黑暗中慢慢地走回了家。

安东·富雷尔案

我记得那是在 1884 年的春天，我第一次从福尔摩斯口中听到了安东·富雷尔这个名字。

"你应该牢记这个名字，华生。"当时他表情很严肃地说，"这个人具有非凡的犯罪天赋，如果不尽快抓住他的话，他会造成很大的破坏。在过去的几年时间里，我曾经几次抓住了他的尾巴，但是这个狡猾的家伙总是能够逃脱我的追捕。不过，我一定会在某一天将他绳之以法！"

当时，从福尔摩斯的语气中，我感受到了他钢铁般的决心。一般只有遇到一个值得他认真对待的对手时，他才会表现出这种情绪。不过，直到十年之后，这件事才告一段落。当我重温这件事的时候才发现，福尔摩斯很早之前就向我简单介绍过富雷尔的生平。

富雷尔，这是一个具有浓郁德国特色的姓氏，事实上，他的确有德国血统。他的父亲在汉堡附近出生，在那里做古董生意。在 1848 年革命失败之后，他们举家搬迁到了英格兰，在伦敦定居。安东在他们家搬到伦敦后不久之后降临人世。他父亲朱利叶斯在芬斯伯里开了一家商店，因为他不擅长英语，而且转换环境之后又让他对生活产生了一些烦躁情绪，所以他的生意并不怎么样。为了维持经营，他借了不少外债，很快就债台高筑，根本无法正常偿还债务，于是他动了歪脑筋，开始偷盗和入室盗窃。很快他就发现，干这一行的时候，他的运气比他从事正当职业时要好得多。他的胆子也越来越大，一开始他只是从别人的商店里盗窃些古董，渐渐地发展到破门而入。他大肆偷盗，无论是城市里的大厦还是乡村里的小屋，他都不会放过。他甚至组织了一个小的盗窃团伙，让团伙成员偷东西，而他负责收赃、销赃。

安东很早就开始帮助他的父亲从事这一职业。一开始他先是加入团伙，当了其中一名成员的学徒，很快他就掌握了入室行窃的技巧，他可以轻松打开保险柜，盗走财物，然后再快速销赃。这个团伙的作案手段非常狡猾，轻易不会被察觉，往往让人毫无头绪，有时候可能只是墙上的一幅画被偷走，或者是放在卧室桌子上的首饰盒莫名其妙地就失踪了。

朱利叶斯·富雷尔渐渐地步入了他事业的巅峰，他把自己获得的不义之财投资到正当职业里，然后在伦敦购买了一栋大房子，渐渐地成了伦敦最有名望的人之一。这个时候，他的犯罪活动已经开始国际化了。他手下的几个窃贼去了一趟卢浮宫，偷走了马斯基尼的《美少年》和韦尔内的《圣巴斯蒂安》两幅名画。警察直到最后才知道他们为谁工作。

连续多年逍遥法外之后，富雷尔父子终于遭到了报应，他们偷窃一批保存在大英博物馆里的埃及文物时，一名犯罪团伙的成员被捕，并且供出了他的老板。接着，朱利叶斯·富雷尔被逮捕，然后被判有罪，被戴上手铐送进了监狱，最终死在了监狱里。安东当时在亚历山大港，得到消息之后逃到了埃及，就此失踪，杳无音信。警方推断他已被杀死，凶手是和他一起逃走的另一名团伙成员，这名成员后来在亚的斯亚贝巴被捕。但是福尔摩斯却认为，他并没有死，仍然活在这个世界上，因为他能感觉到安东的存在，因为报纸上的关于艺术品失踪的新闻里，还有全球各处考古发现的文物被盗的消息中，处处都散发着他的气味。

"你能确定这一点吗，福尔摩斯?"有一天，我问他，"你怎么知道这些案件背后的主谋就是富雷尔呢?"

我说这话的时候，一篇关于君士坦丁堡一家博物馆的几件雕塑失窃的文章就摆在我们面前。

"我亲爱的华生，如果一个人坚持不懈地跟踪一名罪犯并仔细地研究他的犯罪手法的话，就很容易从各类案件中发现他留下的蛛丝马迹，那种感觉就像是正在目睹案发现场一样。用这种方法，你很容易就能找到犯下这些罪行的犯罪分子。所以我知道，富雷尔参与了谋杀罗杰·丹奈特的行动，但是没有参与最近发生的那几起从维多利亚和阿尔伯特盗窃文物的行动。"

"但是无论如何我都看不出他和丹奈特之间有什么关系。"我嘟囔道。

"你了解我使用的推理方法，华生，你也应该尝试使用它。"他说话的语气颇有点儿不耐烦。

我刚想要反驳他，告诉他光知道他的推理方法没有用，不是每一个人都有他那样的智慧和知识，这时我发现，他的眼睛已经失去了焦点，神情恍惚，说话的时候心不在焉。这种情况我以前也见到过，看到他这样，我就知道，今天从他嘴里什么也别想听到了。当他表现出这种状态的时候，他那睿智的大脑已经开始专注于对犯罪行为的分析和推理，这种状态将一直持续到他解决了问题，或者他想拿到坐在那把他最喜欢的扶手椅里拿不到的东西为止。

从那以后，他再也没有提过安东·富雷尔这个人。不过大约十年之后，我知道了这个人的后续职业。

大约在1895年6月的一天傍晚，天气非常温暖。福尔摩斯的情绪极其不稳定并且总是抱怨白天的时间太长了，让他根本不能入睡。他再一次开始吸食可卡因。在我严厉地告诫他那种东西对他的身体没好处的时候，哈德森太太敲响了房门，并告诉福尔摩斯，有一位绅士想见他。

"嗨，华生，可能我现在不再需要毒品了。你可以省下你的口水，留到以后规劝我的时候用了。"他一边说着一边把哈德森太太刚刚给他的名片递给了我，上面写着：根·C. H. 瑞德灵顿少校·B. E，自第五皇家廓尔喀步枪队退伍，居住于怀克里辛顿，格罗斯特郡。

"请把那位先生请进来吧，哈德森太太。"

走进来的科罗内尔·瑞德灵顿个子很高，脸色也很不错，全身都是强健的肌肉，不过他像很多中年人一样，有一个大肚腩，说明他近几年的生活通常只需要坐着就可以了。

"请坐，科罗内尔·瑞德灵顿先生，我向你介绍一下，这是我最信任的伙伴华生医生。在他面前，你可以像面对我一样无所顾忌地说出你的委托。"

"好的，福尔摩斯先生。不过，我想先说明一下，促使我到这里来的事情，表面上看起来很普通，没有什么特别的，我希望不会因为这一点让你觉得浪费时间。"

"非常感谢你能这么说。不过，无论这件事是否是很普通，我都会认真听你诉说的。"福尔摩斯说，"在一些外行人眼里无关紧要的事情在我看来却常常意义重大。"

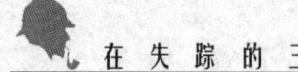

"好极了。既然这样的话，那我先解释一下我为什么来拜访你。我之前曾在驻印度的军队里服役三十年，今年正式退休。我服役的范围几乎遍布了整个东方，最后几年是在尼泊尔度过的，我在那里负责管理廓尔喀的新兵征募。我那段时间住在加德满都，但经常有机会去别的地方，其中包括莱塔。那段日子非常平静，没有发生任何冲突和战争，除了丛林里狩猎，我连枪都没有开过。我在尼泊尔的熟人很多，但是那些人的范围仅局限于军队和当地的统治者。

"在即将退休前的一天，我遇到了一名佛教僧侣，他能说一口流利的英语，让我有点儿惊讶。他对我说，他是加德满都山谷的原住民，一个土生土长的尼瓦尔人，曾经在锡兰游学，并且最远还到过英格兰，在那里和许多对佛教感兴趣的人见过面。他刚刚返回尼泊尔，并且在途中参拜了佛祖的出生地，位于蓝毗尼的斯旺那布山上的小寺庙。他告诉我，他参拜伟大的圣地时，有人给了他一个佛祖的石雕像。给他石雕像的那个人是一名富有的缅甸信徒，也是去那里朝圣的，那个人告诉他，这个带着虔诚和信仰的佛像将会在某一天被整个西方世界顶礼膜拜。他从一个公使馆的士兵那里听说我即将离开尼泊尔，返回英格兰，便问我，能否将那座石雕像带回来，并告诉我，等我回来以后，一个居住在伦敦的僧人将会从我手里请走这尊佛像。那个取走佛像的僧人正在伦敦带领一些英国的佛教徒研究教义。他们组成了一个小团体，名叫伦敦东方协会，他们在伦敦的圣地位于罗素广场附近的贝德福德街。他向我保证，如果用世俗的金钱来衡量的话，这尊佛像没有什么价值，但是它在信徒的心目中却是无价的。如果我能把这尊佛像安全地送达伦敦的话，将极大地激励当地信徒的热情。

"那名僧侣非常诚恳，于是我告诉他，我可以把那尊佛像作为我的私人物品带回英国，但是我希望先看看那尊佛像再决定答不答应他的请求。第二天，那名僧侣拿来了那尊佛像。就像他说的那样，那尊佛像不值什么钱，只是一个很普通的现代石雕佛像复制品，大约三十英寸高，看起来没什么不对的地方。于是我答应了他的请求，把佛像和我的私人物品一起打包准备带回英格兰。当时我也没有想太多。"

"这个故事的开头非常有趣，请继续下去，我亲爱的科罗内尔先生。"福尔摩斯感兴趣地说。

"大约在两周之前，我回到了英格兰，在格罗斯特郡的小村镇怀克里辛顿定居下来。我的家族在那里有一套房产，已经很多年了。五年前，作为唯一的未婚的继承人，我遵从我父亲的遗嘱继承了整套房产。此前我在国外的时候一直委托一个管家管理那套房产。可糟糕的是，我回到那里的时候，发现那个管家已经在一年前去世了，房子已经很久没有人照料了。福尔摩斯先生，那座宅邸非常大，是由我的祖先罗杰·瑞德灵顿爵士于1779年建造的，但我那开始有所衰败的家族对于这栋房子却疏于照顾。到达那里的第一天，我花了一整天时间才从灰尘和杂物之中清理出了一个能让我落脚的地方。第二天，我的私人物品被邮递到家，我开始整理我在东方三十年的时间里积攒下来的纪念品和财物。

"福尔摩斯先生，我并不是一个收藏家。但是看到我这些年攒下来的东西堆积如山时，我真的被吓到了。我当即决定，尽快把这些让我受到惊吓的玩意儿处理一大部分，把那些没有用的东西都处理掉。我的动作很快，晚上的时候，我已经把所有的包裹打开并把那些重要物品放好。这时候我才想起那个僧侣托我带的东西。我从包装箱里把那个佛像取出来，小心地把它放在客厅的

一张桌子上，然后给那个居住在伦敦的僧侣写了封信，通知他佛像已经带回英国，请他在方便的时候尽快到我这里来把佛像拿走。

"那时候时间已经很晚了，我简单地用了一点儿晚餐，然后继续我的工作。让我惊讶的是，我竟然在剩下的包装箱里找到了另外一尊佛像，和第一个完全一模一样，起码在我看来两个佛像没有什么两样。我有些郁闷了，想再找一个地方摆放这尊佛像。可是在这一片稀奇古怪的物品的海洋里，摆一个佛像已经足够了，哪里还有地方摆第二个？已经没有多余的地方放杂物了。我突然想起来，在大厅的壁炉架后面好像还有一个隐藏的隔间。于是我从板条箱里把第二个佛像拿出来，把它放进那个隐蔽的隔间，然后把空箱子扔进了储藏室。"

我一边听着科罗内尔的陈述一边不时地看看福尔摩斯。我们这位拜访者意外地发现，福尔摩斯一开始满不在乎的表情渐渐被凝神倾听所代替。

"这时候，时间已经非常晚了，我觉得自己已经干得差不多了。"科罗内尔说，"当我疲惫地上床的时候，时间已经到了午夜时分。我那天夜里睡得非常死。第二天早上 8 点左右，我从床上爬了起来，在厨房准备早茶时发现，房子的后门半开着。我清楚地记得，我睡觉之前锁上了后门。我立刻想到，可能有人在半夜里进入了我的房子，我立刻冲进客厅，想看看家里的东西是不是已经被人席卷一空。然而，出乎我的意料，所有的东西都摆在昨晚我摆放的位置上，没有任何东西丢失。直到后来我才发现，那个我放在桌子上的佛像没有了，这让我非常生气。这时候我才确认，昨天半夜的确有人摸进了我的房子。不过幸运的是，那个家伙拿走的只是一件伪劣的现代仿制品，根本不值钱的冒牌货。除了那东西我什么也没有丢。"

"这个故事非常离奇，科罗内尔·瑞德灵顿先生。"福尔摩斯说，"到目前为止，你说的事情已经让我有些担心了。我觉得，这可能不仅仅是一件小事。我能建议你立刻雇一名警卫来帮你看守房子吗？"

"福尔摩斯先生，我到你这里来之前，已经在房子里采取了一些必要的防范措施。事发后第二天，我因为要在村子里办一些必要的手续，大约出去了四五个小时。等我回到家的时候发现，那尊佛像又被人放回到客厅里原来摆放它的桌子上了，客厅里其他的东西都没有被人动过。但是我发现，有人进过我的储藏室，之前装第二个佛像的那个箱子就被我扔在那里。储藏室的门锁被人破坏了，但是为了不让人发现，门是关着的。无论是谁进到过里面，很显然他想在里面找什么东西，因为我拉开门之后发现，我存放在里面的物品被人翻得乱七八糟。接着我发现，装佛像的箱子被拆了个粉碎。但是，窃贼并没找到第二尊佛像。因为发现这件事情好像有些古怪，所以我才来找你，希望你帮我查查这件事情。好了，我的事说完了。"

"我向你保证，科罗内尔·瑞德灵顿先生，这件事绝不寻常！"福尔摩斯说，"不过，我也同样能向你保证，如果运气好的话，我们很快就能查清这件事情。我很乐意陪你一起回你在格罗斯特郡的家里，这样我就可以欣赏一下那座古老的建筑了，当然，关键是去看看那第二尊佛像。"然后，福尔摩斯回过头来对我说，"华生，调查这起案子我需要你的配合。你不必跟我们一起去格罗斯特郡。仔细听好我对你的要求：你现在就离开这里，确定没有人盯梢之后，再从后门返回这里，然后在我回来之前，一直待在房间里。华生，你回来之后待在卧室里，拉上窗帘，等天亮之后再到前面的房间里自由活动。"

我对福尔摩斯的这个要求感到一丝困惑，还有些许失望，因为我很渴望能够陪同他一起去格罗斯特郡，因为这起案子听起来似乎很有趣。不过我还是按照他的要求做了。我知道他的习惯，所以没有要求他对这一系列安排给出解释。我们俩跟着科罗内尔·瑞德灵顿一起走出了大门。混进牛津街上的人群后，我和他俩悄悄分开，重新回到我们的住处。当时正值黄昏时分，我确信周围没有人注意我的行动后偷偷地从后门溜进了房子。

那天，我度过了一个极度难熬的夜晚，晚上又闷又热，根本无法入睡。最后，我点燃了一根蜡烛，在窗户下借着烛光看我的医学杂志来消磨时间。我想，我最后一定是睡着了，因为当我再次睁开眼睛的时候，已经是第二天早晨了，蜡烛已经燃尽。由于我一整晚都躺在地板上，所以浑身都僵硬酸疼。我从地上爬起来，走进客厅，满脑子想的都是昨天晚上瑞德灵顿说的那个离奇的故事。这时候福尔摩斯还没有回来，我以为他还在格罗斯特郡。

大约在上午 11 点左右，哈德森太太告诉我说，在楼下有两个人抬着一个巨大的包裹，收件人是福尔摩斯。我让他们把东西搬进来。当他们进入房间的时候，我根本没有注意他们，因为我被医学杂志上的一篇关于热带肾脏疾病的文章吸引住了。

"这东西要放在哪儿，伙计？"两个人中的一个开口向我问道，他看起来很老，而且衣衫褴褛。我示意他们把东西放在房间的中间，然后继续低头看我的文章。这时，那个老年人递过来一支笔和一张送货单，让我签收。

"在这里签字，快点儿，华生。"一个熟悉的声音在我耳边响起，"我们可没时间浪费！"

我难以置信地抬起头来看着他。那个老年人已经站直了身子，看上去年轻了许多。我这才知道，自己正面对着我的朋友。

　　"福尔摩斯！"我惊呼了一声。

　　"是的，华生，是我！这位搬运工是我的临时同事，是苏格兰场的安东尼·格里格森先生。"

　　格里格森摘掉了他送货员的帽子，向我微微鞠了一躬。"很荣幸见到你，老伙计。"他说。

　　"我挚爱的上帝，福尔摩斯，你欠我一个解释。你搞出来的这套把戏究竟是什么意思?!"

　　我感到很气恼，不是因为我没有认出他来，而是因为我同时被两个人愚弄了。我很清楚地感觉到了福尔摩斯的讥讽和格里格森的得意。

　　"请接受我的道歉，华生。不过我要告诉你，你在这起案件里扮演的角色至关重要，请继续扮演下去。现在，请你和格里格森先生到隔壁房间里去，你们俩换一下衣服。然后，你再找一套自己的衣服，放到这个麻袋里，带上它和我一起走。在适当的时候我会向你解释这一切的。"

　　福尔摩斯走到长椅旁边，把它移开，然后掀开了它下方的地板。这里是一个有年头的秘密储物室，福尔摩斯以前曾经使用过很多次了。他把那个包裹放进去，然后以极快的速度把地板和长椅恢复原样。接着，他透过窗帘凝视着下方的街道，脸上露出一丝淡淡的微笑。

　　我按照福尔摩斯的话做了。在他的帮助下，我把自己打扮得和格里格森化装的送货人一个样子，而格里格森则退居幕后，藏在我的卧室里。

　　到目前为止，我对福尔摩斯做的事情还是一头雾水，完全不知道他要做些什么。不过和往常一样，此刻我并不指望能从福尔摩斯嘴里听到他对此的解释。我们离开屋子，穿过贝克街，又穿过贝克街背面的一条小巷一直走到一座废弃的建筑物旁边。福尔摩斯摘掉了门上的锁头，我们很容易就进到了里面，然后在里面换回了我们平时的衣服，把送货人的衣服扔到了地板上。

"我们没有时间废话，华生，我们要同一个邪恶的主犯碰面了。虽然很危险，但是我相信，我们有机会获得胜利。"

穿着我们平时穿的衣服，我和福尔摩斯又回到了街上，然后慢慢地走回了家。路上，福尔摩斯仔细地观察着每一个路人，一直到走回我们的住处。

"好了，华生。"当我们走进屋子之后，福尔摩斯说，"除非我预料错了，否则的话，门铃几分钟之后就会响起，然后哈德森太太会为我们带来下一位客人。"

果然，过了不到五分钟，门铃响了。哈德森太太米到了我们的面前，她的表情看起来有些不知所措，然后她告诉我们，有一位绅士想要见我们。没过多久，她把我们的客人带了进来，我终于知道她表情古怪的原因了。这是一位穿着藏红色长袍的僧侣。他的样子是很明显的欧洲白种人，尽管他剃了光头，而且还穿着宗教服装，但是却无法改变自己的种族。

福尔摩斯目光闪烁地看着这个人，就像是一名渔夫看到一条大鱼咬钩了一样。

"华生……"他语气欢快地对我说，"请允许我为你介绍一下这位朋友，杰克·埃文斯先生。这位先生可是了不得啊！如果我没有记错的话，他来自盐湖城。在美国，有七个州都在通缉他，罪名是盗窃和非法闯入。他是安东·富雷尔团伙的主要成员。"

被福尔摩斯说出了真实身份，那名僧侣的脸色立刻就变了。

"我到这儿可不是来和你吵架的，福尔摩斯。告诉我，东西在哪儿？这次富雷尔让我到这里来，是因为他真的生气了，他可没时间和你开玩笑。"

一身僧侣的打扮和古怪的美国口音形成的反差十分滑稽，让我忍不住嘴角一撇。过了片刻，公寓门突然被人猛力踢开，我们面前又出现了一名僧侣。

"我再来给你介绍一下这位朋友。"福尔摩斯慢条斯理地说，甚至都没有转头去看一下那位入侵者，"这位就是声名狼藉的安东·富雷尔，我们这个时代最著名的艺术品盗窃犯。安东，我不得不称赞你一句，你脚底抹油的本事实在是太厉害了。我很高兴，你终于忍不住跑到我这里来了。来，请坐。"

"我可不想和你浪费时间，福尔摩斯。我发誓，这是你最后一次阻挠我的计划了。看吧，我们两个人都带着武器，而且我们也不准备从这里空手而归。"

富雷尔比我想象中的样子要高一些，身材也要瘦一些，但是他比我想象中的还要胆大包天。他一边和我们说话，一边用眼睛快速地在房间里扫过，观察着他能看到的每一件物品。他徒劳无功地观察完之后，忍不住爆了一句粗口。

"你他妈究竟把东西藏在哪儿了，福尔摩斯?!"他大声吼道。

"恐怕靠你自己是找不到的。"福尔摩斯好整以暇地点燃了自己的烟斗，"另外，埃文斯，我要给你一个忠告。"福尔摩斯继续说，"仔细地看看窗外，好好看看那里，这里已经被警察包围了。"

"他在吓唬你！"富雷尔表情狰狞地对自己的同伙吼道。

"不，他可没有在吓唬你。把手举起来！"

这句话是格里格森说的。他收到了福尔摩斯发出的信号，突然打开门冲了出来。与此同时，福尔摩斯冲上去，解除了富雷尔的武装，然后用枪柄在埃文斯的头上敲了一下，把他敲晕在地。富雷尔手足无措地站在那里，没有做出任何抵抗。

"安东，请接受我的邀请，向外面看一下。我保证你会发现，即使把我们干掉你也跑不了了。另外，我再告诉你一个好消息：你在伦敦的那个'东方社会'组织的其他成员也被捕了。"

富雷尔脸上闪过一丝狰狞的表情，充满怨恨地看着福尔摩斯，因为他掉进了福尔摩斯巧妙设下的陷阱。我想，如果他现在能办到的话，他肯定会毫不留情地把福尔摩斯和我们这些人撕成碎片。格里格森给他和埃文斯戴上手铐，押着他们走出了公寓。街道上已经安排好了人手，把他们直接送进了监狱。

"好极了，福尔摩斯，你现在应该对自己很满意，因为你非常简单地结束了一名惯犯的职业犯罪生涯。为此我要祝贺你，另外，我还要向你献上我的困惑。尽管我经历了刚才的一幕，可我还是觉得自己错过了好多精彩的情节。"

"你的确错过了一些情节，华生，不过这不是你的错。过去两天发生的事情仅仅是为了一起漫长的案子画上一个句号而已，其中主要的情节都发生在印度，这一部分你应该没有听到过。我可以把这个故事中的你没有看到的那部分说给你听听，我想你会感兴趣的。"

"没错！"我说，"我对此很感兴趣。"

"不过，在此之前，我们应该先看一看从富雷尔手中溜走并且导致他阴沟里翻船的那些珍宝。"

说着，福尔摩斯移开房间中的小地毯，掀开地板，然后取出他藏在下面的那个包裹，拆开外包装，里面露出了一个佛祖的半身雕像。福尔摩斯把佛像放倒，用手指轻轻敲了几下佛像的底部。

"果然，这尊佛像是空的。"他说，"华生，快点儿，把你袋子里的那把大剪子递给我。"

我把剪子递给了福尔摩斯。福尔摩斯用剪子把佛像底部凿开。我看到佛像内部空间很大，有一块像是布一样的东西包着一个物体。那块看似布一样的东西，其实是一块金色和红色交织在一起的织锦缎，看起来有些年头儿了，有点儿残破，尽管如此，也掩饰不住它的华美。福尔摩斯把那个物件拿了出来，眼睛因为兴奋而亮闪闪的。

"看看这个，华生。"他说，"如果我没猜错的话，我手里拿着的是一件从远古时期流传至今的珍宝。"

他把那东西小心地放在桌子上，打开包在外面的织锦缎，露出了里面一个金色的物体，看起来像是一个小盒子，面上雕刻着华丽的图案和浮雕，好像还夹杂着某种古老的文字。

福尔摩斯微笑着看着这东西："几年前，我差一点儿就拿到这东西了。我还以为我再也不可能见到它了。知道这是什么吗？"

"我得承认，这东西看起来让人印象深刻。难道这是放圣物的宝箱？"

"这里面放着贵霜人的国王迦腻色伽一世的皇家宝物。贵霜人是一个尚武的种族，曾在大约两千年前建立了一个幅员辽阔的帝国，范围从北印度一直延伸到亚洲中部。看看这里，如果我没搞错的话，封盖上的这些文字是他们的特有文字佉卢文。这是一段铭文，证明了这件宝物的所属。现在，让我打开这个盖子，看看里面究竟装了什么。"

就像福尔摩斯说的那样，盒子里装满了各种各样的黄金珠宝，红宝石、蓝宝石、祖母绿，应有尽有。

"看看这个，华生！"他惊呼了一声。

福尔摩斯手里拿着一枚巨大的黄金戒指，在戒指的两侧用浮雕的手法雕刻了两条缠绕在一起的美丽巨蛇。顶端是一个卍字，这是一种古老的象征吉祥的符号。傍晚的阳光透过窗户照在这枚戒指上，让它闪烁着耀目的光芒。

"戴上试试，华生。"福尔摩斯说，然后把戒指放到了我的手里。"这种体验国王感觉的机会可是很罕见的。"

福尔摩斯把盒子里的珠宝拿出来，把盒子拿到阳光下仔细观察，然后放在耳边倾听。我看着他用力按了一下盒子的左侧。那里发出了一声轻响，就好像一根弹簧弹开了一样。

福尔摩斯发出了一声欢喜的喊声：

"啊哈！华生，看，这里还有更多好东西。这个盒子的底部是活动的。设计这个的家伙在这里安装了一个很有趣的弹簧装置。来吧，我们来看看他们费尽心机在这里藏了些什么。"

福尔摩斯把打开的底部从盒子里拿出来，和那些珠宝放在一起。里面放着一个锦缎小布包，还有一个用我不知道的材料做的卷轴。福尔摩斯小心地把卷轴展开，上面有一些古老的文字。

"这是桦树皮，"他说，"一种很古老的用于书写的材料。这是一段用古代帕拉克里文书写的简短铭文。让我们看看能不能解读它。"福尔摩斯拿起放大镜，仔细地观察了一段时间之后，开口说道，"华生，帮我记录一下。我差不多能读出来这上面的铭文：'迦腻色伽一世的宝藏无与伦比，这是佛祖释迦牟尼在度化之前留下的一缕头发。'我现在知道旁边这个袋子里装的究竟是什么了，这是佛祖留下的一件真正的珍宝，是他度化之后或者说是他死后留下的东西。究竟是怎么来的，我们现在已经搞不清楚了。我觉得，我们不信仰佛教的异教徒还是不要打开这个袋子为好，还是让在信仰上更接近古代宗教的人来做这些比较好。"

他把袋子和卷轴放进了圣物箱，把那个活动的底盖复原。"现在已经很晚了。"他说，"我想，我们应该先吃一顿美餐，然后点上一支雪茄，倒上一杯白兰地，悠闲地坐到舒服的位置上，我再向你详细说说这件案子。华生，富雷尔终于找到了他的最终归宿——落到了警察的手里，他的犯罪生涯最终结束了。"

　　福尔摩斯点燃了他的雪茄，坐在他最喜欢的椅子上，全身放松。此时，他的眼睛亮晶晶的，无法克制喜悦之情。

　　"我知道，你现在心中已然充满了成功的喜悦，但是，我亲爱的福尔摩斯，我对这件案子还是一头雾水。你究竟是怎么让富雷尔落入你的圈套的？还有，你怎么知道在第二尊佛像里藏了东西？在此之前，你知道那里面藏的究竟是什么吗？"

　　福尔摩斯从我的声音里听出了一丝怒气。其实我并不想表现出这一点，但是很显然我没有成功，因为我还在为没有看出他和格里格森的化装而感到有些郁闷。

　　福尔摩斯回答我的语气非常骄傲，让我感觉他好像正在向我的伤口上撒盐。

　　"华生，你刚才问的第一个问题非常容易解答。你如果想抓住一名罪犯，就必须好好地了解这名罪犯。就这么简单。富雷尔是一个窃贼，这一点无可否认，但是他天生爱追求完美感，而这恰恰就是导致他毁灭的最主要的原因。他之所以敢冒失地闯进我的公寓，就像我当初冲进他在塔莱露营地时一样，是因为他在潜意识中认为自己是无敌的，没有人能够阻挡他的犯罪。这种感觉过去曾经让他多次愚蠢地以自己的生命为赌注去冒险，所以我知道，他一定会来的。我也预料到，他这么做就将迎来其失败的命运。至于其他问题嘛，我亲爱的朋友，你知道，我有卓越的推理能力，所以我可以自负地说，这件案子其实并不复杂，我很快就能推断出其中的真相——两个佛像之中一定隐藏着某种不寻常的东西。不过，我也可以告诉你，我事先就知道这件东西是什么。事实上，我一直期待着它来到英国，尽管对它到来的确切时间和地点我并不清楚。你听到过瑞德灵顿和我们说的故事，我从中了解到，第一尊佛像其实是一个诱饵，由富雷尔的亲信放在那里的假象。当善良的科罗内尔先生向我说完他的故事，我就知道这件事将会以什么方式收场，甚至能猜到收场的细节。我之所以造访格罗斯特郡，仅仅是想验证一下自己的猜测，并且把第二尊佛像，就是富雷尔下决心想要拿到的那个佛像，掌握在我的手里。或许你觉得这整个案子难以理解，华生，那仅仅是因为你不知道故事的开头是怎样的。"福尔摩斯喘了一口气，突然站了起来，对我说，"华生，这是一个美丽的 6 月的傍晚，离天黑还有几个小时的时间。我提议，我们去格林公园散散步，在那里，我会把富雷尔案件中最有趣的部分告诉你。"

伦敦的傍晚一如既往地美好。街道上满是逛街散步的成双结对的男男女女，有的手挽着手，有的牵着狗，还有人在和孩子们玩适合夏日玩耍的游戏。街上满是熙熙攘攘的人群和兴奋的声音，一派和平热闹的景象。当我们走到游人较少的格林公园附近的时候，福尔摩斯开始给我讲述这个故事。

"故事开始的时间很不寻常，就在雷金纳德·麦斯威尔事件刚刚结束的时候。"

"你的意思是，这个故事是你在印度的时候发生的?"我问。

"的确是这样，华生，你说得没错。你是否还记得，我在印度旅行的时候使用的化名是罗杰·利顿·史密斯?"

"对，我记得这个名字。"我回答道。

"麦斯威尔事件之后，我在印度继续使用这个名字以及和名字相配的身份，因为这样很方便，而且很重要的一个原因是，这个名字并不是凭空编造的，可信度很高。我在加尔各答与总督先生告别之后，乘坐火车一路向西。我当时想在进入阿富汗山区之前，在印度花几个月的时间好好游览一番。

"离开加尔各答之后，我乘火车又回到了印度的圣城巴纳拉斯。下车后，我住进了我们在印度建设的最舒服的克拉克酒店。在那里我决定让自己的心情平复一下。在孟加拉的冒险之后，我选择住在酒店里，只有晚上才勇敢地走进黑夜，四处乱逛。我花了不少时间记录在过去几个月里发生的各类事件。除了酒店的员工，我没有同任何人说过话。那些酒店员工工作很有效率，而且也知道如何在不引人注意的情况下完成自己的工作。晚上的空气很凉爽，我喜欢在傍晚时分坐在宽敞的阳台上四处张望，直到夜幕降临，因为在那个时候蚊子多得几乎让人发疯。

"第三天晚上，我独自一人在城市中徘徊。像所有的印度城市一样，这里也有那些给这座城市增加了神秘感的种种特征：无边的黑暗，听起来略显空洞的人语声，无数在地上缓缓走动的赤脚，还有吠叫的狗，嘶嚎的豺狼和土狼。从本质上来说，这里就像一个大型村落，缺少那种大都市的特性。这很好理解，毕竟这里只是一个宗教中心，有最受崇拜的印度教遗迹，也是世界上最古老的城市之一。我漫步穿过城镇的中心锆德瓦拉，走到恒河边，沿着河岸来到了达萨瓦买的哈山路，那里是当地人主要的沐浴场所之一。

"你了解我，华生，我没有任何宗教信仰，所以那天夜里回到酒店后，我决定离开那里，继续前进。但是，在第二早晨发生的一起突如其来的意外事件导致我的计划延期了。

"我那天起得很早。我不打算在克拉克酒店吃早餐，准备去巴黎大酒店尝尝那里的口味。

"当我走进酒店花园的时候,那里的一男一女引起了我的注意。女的是英国人,男的是印度人,两个人坐在走廊的拐角处,表情严肃,好像正在进行意义重大的对话。据我判断,那个男人四十岁左右,穿着很得体。我从他停在外面的马车可以判断出,这个印度男人身份高贵。那个女人很年轻,看起来十分柔弱。

"当我观察他们的时候,那个女人突然站了起来,看起来十分愤怒,大步走进了酒店。那个男人看起来对那个女人的举动十分吃惊,但是并没有追上去。他慢慢地站了起来,表情从惊讶变为悲伤,然后默然地离开了那里。

"之后,我走进了早餐室,侍者为我端来了一杯茶。不久之后,那个女人也进来了,坐在离我不远的一张桌子边。我不动声色地观察着她,以免让自己的行为显得过于粗鲁或者让她感觉到受到骚扰。我从她的外貌推断,这个女人很年轻,可能三十岁刚出头,一举一动带有些许贵族特色,已经结婚了,丈夫很有可能是我们的某位政府官员。她对印度也很了解,因为她对侍者说的是印度语,而且说得非常不错。看侍者对她的尊重和熟悉的态度,这位女士应该是一位重要人物,并且在酒店里已经住了好几天了。不过从她的表情可以看出,她似乎正承受着某种巨大的压力,她的脸上流露出无法掩饰的悲伤和恐惧。她偶尔会用手拭去眼角流出的泪水,而且我注意到,她几乎没有动过自己点的食物。在那段时间里,她不停地抚摸着自己的结婚戒指,并且反复地向窗外花园的入口处张望,好像正在期待某个人在那里出现一样。

"当时时间已经不早了,指针指向了上午9点30分,餐厅里除了我们之外,只剩下尽职尽责的侍者了。他们忠于职守地站在那里，随时准备为我们最小的要求提供最贴心的服务。

　　"我决定接触一下这个女人，了解一下她如此悲伤的原因。我快速地写了一个便条，让一名侍者替我转交给她。便条上写道：

　　　　请原谅我冒犯你的隐私，但是我注意到，你似乎因为你丈夫的失踪而感觉到莫大的压力和痛苦。在太阳升得更高之前，也许我们可以在走廊里找个座位坐下来一起喝杯茶，聊聊这件事。我也许可以为你寻找他提供一些帮助。

　　"她拿到这张便条的时候感到异常震惊，几乎因为它而发怒。我能从她的眼神里捕捉到她的疑惑：她怀疑我是让她丈夫失踪的幕后黑手。不然的话，我怎么可能知道他失踪了？突然，她的表情变得异常冷漠，冷漠得几近残忍。接着，她抬起头来，站起身，向我点了点头。

　　"我让侍者帮我们把茶送到了外面走廊的桌子上。

　　"'我之前从来没有见过你，对你一点儿印象都没有。'她说，'但是，既然你知道我丈夫失踪的事，那么显然你也是密谋反对他的人之一。请你告诉我他在什么地方，求求你了。'

　　"她说这番话的时候，眼中流露出绝望。我的判断是正确的，她的丈夫的确失踪了。

　　"'你说得没错，夫人。在此之前，我从来没有在你面前出现过。但是我向你保证，我并不知道你丈夫在什么地方。我甚至不知道他是谁，叫什么名字，我之所以知道他失踪了，是因为我一直在观察你。'"

"'仅仅观察我就知道这些？'她语带讽刺地说道。

"'的确是这样。这其实并不需要太多的智慧就能做到。无论是谁，只要注意到一名女士不停地抚摸手上戒指的同时还时刻盯着酒店入口的方向，等着某个人的出现，就可以推断出，她等的应该是她的丈夫。但是丈夫没有来，等在这里的妻子表情惊慌失措。我猜，你应该在这里等了很多天了，因为这里的员工似乎都认识你。根据这些细节，我觉得，应该有一件十分恐怖的事情降临到了他的身上。"

"'对于一名药商来说，你非常聪明。'她说道。

"'其实，以前我还有另外一个职业。不过，夫人，也许这个东西可以让你信任我。这是一封感谢信，上面写了不少感谢和赞扬的话，写这封信的人是我们的印度总督阁下，因为我曾给了他微不足道的帮助。而且这封信也表明了我的真实身份。我可以向你保证，夫人，你可以完全信任我，把事情的始末告诉我。我除了让你的丈夫回到你身边之外，对其他的事情没有丝毫的兴趣。但是在看了这封信之后，你就承担了知道我真实身份的风险。不过我相信，你会为我保守秘密的，这件事只有你一个人知道。'

"她苍白的脸上露出了一个笑容。'这是几周以来，我第一次感觉到好像有一些希望能把文森特找回来了。'她说。

"'请从头开始，把这件事详细地和我说说。'我说。

"'我和我丈夫来到印度已经六年了。我们住在加尔各答，最近才搬到了德里。我丈夫叫文森特·史密斯，是印度考古测绘局的局长。直到出事之前，我们在印度这些年都非常幸福，因为我对我丈夫的历史研究工作也很感兴趣，我们可以在一起分享这些。他也很喜欢同我分享他对工作的热情和考古发现，我也在尽最大努力尽可能地用我的方式帮助他。'

"'你丈夫的文章我拜读过，他非常有名。'我说，'请继续下去。'

"'如果你听说过我的丈夫，你可能就知道，我丈夫将全部精力都投入到了再现印度历史和保护印度历史遗址的工作上。他正致力于完成一部关于印度次大陆早期历史的专著，研究了许多印度的早期历史，他发现，在佛教历史中有一处很明显的断层。他投入了巨大的精力对此进行研究并且把他的调查范围扩大到了尼泊尔的塔莱。他相信，遗留在那里的丛林之中的废墟将会解开许多历史上的不解之谜。和他以前研究的时候不同，我发现，他现在几乎被佛教的早期历史完全迷住了。除了研究这些之外，他什么也不想，什么话也不说。就在他沉浸于学术研究之时，有一天，测量所来了一个英国人，他自称是一名受过专业培训的考古学家，不久之前刚刚来到印度，想应聘一个野外考古调查员工作，并出示了自己的各种证书。他声称，最近在河内同一个法国学者合作过，然后在香港待了一段时间之后，决定来印度继续从事他的事业。他还有一封那个法国学者写的推荐信，对他的评价非常高。经过简短的面试，我丈夫立刻决定雇他。他的名字叫亚瑟·福特汉姆。我一开始对这个家伙的印象就不好，他是一个典型的油腔滑调的痞子，我从骨子里就觉得他不可信任。但是我丈夫却不这么想，他对这个人非常信任，两个人很快就几乎形影不离。他们俩无所不谈，文森特还定期邀请他到家里共进晚餐。我对他们俩的友谊感到很不舒服，因为在一些特别的情况下我和那个人单独相处过，在那种时候，福特汉姆总是用贪婪的眼神盯着我看，我不得不离开房间，躲得远远的。文森特不但不听我的劝告，还因为我怀疑福特汉姆斥责过我，认为我的怀疑和担心是没有丝毫根据的胡思乱想。我第一次感觉到我和丈夫之间产生了隔阂，感觉好像某些东西在他心里取代了一部分我的位置。因此，我觉得福特汉姆愈发不可信任了。我听说文森特决定派福特汉姆去塔莱进行佛教遗址的勘测时，暗暗松了一口气。尼泊尔政府用了很长一段时间才把考察许可批下来。大约在三个月前，拿到许可之后，福特汉姆没有带勘测局的勘探工人，只带了一个助手就去了塔莱。过了一个月之后，文森特异常兴奋地对我说，福特汉姆已经在那里有了重大发现，他对遗址的勘察结果将佛教的历史提前了，这个发现将引起很大的轰动。福特汉姆提供的图纸和表格非常详细，考虑到这将对我们了解的印度历史产生巨大的补充作用，文森特没有经过验证就把这个消息公之于众。可是六周之后，文森特万分沮丧地回到了家里。他告诉我说，福特汉姆的报告即将要发布之前被他拦住了，因为他发现在报告中有某些奇怪的内容。咨询了他的首席助理慕克吉之后，他们觉得，要么是福特汉姆在勘察的过程中出了一个巨大的错误，要么就是他搞了一个巨大的骗局。因此，他决定推迟公布这份报告，等现场调查结束后再做决定。但是福特汉姆没有回应他的消息，而且也联系不到了。慕克吉已经意识到可能出了些问题。为了避免自己出丑和让政府丢人，文森特决定，亲自去现场进行仔细调查。慕克吉先去做了一些调查。他从巴特那发来了电报说，福特汉姆和他的一伙追随者有组织地洗劫了考古现场。以考古的名义破坏了现场之后，福特汉姆已经消失，可能已经离开了印度。遗址里的东西都被他们拿走了。这证实了我丈夫心中最糟糕的预感，但他仍然要亲自去考古现场，即使他已经发现自己被人欺骗了。两周之后，他出发了。他向我承诺，一到那儿就给我发电报。但我始终没有收到任何消息。我焦躁不安地等了十天之后，决定来找他。慕克吉陪我到这里之后，恳求我不要再继续前进了。我决定独身一人进塔莱丛林去寻找我的丈夫。你可能已经看到了，那个在花园里同我在一起的就是慕克吉。他仍然试图阻止我这么做，但是我今天下午就准备出发去巴特那，然后从那里去塔莱。'

"她讲到最后的时候，我注意到了她脸上的恐惧之色，这种恐惧已经牢牢地抓住了她的灵魂。

"'我并不认为你的这种冒险行为是明智的，夫人。'我说，'喜马拉雅湿地的残酷的自然环境就足以让你停下脚步了。而且，我必须告诉你，你的丈夫可能不仅仅是落到了一群冒充考古学者的人手里，他可能落在了一个危险的罪犯手中。那个自称亚瑟·福特汉姆的家伙的真名叫安东·富雷尔，是一个盗贼和掠夺者，一个为满足个人私欲而不择手段的恶棍。他以前也用过几次福特汉姆这个假名。我了解他在河内和香港都干了什么。那封法国学者写的信是伪造的。事实上，法国安全部门已经在全世界通缉他，不过很不幸，这份通缉令好像还没有到达印度。'

"听到我的话，她比刚才更紧张了：'那他会伤害我的丈夫吗?'

"'他找到他想要的东西之前不会伤害你丈夫。他现在还没有逃到其他国家，根据他以前的行事原则，他这么做只能说明一件事：他还没有找到他想要的东西。他可能需要你丈夫帮助他找到那个东西，也可能想让你丈夫帮忙鉴定什么。无论是哪一种情况，我都必须尽快通知那位慕克吉先生，我一定要找到你的丈夫。'

"'你必须带上我!'她异常坚定地对我说。见她的态度如此坚决，我决定不再试图劝阻她了。

"'虽然我不觉得你跟我一起去是明智的选择，但如果你坚持这么做的话，我也不会阻止你。无论如何，我想尽快和慕克吉先生见一面。'

"当时慕克吉还没有离开巴纳拉斯，听到消息之后，他在一个小时之内到达酒店和我见了一面。他对塔莱地区非常熟悉，并且大致估计出了史密斯可能会出现在什么地方。而且他还带来了详细的地图。我再一次冒着风险向他表明了自己的身份。但是慕克吉看上去好像对我没什么印象，这个比较正常的反应让我感到放心了许多。他说：'正如你所说的那样，福尔摩斯先生，塔莱地区非常危险，我们在那里的考古工作刚刚开始。尼泊尔政府在此之前很多年里对这一地区的政策都非常死板：任何情况下都不允许我们进入。不过，由于一些原因，他们最近的态度变得温和了，允许我们进行了这次考察。'

"他说最后几句话的时候，我笑了，华生。很明显，尼泊尔政府的态度之所以开始放松，是因为宫廷里的某些小人物被富雷尔承诺的巨额奖赏诱惑了，用甜言蜜语让他们的君主满足了富雷尔的要求。

"'很显然，慕克吉先生，某种奖励机制在这里发挥了作用。我毫不怀疑富雷尔承诺会和一些人一起分享他的战利品。那么，谁在那个地区掌管权力呢？'

"'卡德加·山姆师亚将军管辖着那一片地区，不过他对狩猎更热衷一些。我们第一次在那里有了发现的时候，他亲临现场参观了一次，当时我们在罗美德地区发现了阿育王留下的石柱。你应该了解过这个发现，那个发现了阿育王石柱的小村子已经被确定为佛祖释迦牟尼的诞生地。不过在那里转了一圈之后，那位将军就对那里失去了兴趣，他允许福特汉姆在那里继续工作，而且不会有人监督他。'

"'我大概了解那位卡德加·山姆师亚将军在其中扮演了什么角色了。'我向他说，'我猜，尽管表面上他对那里好像毫不在意，但却在背地里一直通过在发掘现场布置的间谍了解发掘工作的进展情况。富雷尔的挖掘工作会因为他的关注而产生一些麻烦，因为这位将军也让那位王公提高了对挖掘现场的关注，不过这和我们没什么关系了。现在，请你先和我说说，你在那附近进行巡回检查的时候发现了什么。'

"慕克吉指着地图对我说：'勘测的区域在这附近，福尔摩斯先生。你可以看到，我用红笔把它们标了出来。这个区域位于罗美德村和提罗拉科特村中间，罗美德村是悉达多·乔达摩佛的诞生地，而他父亲的遗骨可能就葬在提罗拉科特村。我们在这两个地点之间进行了初步勘察。福特汉姆对这个区域做了初步测绘之后，立刻就开始了他的劫掠行动。他在几个地点发现了大量的遗迹，然后毫不客气地毁了它们，目的是在里面找到某些未知的财宝。所有这些地方都被彻底或者部分损毁了。我看了佛教遗址的现状之后，觉得他做出了错误的判断，因为那些遗迹非常珍贵，任何有价值的东西都在那些遗迹里了。'

"'但现在的问题是……'我说，'福特汉姆还在那里冒险寻找某些可能有巨大价值的东西。某些东西强烈地吸引着他这个流氓学者。'

"'我有一个猜想，福尔摩斯先生，可能仅仅是一个猜想而已。'他说，'是关于比普洛瓦匣子的。'

"'你能告诉我这是什么东西吗？我从来没有听说过。'我说。

"'根据到目前为止还在佛教徒中流传的说法，福尔摩斯先生，在公元前一世纪左右，迦腻色伽一世国王曾经拜访了佛祖的出生地，并且在那里留下了一件礼物，作为他到此访问的纪念。据说，那是一笔价值巨大的珠宝，是贵霜王朝皇家收藏品的一部分。和这笔财宝同时放进去的还有佛祖的部分遗骸。它们被放在一个小布袋里，和那笔宝藏一起被供奉在罗美德村附近的一座佛塔中，但是后来那些财宝和佛祖的遗骸被转移到了迦毗罗卫城，佛祖就是在那里长大成人后踏上寻找救赎之道的旅程的。'

"'你的猜想很可能就是事情的真相，我亲爱的慕克吉。珠宝本身就有非常高的价值，不仅如此，如果富雷尔掌握了佛祖的遗骸，就会为他带来难以估量的财富，他如果把那些神圣的遗骸卖给那些外国虔诚而又富有的佛教徒的话，轻而易举就可以获得这些。所以，富雷尔才潜伏到你们中间，躲避调查，掠夺遗迹，直到找到了想要找到的东西为止。而史密斯先生则成了他的人质，帮助他拖延了时间，让他有时间去做他想做的事情。而且史密斯先生本人也能提供给他他所想要了解的考古学信息。请你告诉我，亲爱的慕克吉先生，迦毗罗卫城在什么地方？'

"'没有人知道它的准确位置，福尔摩斯先生，但是我觉得，它最有可能位于特罗拉科特村附近，那个村子正好在尼泊尔的边境。'

"'史密斯知道它的位置吗？'

"'我们俩为此讨论过许多次了，福尔摩斯先生，而且我相信，文森特·史密斯和我的观点相同。不过，我们一直以来对此保持缄默，因为我们担心有人知道了这些之后会对那里产生邪念。我和文森特·史密斯都知道这件事的重要性，所以，我认为，他不会告诉福特汉姆任何情报，即使情况万分危急也不会。'

"'让我们假设一下，如果史密斯现在已经落到了富雷尔手上，而且他绝不会向富雷尔透露任何消息，即使他的身体遭受巨大的折磨也不会动摇他的决心。但是，如果富雷尔告诉史密斯他

妻子正处于危险之中呢？他会不会把信息透露给富雷尔？'

"'我相信他会的，福尔摩斯先生。'

"'所以我们必须让他的妻子离开这里前往迦毗罗卫城。我确信，这个古代地名绝不会出现在地图上，除了考古学家没有人知道这个名字指的是哪里。我们应该去提罗拉科特，现在它叫这个名字。我会同这位夫人一起去的。或许只有在那里，我们才能见到富雷尔。'

"'我不会留在这里的，福尔摩斯先生。我的职责就是协助史密斯先生。'

"'我正打算和你说这件事呢，慕克吉先生。你渊博的知识会为我们的冒险之旅提供不可估量的作用，现在你就已经帮了大忙了。所以，你必须和我们一起去，你负责陪同史密斯夫人一起去那里。我会走另外一条路线过去。'

"我向慕克吉简单地讲述了一遍我的计划，然后又向史密斯夫人说了一遍。她对能去寻找她的丈夫感到万分高兴。但是我可没有她那么乐观，我很了解富雷尔，那是一个惯犯，反复无常并且非常狡猾、残忍。还有一种对史密斯夫人来说很残酷的可能性，就是富雷尔已经在我们到达那里之前找到了他要找的东西。果真如此的话，我相信，他会毫不犹豫地把史密斯干掉。可是，此时此刻，我们别无选择。我让慕克吉陪同史密斯夫人走最近的路直奔罗美德，就是佛祖出生的那个村子，并和他们约定，两天后在那里会合。我准备和他们分开，化化装，然后走另一条路过去，不过不会距离他们太远。

"那天稍晚些时候，慕克吉和史密斯夫人离开酒店，去乘坐开往戈勒克布尔的火车，这样他们就能在当天晚上乘坐最晚一班船渡过北面的那条河，在第二天到达目的地贝沙村，两天之内他们就能到达罗美德。我在酒店的花园中和他们道别，然后通知酒店把我的房间保留几周，告诉他们，我要出去旅行一段时间，返回的具体时间未定。

"我在那里滞留了几分钟，然后溜进了夜色中，身上穿着宽松的衬衫和印度男人喜欢穿的那种裤子。这种伪装已经足够了，在天色昏暗的时候，足以帮助我自由行动。然后，我叫了一辆轻便的双轮马车，直奔莫卧儿萨莱火车站。在那里，我登上了史密斯夫人和慕克吉博士乘坐的同一趟列车。火车到达戈勒克布尔的时候，夜幕已经完全降临了。我从火车上走下来时，看到了我的那两位朋友，他们正盯着苦力从火车上帮他们卸行李。我离开了那里，步行向正北方前进，直到看到河水的时候才停下来。此时，我面前除了偶尔出现的一星半点儿的火光之外，只有无尽的黑暗。我搭乘了一艘小船渡过了甘达克河，让船夫帮我找一匹马和一个向导，说我要连夜赶路。他说，他能帮我找到马，可是没有人会走夜路的，因为大家害怕遇到神出鬼没的土匪。我们找到马匹之后，马匹的主人不愿意把马轻率地交给我。华生，当时我异常郁闷地发现，自己正在把本来应该争分夺秒利用充分的时间，浪费在这些没完没了的扯皮当中。

"不过，我的运气不算太糟糕，找到一名向导比我预计的要简单的多。我遇到了正在归家途中的旅行者巴拉·拉姆，他的家离巴瑞亚普非常近，当时他正在马厩旁边的小旅馆里过夜。他在屋里听到了我在外面讨价还价的声音。这位旅行者认识路，但是不敢独自一人出发。尽管他对我为什么这么着急感到好奇，他仍然同意和我结伴而行。我对马的主人承诺，我们到达罗美德之后，就会把这匹马交给他在那里的代理人，几天之后他就会再次见到这匹马的。

"我们要出发的时候，巴拉·拉姆建议我把衣服换成深色的，然后递给了我一个罐子，里面是一种深色黏稠的油状物。他面带微笑地让我把油抹在脸、脖子和手臂等裸露的地方。他说，这样不但能让我的肤色变深，在夜晚不容易被发现，而且，我们一旦遇到土匪，这种油膏还会让皮肤表面滑溜溜的，难以被抓住。这东西已经在许多危险的情况下救过他的命了。我毫不犹豫地按照他说的做了，因为我们即将踏入印度次大陆最危险的地区，任何谨慎的建议都必须认真听取。因为这件事，我立刻就喜欢上了巴拉·拉姆。他的骨架很大，长着一个被浓密黑发覆盖着的大脑袋，鬓角斑白。他的肚子圆滚滚的，腿却又细又长，但是行动起来迅速而且灵活。

"我们出发的时候已经过了晚上 10 点了。我只能看到脚下那条异常狭窄的泥土小路。路的两旁是深色的灌木丛，然后是大片大片的丛林，高高的树木完全笼罩在黑暗之中。天空中星光闪烁，但是月亮却不知道跑到哪里去了，丛林中很快形成了一层薄雾。但是马匹显然很习惯这样的环境，因为它们毫不犹豫地在小土路上一溜小跑。我耳边一直响着有节奏的马蹄声。

"我们骑着马走了一个小时之后，在一条几乎干涸的河边停了下来。我们沿着河床向西走了一小段路，然后向北走另外一条路。这样我们可以更快地到达罗美德，那里有一条路直通迦毗罗卫城。

"三个小时之后，我们终于到达了罗美德附近。我们从马上下来，准备休息一下然后继续前进。

"巴拉·拉姆点起了一小堆篝火，把随身携带的食物简单地加热了一下，我们坐在篝火旁边吃了个痛快。当时的时间应该是凌晨 1 点或者 2 点左右。巴拉·拉姆建议休息几个小时，黎明前再出发。

"'你是什么人？你到这里来有什么目的吗？'他问我。

"我把我的情况以及到这里来的目的向他说了一遍。听完我的话，巴拉·拉姆的表情严肃起来。

"'你的任务非常艰难，'他说，'我见过这个你称之为亚瑟·福特汉姆的人，我们这里的人都叫他'马尔丹'或者'死亡礼物'。他到处掠夺，损毁寺庙，烧毁村庄，夺走人们崇拜的神像然后把它们卖掉。几股土匪都受他的支配，听从他的命令干坏事，因为他会慷慨地奖励土匪们的劫掠行为。

"'他无恶不作，'我说，'他走到哪里，哪里就会遭殃，很多人因此失去了生命。'

"当我描述富雷尔的种种罪行的时候，巴拉·拉姆聚精会神地听着。我说完之后，他的表情更加严肃了，沉默了一阵之后，他突然说：'你单枪匹马地闯过去不可能获胜，你需要帮助！'说着，他突然站了起来。'你在这里等我，一个小时之后我就会回来！'向导说完，消失在黑暗之中，我向前走了几步，确信他真的离开了这里。

"那是我第一次独自一个人待在丛林里。月亮是一轮细细的银色新月，天空中几乎没有云彩，所以月亮显得很明亮。我专注地聆听着森林里夜风吹过的沙沙声、猫头鹰和其他夜间活动的鸟类的叫声以及小动物在林间急速跑过的声音，同时小心地观察着周围的动静。我看了一会儿，然后慢慢地继续前进。

"突然，我身后传来一个声音。我猛地转过头，发现在我身后的是巴拉·拉姆，他从另外一个方向绕了回来。他显得有些焦急，身后还跟着三个人。这三个人除了腰部缠着布料，其他各处都是赤裸的，行动的时候无声无息。我从他们的长相和深色的皮肤上立刻就判断出他们是塔鲁人。这是一个古老的种族，是塔莱的原住民。

"向导说：'我们必须立刻行动了。我们不能再往前走了，因为你的敌人在前面埋伏着。我们现在向北走，这些人会把我们带到一个安全的地方。时间很紧，到达目的地之后我再向你解释我们必须做什么。'

"我们收拾好东西立刻出发，以极快的速度向北方行进。周围的森林越来越密。不到一个小时之后，我们来到了一片林中的空地，空地的边上有一个林间小屋。我们走进小屋，看到里面有两个人坐在一堆炭火边。巴拉·拉姆和他们用当地的方言——查姆帕兰的比哈尔语说了几句话，然后示意我在他的旁边，靠近那堆快要熄灭的篝火边坐下。巴拉·拉姆和那几个人聊了几分钟，然后对我说：'这几个人以前是富雷尔的考古队成员，但是后来离开了，因为他们发现，富雷尔摧毁了他发现的每一个历史遗址，包括他们的圣地。他们向当地的警察投诉过这件事，但是毫无用处。警察都害怕富雷尔，因为富雷尔有一个同伙，他叫加甘·辛格，是这一地区的土匪首领。辛格带着他的二十五个手下跟着富雷尔去了提罗拉科特。史密斯现在和他在一起，处境很糟糕，他们对他非常粗暴。另外，昨天晚上，慕克吉和史密斯夫人在戈勒克布尔一下火车就被他们抓住了。'

"巴拉·拉姆说完之后，我立刻意识到，形势比我想象的还要糟糕。巴拉·拉姆注意到我脸上的表情，对我说：'不过，形势还没有糟糕到无可救药的地步。还有一个人能帮上我们的忙，他是这儿的一名年轻官员，名字叫将·巴哈杜尔，是阿西尔族部落的人。他很快就到这里。'

"不久之后，一个年轻的警察出现在我面前，这是一个非常结实的小伙子，长着让人感到有些不可思议的黑色胡须。他进来的时候向我微笑了一下，露出了满口的白牙。接着，他微微鞠了一躬，然后和巴拉·拉姆快速地交流了几句。巴拉·拉姆转过头来对我说：'将·巴哈杜尔集结了大约六十人的武装队伍，他们会陪我们去迦毗罗卫城。我们要包围福特汉姆及其帮凶，到目前为止，他们对我们的行动还一无所知。'我向他表示，我要冲进富雷尔的营地，亲自解决福特汉姆。巴拉·拉姆同意了。我提醒他，为了保证史密斯夫妇和慕克吉先生的安全，尽量不要开枪，这件事比逮捕福特汉姆还要重要。巴拉·拉姆立刻保证，他的人已经准备就绪了，将会完全按照我希望的那样行动。

"将·巴哈杜尔同意带着他的人和我们在黎明前在富雷尔的营地附近会师。我和巴拉·拉姆还有加入我们的塔鲁人一起走出了林中小屋，冲进了凉爽的夜色之中。

"尽管巴拉·拉姆的身材高大，但是他在丛林里前进的速度飞快。三个小时之后，我们终于接近了猎物，到达了一处村子附近的空地。巴拉·拉姆带我们走进了一个小屋。几分钟之后，将·巴哈杜尔走了进来。他告诉我们，富雷尔的营地现在已经被他带来的全副武装的人包围了，富雷尔、加甘·辛格和他的土匪都逃不掉了。接下来如何做由我们决定。

"巴拉·拉姆和我走到营地附近的时候，看到在营地中间燃烧着火堆。除了一名警卫，营地里的所有人好像都睡着了。史密斯及其夫人和慕克吉在离火堆不远的地方，手脚都被绑着。土匪们横七竖八地躺在那里呼呼大睡。营地里有几顶帐篷，我猜其中一个应该是富雷尔睡觉的地方，另外一个应该是那个叫加甘·辛格的土匪头子的。他们并没有觉察到周围发生了什么。

"接着，我做出了一个充满戏剧性但是却异常鲁莽的举动。

我直接走向那名警卫，然后用印度语告诉他，让他带我去见富雷尔。看到一个高个子、外表憔悴的英国人突然出现在面前，这个家伙吃了一惊，而且还有些害怕，所以他的第一反应不是拉响警报，而是乖乖地把我带进了富雷尔的帐篷里。富雷尔还在熟睡，身上别着一把来复枪。我猛地把来复枪抽出来。他突然惊醒，但是已经太晚了，我已经用枪顶住了他的头。

"'不要轻举妄动，富雷尔先生。安静一些，不要大喊大叫，也不要随随便便地说话。'我端着枪对他说道。他老老实实地按照我说的做了。当我用来复枪顶着他左边太阳穴的时候，他认出了我，吓得微微发抖。我命令他把史密斯夫妇和慕克吉放了，他连忙按照我说的做了。三个人惊慌地跟着巴拉·拉姆走出了营地，回到我们的人中间。看到这一切，富雷尔脸色异常苍白，就好像见到鬼一样。

"就在这时，突然出现了一个我完全没有预料到的意外情况。富雷尔突然转过身，猛地冲向营地，同时大声喊叫他的人出来。但是已经太晚了。将·巴哈杜尔和他的人早已经占领了有利位置，包围了他们，他们根本就不可能也没有机会逃走。

"我留下一名护卫保护史密斯夫妇和慕克吉先生，立刻冲进了混乱的屠杀场之中。我重新回到营地的时候，一切都已经结束了，匪徒被彻底歼灭。但是我们没有在营地里找到富雷尔的尸体。很显然，他在开火前一刻的短暂时间里成功逃进了丛林。第二天，我们到达了印度边界。我与巴拉·拉姆和将·巴哈杜尔道别，陪史密斯夫妇和慕克吉前往德里。就在这趟火车上，文森特·史密斯向我讲述了他的苦难经历。尽管遭到了不间断的威胁和严刑拷问，他还是设法将富雷尔引入了歧途。但是意外发生了，他们竟然偶然找到了富雷尔一直在寻找的敬奉佛祖的圣物：

迦腻色伽一世的匣子。

"我在德里只进行了短暂的停留，在我将要前往拉贾斯坦邦之前，史密斯告诉我了一个富雷尔的最新消息。有人发现他正在向尼泊尔方向潜逃，但是很快又失去了踪迹。尼泊尔政府已经接到了通知，但是并没有做出任何回应。很显然，富雷尔再次战胜了那些试图抓捕他的人。

"最后，华生，在许多年之后，富雷尔终于在伦敦被捕，我们在印度的事情也算有了一个完美的结局。"

"这个故事真是不可思议，福尔摩斯。但是，你怎么知道那尊佛像里面有那个匣子呢？还有，为什么那里会出现两尊佛像？"

福尔摩斯笑了笑，说道："佛像不止两尊。但是我把这个问题留给你自己思考，我亲爱的华生。这是一个非常简单的推理过程。走吧，时间已经很晚了，我也讲得够多的了。如果抓紧点儿时间，我们还能在回家之前享受一杯麦芽酒。"

我们快步走向大英博物馆附近的福尔摩斯最喜欢的酒吧，很快就把安东·富雷尔的事抛在了脑后。

法国学者案

　　我曾经提到过，夏洛克·福尔摩斯对自己的早年生活和他的家庭总是保持沉默。他很少提起自己的亲戚朋友，我也是在认识他几年之后才非常偶然地在夏季的一个傍晚，喝完茶之后才知道了他有一个年长他七岁的哥哥，叫麦克罗夫特。也正是在那个时候，他向我稍微透露了一点点他的家庭的信息。他的祖先是乡下的地主，他们继承了祖先的这个身份。但是他的外祖母是一个法国著名艺术家的妹妹，名叫韦尔内。通过他的外祖母，他继承了那个非常著名的法国艺术家族的血脉，因此他的血脉之中也有高卢人的成分。他把自己的分析能力和音乐天赋归功于这种血脉之力。

　　但是，也有我不知道的事情。直到1895年3月末的一个下午，福尔摩斯才与我在某种程度上分享了他的法国祖先的美术造诣。那天，我与几个不同的病人打了一天的交道之后，感觉筋疲力尽，于是提早下班。我离开了我的诊所，在4点左右回到了我们的住处。不过福尔摩斯不在家，家里只有我一个人。我到家以后，感觉万分疲惫，于是躺在安乐椅上，准备享受一下难得的休息时间。我快要睡着的时候，突然看到我的桌子上放着一个巨大的文件夹，文件夹上还有好多张纸。我缓慢地从疲惫的状态中挣扎出来，在巨大的好奇心的驱使下把文件夹拿过来，放在我的膝盖上。

文件夹上面附有一张福尔摩斯亲手写的便条：

亲爱的华生：

　　我觉得，你应该在我把这些素描付之一炬之前好好看看它们。作为忠实地还原了原本风景的素描画，这些画不能说毫无价值，但是它们缺少了艺术品必需的灵性。这些画是我在国外期间完成的，记录了一些东方的风土人情，所以，我觉得你可能会对这些画感兴趣。

　　我现在有一个特别麻烦的案子已经接近了尾声，大约今天晚上6点钟就会上演结局。这个案件很特别，我觉得迟早有一天你会把它命名为《独臂妻子案》，然后写进你的编年史里。如果我需要帮助的话，莱斯特雷德和贝克街的业余侦探们会随叫随到，所以你不必担心我的安全。如果一切都按照计划进行的话，你在8点左右就会再次见到我了，我希望到时候我们能共进晚餐。那个时候我恐怕会非常饥饿，对那个时候的我来说，没有能比和你一起在壁炉边一起度过一个安静的夜晚更美妙的事情了。

　　　　　　　　　　　　　　　　　　福尔摩斯

我打开了文件夹。不过，仅仅快速地浏览了一遍我就发现，绝不能用普通制图员的标准来衡量福尔摩斯。在以前很多事情

上，他已经充分地证明了他有一双异常敏锐的眼睛和一双无比稳定的手，所以他的绘画作品成就不俗。这些素描作品大部分都是用铅笔画的，大部分都是黑白画，偶尔也有一些彩色的，这些作品看上去好像是画在一种像是米纸一样的纸上。这种纸的尺寸和品质各有不同，但是都薄薄的，非常容易损坏。这些画的右下角都有福尔摩斯的亲笔签名，包括完成日期和他的姓名缩写"S. H."。我很快就明白了，这些画就是他的亚洲旅行的最直观的记录，对他不愿意向我提起的那些冒险活动起到了不可替代的补充作用。

其中有一幅画格外吸引我的眼球。这是一幅这些素描当中少有的蜡笔画，用协调的色调很精细地描绘出了粉红色、金色、淡蓝色和绿色等种种五彩缤纷的色彩。我仔细研究了一会儿，确定这是一座巨大的宝塔形寺庙的正面素描，寺庙有金色的屋顶以及好像是粉红色的砖砌成的墙壁，上面布满了各种雕刻装饰。据我判断，这些装饰分为木头雕刻和金属雕刻两种。寺庙入口处有几级台阶，两边各蹲坐着一只守卫寺庙的狮子。门上面还有一面鼓，鼓上绘着各种各样表情丰富的神话人物，福尔摩斯将这些都栩栩如生地一一描绘了下来。在入口的左侧有一根巨大的柱子，看起来像是石头的，上面雕刻着一些铭文。福尔摩斯把柱子上画的各种古代人物描绘得非常精美和准确，任何一个看到画的人都可以毫不费力地把它们在画上辨认出来。柱子的上面放着一个金色的圆盘，一道太阳光从圆盘中间射出，看上去好像射到了右侧某个未知的位置上了，不过从画上看不到。台阶下面跪着一个巨大的身后长着翅膀的人。这幅画的右下角是福尔摩斯的签名：昌古，1892 年。

很多年之后，我仍在为那天晚上发生在那些画作上的不幸之事痛苦不已，因为福尔摩斯很守信地把那些画付之一炬。8点整，福尔摩斯就像他承诺的那样回到了家，虽然看起来很疲乏，但是精神却因为成功破案而显得很亢奋。

"华生，一个残忍而邪恶的恶棍终于被关进了牢房，那才是他该去的地方。"他大声对我说，"如果法庭的判决公正，让正义得以伸张的话，他就会留在那里面，也许永远都没有机会出来了。"

他很快地脱下了外套，简单洗漱了一下之后，和我一起坐下来品尝哈德森太太为我们准备的简单晚餐。然后，我们又坐到了壁炉旁。福尔摩斯简短地向我介绍了一下他今天都做了些什么之后，点燃了自己的烟斗，向我问道："那些素描在什么地方？"

"在这儿……"我回答道，把它们从我的椅子旁边拿了过来。"这些都是很精彩的作品，福尔摩斯，出乎我意料地精美。我竟然从来不知道你在这方面有如此的造诣。它们向我展示了一个非凡的……"

"你的话让我很惭愧，华生。"他打断了我，"你的赞扬也许是发自肺腑的，但是很遗憾，我无法接受你的夸赞。作为补偿，你可以从这些素描里挑一张，让它成为你记录中的一部分。"

我恳求他让我保留所有的素描作品，但是徒劳无功，他坚持要把这些画全部毁掉，只让我保留一张。无奈之下，我只好尽快地把这些画重新看了一遍，然后把那张署名'昌古'的画挑了出来。

"我要这个。"我说。

福尔摩斯接过文件夹，把那张画抽了出来，接着把其他的画扔进了壁炉里。我看到那些画被彻底地烧为灰烬，眼中露出浓浓的惋惜之色。

"福尔摩斯，既然你把其他的都烧了，那起码你应该告诉我留下来的这一张画里的故事。"我表情严肃地说，并且把我手里的画递给了福尔摩斯。

"你很会选择，华生，如果我自己选的话，也会把这张留下来。这应该是那些画里面最有价值的一张了。这张画里的故事和其他画里的比起来更加生动，没有那么死板，而且情节脉络非常清晰。"他冷静地对这张画做出了评论。

"这座寺庙叫昌古纳拉杨。"他继续说，"坐落在尼泊尔加德满都东北方几英里处的一座山顶上。很少有欧洲人拜访那里。在我这幅作品完成之后，那座寺庙被一场突如其来的地震彻底摧毁了，所以你的选择有很好的历史纪念意义。这张画可能是我们现存的描绘最精确的一张画了。我还有一个和这座寺庙有关的故事，你可以把它加在你的东方编年史里。"

福尔摩斯的烟斗已经燃尽，他把烟斗放在一边，然后微笑着看着我。福尔摩斯知道，我对他在国外期间经历的每一件事都充满了兴趣。

"你还欠我这个故事，福尔摩斯，你毁了所有的素描，只留下这张，所以我必须知道究竟什么事情和这座寺庙有关。"

"我诚恳地向你道歉，我亲爱的华生。相信我，我并不想让你痛苦和惋惜。好吧，我来和你说说这件事。这件事发生在加德满都的霍奇森幽灵事件之后不久。"

我仔细观察着福尔摩斯，看到了我一直以来很熟悉的那个沉浸于讲故事状态中的福尔摩斯。他眼睛闪着光，手指交叉，整理了一下思路，考虑故事应该从哪里说起比较好。

"幽灵事件结束之后，我仍以梵文学者考尔的身份在尼泊尔暂居。但是，在我间接地帮助王公把过去几十年里在这个国家落脚的犯罪分子逮捕或驱逐出加德满都之后，我的伪装效果开始淡化了。不过，我对这个结果却非常满意。那些罪犯被押送到印度边境城镇拉克奥尔巴扎尔之后被释放，然后宣誓不再进入尼泊尔领土，否则就会丢掉性命，一个个凄惨得和野狗一样。接着，王公颁布了一项进一步限制进入这个国家的外国访问者数量的新法令，除了极少数外国政府工作人员，其他人不许入境。

"在那之后不久，理查森先生宣布要和他的女儿一起回到英格兰。露西说服他，回英格兰调养一下身体，恢复健康。另外，理查森先生此前和夫人产生过种种隔阂，露西希望父亲和母亲能有一个和解的机会。总督批准了公使的请求之后，父女二人动身前往加尔各答。"

福尔摩斯觉得那里已经没有什么值得他关注的事情了，也准备离开那里，前往波罗奈斯，然后去加尔各答。但他又很不情愿离开舒适的高额沙哈旅店和美丽的加德满都山谷。而且那时候已经是4月末了，他还没有做好迎接印度平原上炽热温度煎熬的准备。因此，当高额沙哈让他在那里再多待几周，至少等可以让天气变凉爽的季风雨到来之后再离开的时候，他马上就很痛快地答应了。此外，高额沙哈还想让他欣赏一下加德满都山谷之中的艺术珍宝，这些珍宝连他本人都没有见过。高额沙哈已经在西藏待了十九年，那里距离他的国家非常遥远，所以回来之后，他迫切地想到这里的一个圣地进行一次期待已久的朝圣之旅。

因为朝圣的日子大部分都在乡村消磨时间，福尔摩斯觉得，那样过日子简直就是虚度光阴。在尼泊尔期间，只有彼特拉克卷集一直陪伴着他，除了这部书和加德满都的稀少的图书馆之外，他没有发现任何让他感兴趣的东西。他已经把高额沙哈在尼泊尔的那个小书架上的书都看完了。于是，他去拜访了公使馆里的梵

文学者。他们建议福尔摩斯，和高额沙哈一同去旅行，同时可以收集一些山谷里的古代梵文碑文拓片。于是，高额沙哈和仍然装扮成梵文学者考尔的福尔摩斯一起，加入到了长长的朝圣者队伍之中，穿过山谷，途径巴拉马布、凯斯毗蒂、达帕斯和到目前为止还没引起历史研究者们注意的其他古代遗址。

"我根本不知道你掌握任何关于梵语的知识。"我打断了他的话，"我觉得这太可笑了。在我早期的编年史记录里，你的语言能力几乎为零。"

福尔摩斯又把烟斗拿了起来，微笑着把它叼在嘴里。"你说得对，华生，你的这个评论完全正确。我们刚刚相遇的时候，我的确一点儿梵语也不懂，甚至连除了英语之外其他的语言都不怎么了解。不过，现在我已经把梵语忘得一干二净了。你说我现在懂梵语了，显然是很不合适的。"

"但是，福尔摩斯，你怎么可能完全忘记你学过的东西？"我反驳道。

"这是一个很难解释的问题，华生，因为这意味着我的大脑并没有受到意愿的控制。你知道，我有一个聪明的大脑，我身体的其他部分仅仅是我大脑的附属品，是为了大脑服务的，而且必须很好地为它服务。假设大脑是一个无限空间的话，如果我经常徘徊在过去，它就会变得很愚蠢。还有一个比喻，大脑就像是一个小画室，住在里面的手艺人或者艺术家们只会使用手边准备好的必须要用到的工具来进行工作。其他不需要的则必须寄存在思维的深处，直到需要它们的时候才被放出来。这些处于休眠状态中的知识平时不用，只有在紧急情况下，才是它们一展身手的时候。梵文知识在调查发生在伦敦这样的大都会的犯罪案件时没什么用武之地，所以在我的大脑里，它和其他的亚洲知识体系一起被封存到了我的记忆深处，静静等待着需要它们的时候才会出现。但是在东方，这么做显然是很愚蠢的，我必须竭尽全力掌握这种之前并不擅长的语言并且运用它，一直到我在地球另一地区的旅行结束之后。对于在那块未知地区的旅行来说，这种知识是非常有用的。"

我刚要发表我的意见，福尔摩斯已经站了起来，背着手在屋子里来来回回地踱步，微笑着继续向我讲述他的故事。

那天早晨，天刚蒙蒙亮，高额沙哈和福尔摩斯早早起来，动身前往昌古纳拉杨。他们先在距离加德满都九英里的古老城镇巴尔塔普尔停留。在此之前，福尔摩斯从来没有来过这里。他发现，这里无论是建筑还是人文风俗都保存得相当完好，甚至可以称之为优秀。他注意到，这个城镇里的居民完好地保存了中世纪的生活方式，这种生活方式在欧洲已经绝迹了。高额沙哈安排他们在他的一个亲戚家过夜，那个人是个图拉达尔商人。第二天早晨，天刚拂晓，他们从巴克塔普尔出发，向昌古纳拉杨行进。

昌古纳拉杨寺庙坐落在巴克塔普尔的北面，他们在上午8点左右到达了那座寺庙。高额沙哈在旅途中不停地向福尔摩斯介绍着他知道的一切关于这座寺庙的历史。

"接下来，我们将看到尼泊尔最古老的铭文，这段铭文到现在为止还没有完全被解读出来。"他说，"具体内容可能是在讲述一千五百年前我们的一位杰出国王突然神秘死亡的事情。他是一个伟大而虔诚的信徒，名叫达美代瓦。"

按照高额沙哈的说法，达美代瓦死得非常突然，没有人知道他是怎么死的又为什么会死，但是始终有人认为，他是被他的妻子和儿子杀害的。他儿子叫马纳代瓦，父亲死后，他立刻继承了王位。据说他妻子在国王兄弟的帮助下谋杀了国王。但是事实真相根本没有人知道。

"高额沙哈说这件事的时候，华生，"福尔摩斯说，"我立刻对此产生了浓厚的兴趣，因为大概发生在一千五百年前的皇家谋杀案的真相直到现在都没有人能解开。我当时想，也许我将破解这个沉睡了一千五百年的谜团。"

"然后再把它加进你那个足以引起轰动的记录之中。"我笑着说，"我对你的想法丝毫不感到吃惊。毫无疑问，你会以你的方式思考问题，会先联想到与此类似的谋杀案，比如在里加或者圣路易斯发生的那些案子——"

福尔摩斯对我露齿一笑，然后表情阴沉地说："从表面来看，某些人的确会因为我的话而感到惊讶，但我敢保证，无论何时何地，善与恶总是以某种无法摆脱的方式纠缠在一起。由于某个第三方的力量，它们彼此之间可能距离非常近，虽然它们有着本质上的不同，却无法把它们分辨出来。我只希望能尽我所能，让善的力量足够强大而获胜。我当时要做的就是等待与这些永远不会消失的罪行相遇。"

福尔摩斯继续讲述着他的经历。

他和高额沙哈到达昌古纳拉杨之后，他的朋友和那里的祭司开始进行神圣的宗教仪式。福尔摩斯仔细地观察着周围，希望能发现什么。这里是一座很华丽的大型建筑，到处都装饰着金属和木质的雕刻作品，还有满院子的精致雕像。

这座寺庙给人的第一印象是，到处都是被随处丢弃的乱七八糟的神像，整个寺庙里好像没有什么空地了。但是，福尔摩斯仔细地观察一阵之后却发现，其实所有一切都是有序的。这个圣地本身就是一幅由木头、砖石和金属组成的另类图画，关于印度信仰的所有事物都被巧妙地联系在一起，创造出了一整套关于和谐世界和宇宙的幻想，然后把这些与虔诚的佛教徒们共同分享。福尔摩斯认为，这座寺庙是高额沙哈的族人尼瓦尔人最重要的成就之一。

"天啊，福尔摩斯，这样的一个地方，竟然没有人知道它的存在……"

"请不要说'没有人'这三个字。至少包括我们在内的少数人已经极其有幸地欣赏和观察过它了。请让我继续说下去，华生。那天下午，我和高额沙哈一起返回了加德满都。但这并不意味着我一无所获，我其实从寺庙祭司那里获得了可以再次去那里考察柱子上的铭文的许可。在这件事上，高额沙哈为我提供了非常宝贵的帮助。他许诺，给寺庙提供大量的金叶子装饰寺庙的屋顶，听到他的承诺后，那些原本十分多疑的祭司不但答应了我们的要求，还热情地为我们提供帮助。之后，我经过了七次往返于寺庙和加德满都之间的长途旅行，才完成了你面前的这幅素描画。"

画中的那根柱子当时引起了福尔摩斯的注意。它大约二十英尺高，上面刻的铭文就像第一天被刻上去那样清楚，被完好地保存下来，这本身就是一个奇迹。柱子的顶端有个巨大的抛光金色圆盘，直径大约两英尺，有火焰形的边缘，毫无疑问，这是一个代表太阳的图腾。福尔摩斯在柱子的底部的图案上做了个标注，因为他遗憾地发现，柱子下半部分的铭文被埋在了下方的土中，要把柱子拔起才能看到剩下的那部分铭文。福尔摩斯尝试和祭司的头领沟通，希望能挖出被埋在土里的柱子下面的部分。但是祭司头领立刻变得非常愤怒，他告诉福尔摩斯，他只能像其他研究这根石柱的人一样，只能看地面以上的部分。

在接下来的几周时间里，福尔摩斯为了专注于对铭文的研

究，暂住在附近的小村子里。西边河岸对面的一个婆罗门将一间小茅草屋租给了他并且向他提供一日三餐还有一张干净的床。这省去了他从加德满都的长途跋涉，让他能够从早到晚都在寺庙里进行研究。在这次长时间的停留期间，他完成了对那段铭文的记录，并且还对寺庙和周围环境进行了仔细观察。

也正是在那一次，他发现了自己之前没有注意到的事情：这座寺庙和自然界之间的巧妙的联系，让他对尼泊尔人的奇思妙想感到无比惊讶。一天，在准备画柱子上最后一部分铭文的时候，他突然抬起头来，观察了一下太阳的位置。当时，夕阳西下，柱子顶端的金色圆盘将太阳光反射到寺庙的院子当中。他的视线随着光柱转向一个巨大的毗瑟挐神像上，看到折射的阳光正好照在神像前额上的一块宝石上。随后，光线再一次产生位移，照在了毗瑟挐神像右边的一个象神雕像上，仅仅停留了几秒钟就消失了。就在光线消逝的瞬间，一名衣衫褴褛、半裸着的小男孩儿奋力爬上了柱子顶端，轻轻推了一下那个圆盘，然后又从上面滑了下来，静悄悄地从那里消失。

"就是这道光线吧？"我指着福尔摩斯的画上的那道光线问。

"就是它。你可以想象一下当时这道光线照在画面之外的毗瑟挐的第三只眼睛上和象神的手上的画面。不过，我再一次发现你观察力的不足，华生，有些东西其实你已经看到了，但是却没有注意到。"

福尔摩斯把画从我手上拿了过去，举着它对我说："再仔细看看，我亲爱的医生。"

我把画拿了回来，仔细地盯着它看。这一次我注意到它的特殊之处了：这张画有一部分被折起来叠到了后面，因为叠得非常巧妙，所以很难注意到这张画后面还有一部分。

"我帮你打开这一部分，华生。隐藏起来的部分是用一种尼泊尔特殊的手法叠起来的，你用力拉的话很可能把它弄坏。"

没多久，福尔摩斯就把整张画摊在了我的面前。它现在看起来比之前更为奇妙了。耀眼的阳光被金色圆盘反射到毗瑟挐神像和象神像身上，所有奇特和美丽的画面都在延伸出来的这一部分画卷中展示了出来。

"这太不可思议了，福尔摩斯。但是，这意味着什么？那个男孩儿又是怎么回事？"

"我后面会提到很多关于他的事情，华生。现在你只需要知道，在我待在那里的时间里他定期爬上柱子，转动那个圆盘，然后再滑下来离开，周而复始。"

福尔摩斯说，他接下来对那道折射的太阳光进行了仔细研究。他注意到，那道光折射到雕像的相同位置上后立刻就消失了。这种折射的方式应该有某种神秘的意义，但是他当时并没有想太多，因为记录石柱上的铭文已经吸引了他全部的注意力。

不久之后，他终于完成了对铭文的记录。他发现，高额沙哈对他说的达美代瓦国王的死亡事件基本正确，而且的确也是不完整的。据铭文记载，这个不幸的国王在他美丽的后花园游玩的时候不幸身亡，他的妻子拉吉亚瓦提发现后，立刻把这件事告诉了他们的儿子马纳代瓦，马纳代瓦随即宣布自己为新的国王。拉吉亚瓦提本想在自己丈夫火葬的柴火堆旁边殉葬，最终被儿子说服，退隐到幕后，成为了一个寡妇。

根据铭文记录，这根石柱是奉马纳代瓦的命令建造的，但是铭文却对他父亲神秘去世的原因没有做更多的介绍，仅仅记录了马纳代瓦国王的丰功伟绩，没有再对他父亲达美代瓦进行介绍。

"这件事情很古怪，福尔摩斯。"我说，"这和我了解的印度习俗不太一样。一个国王突然莫名其妙地死亡，他的妻子却没有遵从惯例殉葬，并且他的儿子没有做任何解释就突然当上了新的国王，这太奇怪了。"

"是的，华生，这个故事缺少太多解开谜团的细节了。我承认，当时我已经开始厌倦这份工作。我突然觉得，自己应该离开尼泊尔，继续旅行，因为高额沙哈已经结束了他的朝圣之旅，而且我也看够了这里的寺庙和雕塑。季风季节开始了，雨下得非常大，到昌古的路也因此变得异常难走。而且因为长期阴天，我也不能进一步调查神秘的反光现象了。"

福尔摩斯当时觉得，自己已经对解开达美代瓦国王的死亡之谜无能为力，于是停下了对寺庙的研究，收拾好了自己的物品，准备雨一停就离开尼泊尔。

然而，在他准备离开的前一天晚上，他收到了一封一名巴黎访问学者的信：

亲爱的梵文学者考尔先生：

　　我在王公德布·萨姆比亚的办公室里从尼泊尔的权贵们那里得知，你正在这个山谷里协助格里尔森进行一些语言学方面的工作。我很希望能与你会面，一起分享你关于这个国家历史的研究成果。我正在研究山谷里的古代铭文。我是王公的客人，目前住在塔帕塔里的宾馆。如果你没什么事情的话，我将在明天早晨7点去拜访你。

西尔万·莱维（教授）

福尔摩斯收到这封信的时候已经很晚了，根本来不及通知莱维自己要离开的消息，所以在第二天早晨7点，他不得不和这位法国的博学之士莱维教授一起喝了早茶。福尔摩斯说，这是一个非常有趣的家伙，很有智慧，也很有天赋，不到四十岁的时候就发表了关于印度历史和宗教的论文。他自豪地向福尔摩斯提供了他的两篇论文《婆罗门的献祭概念》和《印度戏剧》。尽管这两篇文章都没有引起福尔摩斯的兴趣，不过他还是为了感谢教授的好意，把自己在山谷中发现的梵文铭文的初步翻译件给了他，其中就包括昌古那个。这些对他已经没有用了。莱维对福尔摩斯的慷慨表示了感谢，然后对福尔摩斯说："后面这篇我不需要了，我已经有了，而且我掌握的部分更全面一些。"

福尔摩斯把手背在身后，继续在屋子里踱来踱去，嘴角上挂着一丝微笑，继续讲述他的故事。

莱维的确是一个很睿智的人，但是他对当地居民总是表现出高高在上的鄙视态度，这让他在当地住得很不愉快。他不停地批评当地政府和官员，尤其是他从事学术调查的那些寺庙里的祭司。

"那些祭司总是试图在各个方面阻挠我的研究，"他说，"我最大的愿望就是能够完整地阅读昌古纳拉杨神庙前的那根柱上的记录马纳代瓦国王的铭文。马纳代瓦是古代伟大的君王之一，但是我们对他知之甚少。你应该也知道这件事情，那根柱子上的一部分铭文几个世纪以来一直被埋在地下，没有人知道下面的铭文写的是什么。我曾经尝试说服那些祭司同意我向下挖一下，以阅读铭文的全部内容，但他们竟然拒绝了我，甚至不允许我进入寺庙，说我是外国的野蛮人，会亵渎那根柱子。你能相信他们这种无知和迷信吗？我于是说服了那里的王公，让他知道我正在做的事情有多么重要，并且让他派几个士兵协助我到寺庙挖那根柱

子。祭司们无比愤怒，但又什么也做不了。几个小时之后，我将全部铭文拓印下来，包括那些已被埋藏在地下几个世纪从来没有人接触过的那一部分。"

当时，莱维的眼中闪烁着胜利的光芒。福尔摩斯说："有一位王公愿意协助你，你太走运了。"但是莱维对此不以为然，并且说，他是欧洲最好的梵语学者，任何人都会协助他的。

"但是我还没有获准进入寺庙寻找隐藏在那里的宝物。据说马纳代瓦家族的珍宝就藏在寺庙里的一个不为人知的地方。我会想办法做到我想做的事情。哼，这些该死的祭司！"

福尔摩斯很快就厌烦了这位绅士。他从座位上站了起来，挥手向他道别。莱维离开之后，福尔摩斯继续他的准备工作，因为这位法国学者，他的计划不得不推迟了一天。他同高额沙哈一起度过了下午的时间，高额沙哈承诺，他将陪福尔摩斯到波密派蒂，那是丘陵地区的最后一站，离那里不远就是塔莱和印度平原。

"第二天一早，当我准备离开的时候，仆人拉克什曼气喘吁吁地爬上五层台阶，站在我的房门口，告诉我，一位自称王公信使的人非要把一封信亲自交给我。我让拉克什曼把送信人带到我的房间。很快，我的对面就出现了一位一身盛装打扮的尼泊尔皇家卫兵。"

卫兵把一个信封交给了福尔摩斯，信封上盖有王公的官方封印，署名尼泊尔王公德布·萨姆比亚·将·巴哈杜尔。信很短，是王公亲手写的：

　　法国学者西尔万·莱维先生突然失踪。昨天下午有
　人看到他离开了他的住处，然后再也没有回来。我等待

与你会面，因为我相信，你能为找到他提供必需的
帮助。

德布·萨姆比亚·J. B. R

送信人请福尔摩斯随他去见王公，因此，福尔摩斯的计划再
次受阻。他发现，自己突然莫名其妙地被卷进了一场完全没有预
料到的冒险活动中。

他们离开旅店，乘坐马车前往塔帕塔里，王公就住在那里。
旅店离那里并不远，正常情况下他们很快就能到达那里，但是他
们却用了将近一个小时的时间，因为当天早晨季风肆虐，整个城
市的道路都被水淹了。最后，他们好不容易才抵达了那座威风的
宫殿，驾车穿过前花园，一直到达门廊。

德布·萨姆比亚王公正站在那里等待福尔摩斯的到来，身边
站着几个为他打雨伞的仆人。马车刚一停下，他就冲了过来，亲
自打开马车车门迎接福尔摩斯。

这是福尔摩斯第一次接触这种奢华的东方贵族生活，给他留
下了非常深刻的印象。他们先走过了一个摆满各种各样来自欧洲
各个国家奢侈品的巨大的接见厅，然后穿过了一个狩猎室，这里
摆满了老虎、豹子、羚羊以及丛林中大型野生动物的标本，表现
出了尼泊尔君主对狩猎活动的喜爱。他们穿过那里之后，走进了
一个比较小的房间，福尔摩斯猜测，那里应该是王公的书房。

"我知道你是福尔摩斯，所以才把你请到这里来。不过，请
放心，我们会保守秘密的。"

福尔摩斯一开始对他说的话感到很吃惊，但他很快就意识
到，自己如果再隐瞒自己的身份绝对是愚蠢行为。王公在公使馆
的卧底很可能已经听到过自己的名字。

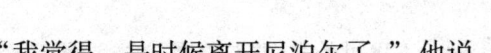

"我觉得,是时候离开尼泊尔了。"他说。

福尔摩斯边说边观察着这位王公的反应。王公个子不高,深色皮肤,但是头很大,而且还有一张圆脸,说话的时候喜欢眯着眼睛。

"你说得不错,很对。你的确应该离开这里了。"他说,"而且我将为你的旅行提供力所能及的帮助。据我所知,你的最危险的敌人中的一部分已经知道你还活着,所以我建议你尽快离开这里。但是,我们会始终欢迎你再次到这里拜访。我们对你在调查公使馆事件时向我们提供的帮助表示衷心的感谢,在你的无私帮助下,我们清除了我们国家那些让人讨厌的害虫。但是,现在还有一件事恐怕要麻烦你,就是那个法国人的失踪事件。我很遗憾地告诉你,我的人完全找不到他在什么地方,所以我现在十分需要你的帮助,这就意味着你离开这里的时间又要推迟了。他的失踪本身就是一件很麻烦的事情,更麻烦的是,法国驻印度大使伯特兰先生和奥尔良王子将于明天到加德满都做一次很重要的外交访问。我们迫切地希望法国承认我们的独立,这是我们的一个很重要的目标。福尔摩斯先生,在这种情况下,我怎么能在王子和他的大使访问这里的时候告诉他们,那位法国伟大的梵文学者下落不明呢!"

福尔摩斯问:"你的人有没有发现什么有用的线索?"

"我的人的确发现了一些东西,福尔摩斯先生。"王公回答说,"他昨天拜访你回来之后,与他的妻子一起在我的宾馆共进了午餐。然后莱维夫人回去睡午觉了。她醒来之后发现她的丈夫不在身边,便询问了仆人。仆人告诉她,她丈夫大约 3 点独自离开了这里。因为这是常有的事情,莱维夫人当时并没有感到奇怪,她很熟悉自己丈夫的工作习惯,他总是在一天最好的时光里离开她去做自己的事情。'我可怜的丈夫总是这样，我已经习以为常了。'后来她这么对我说。直到黄昏她的丈夫仍然没有回来，这才引起了她的警觉。她立刻通知我，她丈夫失踪了。据我的人调查，莱维坐人力车去了伟大的佛教圣地博德纳，身上的穿着和平时没有什么不同，都是一身当地人的打扮，还戴了一顶黑色遮阳帽。有人看到他在黄昏前步行离开了博德纳，然后走出了大南区的大门。"

"有没有这种可能性，如果这位学者被劫持了的话，会让你感到非常棘手？"福尔摩斯问。

"当然，这种可能性一直都存在。可是如果真的有人这么做，想要给我一个难堪的话，我们现在应该已经知道是谁干的这件事了。所以，我才拿不准究竟发生了什么。福尔摩斯先生，我们必须尽快找到他。我向你保证，我可以在各个方面向你提供全面帮助，你需要多少人手我都可以提供给你。"

"我会尽力而为。"福尔摩斯说，"但是我想独自一个人完成这个工作，不过，在此之前我想先拜访一下莱维夫人。"

福尔摩斯被带到了宾馆，见到了莱维的妻子。她正在悲伤地凝视着窗外，看到福尔摩斯和王公走进屋里，她开始放声痛哭。这个女人并不漂亮，甚至可以说容貌丑陋，身体肥胖，让人不由自主地联想到法国的乡下人。不过任何一个人看到她哭肿的眼睛都能看出来，她和她丈夫失踪这件事毫无关系。因为这位夫人的英语很糟糕，他们只能用法语交流。她说，她已经把自己知道的事情都告诉王公了。她丈夫吃午餐之前拜访了梵文学者考尔之后回来，告诉她，自己还有许多事要做，因此吃完午餐之后就坐在桌子边继续工作。她去午睡的时候他还在这里。

福尔摩斯得到她的许可后，检查了莱维的办公桌和他离开之前做的工作，但没有找到任何线索，没有找到他给妻子留下的便条，也没有什么东西能证明他去了什么地方。但是就像他和福尔摩斯交流时说的那样，他仍然在研究昌古的宝藏以及柱子上的铭文。福尔摩斯仔细查看时，发现在一行铭文拓本的旁边画了一个大大的惊叹号，在下面一行画了一个同样大的问号。画惊叹号的那部分福尔摩斯之前见过，而画问号的那部分他则闻所未闻，这肯定是那根石柱的埋在地下的那部分上的铭文。看样子莱维已经理解了第一行铭文的内容，但是还没有搞明白第二行铭文的内容。

叙述到这里，福尔摩斯停顿了一会儿，然后接着说："在这里，我必须向你复述一遍这篇铭文，因为这对整个事件非常重要。莱维画感叹号的那句梵语铭文是：raja udyanam iva tridivam gatah，意思是'国王去了另外一个世界，就像去了让他愉快的花园一样。'"

"真奇怪……"我说。因为福尔摩斯说这句话的时候的语调就像吃了蜜糖后一样，让我感觉很好笑。

"接着是莱维画问号的那行铭文……"他继续说，"Sahsevi-nasenagartibhi sahsevarpunhsivrihab."

"这是什么意思呢？它有什么特别的意义吗？"

"华生，当我看到这一行梵文的时候，顿时被难住了。这行梵文看起来毫无意义，就好像是一连串毫无意义的音节随意拼凑在一起一样。不过，梵文是灵活多变的，只要有足够的时间，多试试几种不同的翻译方式可能就能解读出这句话的意思。我当时猜测，莱维可能想到了这两句话之间的某种联系，去昌古进行实地调查了。"

"我还是有点儿没听明白，亲爱的福尔摩斯。一个一千五百年前看起来好像死于谋杀的国王，还有一名法国学者在你身边莫名其妙地失踪，而且他们两个人的命运似乎奇妙地纠结在了一起，隐藏在那段让人难以理解的铭文里。"

"说得很好，华生，非常棒。很显然，你已经看到了问题的关键。很显然，莱维在第一段梵文里发现了之前的观察者没有发现的东西。"

"是什么东西呢？也许仅仅能解释那个国王是由于自然原因正常死亡，听起来他好像是因为某种听起来很淫荡的运动而死。"

"在尼泊尔确实有这种传说。但在历史上，达美代瓦在品德上完美得让人无可挑剔。也许是因为他身体上的某种缺陷导致他没什么能力，所以他才会表现得这么完美。不过，我始终觉得，这段铭文里的某些词语非常奇怪。可能这句话里隐含着他死亡的线索，也可能是双关语，有双重意思。莱维标注的那些词语不停地在我脑海里徘徊。是否他已经了解了某些我还没有了解的事情？他还没有破译的另外一行，我也不明白是什么意思！"

但是，这段铭文和莱维的笔记是福尔摩斯目前能找到的仅有的线索。他从桌子上拿起莱维的笔记并把那张纸折叠起来，放进了自己的口袋，以备进一步研究。

"在这里我要说一句，华生，其实那张纸里包含了我要找到莱维所需要的所有线索，可是我直到最后才发现这一点。我不知道接下来应该从哪儿开始调查，于是决定先把莱维去过的地方走一遍，然后再去昌古，我判断这是莱维最有可能去的地方。劝慰了受惊的莱维夫人几句之后，我离开了宾馆。"

过了几条小溪之后，福尔摩斯来到了博德纳的佛教场地，这是他准备开始调查的第一个地方。他先向一些乞丐打听了一下是否在这里见过一个外国人。乞丐们说，他们的确见到过这么个人，他穿着尼泊尔传统服装，沿着主路向东走了。这证实了王公提供的消息，并且让福尔摩斯确定了一些事情。这让他欣喜若狂。

此时，已经接近了日落时分，所以他加快了脚步。戈卡纳森林里空旷得让人感觉不可思议，这里异常安静，偶尔传来几声猴子和鸟的叫声。除了几间小房子的灶台里闪烁着的火光，福尔摩斯前往目的地的沿途将都被黑暗笼罩。他很有自信地前进着，他相信，自己一定能找到莱维，无论他是死是活。

福尔摩斯跋山涉水，历尽艰辛，终于在黎明到来之前接近了目的地。此时，周围仍然一片黑暗，但是福尔摩斯很快就注意到，他前方有一大群人正在赶往寺庙的朝圣者。他终于知道自己路过的村子里为什么一片漆黑、寂静无声了，原来村民和住在附近的人都在赶往昌古的路上。他预感到某些重要的事情要在那里发生了。

黑暗之中，福尔摩斯很幸运地从他们中间穿过而没有被发现。到达山顶后，他放慢了脚步，小心地混进人群中，跟着他们一起围坐在寺庙周围。一群刚刚剃过头的祭司，穿着白色的长袍，正低声咏唱着什么，福尔摩斯听出，他们唱的是一种在古代葬礼上咏唱的赞美诗。很快他就看到，寺庙前已经堆起了火葬的柴火。祭司们三人一组，打开寺庙门，抬出了里面供奉的昌古纳拉杨神的金色雕像。当祭司们咏唱的时候，几个人抬着一尊穿着尼泊尔服装的雕像，雕像逼真得让人诧异，乍一看就像真人一样，但其实是一个用稻草做的假人。稻草人被抬到祭司们面前，祭司们用梵语对着它默默地念诵了几分钟，接着把它仰卧着放在了柴火堆上。稻草人双手合十，好像在祈祷。稻草人被放倒的时候，福尔摩斯注意到，它戴着一副欧洲款式的眼镜，和那个法国

159

学者与他会面时戴的那副非常像。这是他到这里之后发现的第一个线索，但是这个线索让他十分担心自己来迟了一步。

人群突然安静下来。巨大的鼓被敲响，在鼓声中，祭司们继续咏唱着。然后，其中一个人走到摆放着稻草人的柴火堆旁，抬起脚，一脚踩在稻草人的头上，稻草人的头和眼镜都被踩碎了。然后，他从人群中接过一个火把，点燃了柴火堆。

稻草人化为了灰烬之后，人群慢慢地消失在黑暗中。福尔摩斯故意留在最后，然后趁机躲到了一扇木门后面。他看到三个祭司把昌古寺的崇拜偶像恭敬地放回了它神圣的位置上，然后关上寺庙门，给了那些抬稻草人的人一些钱，之后离开了。那些拿到钱的人一边数着自己的报酬一边跟着离开了这里。

福尔摩斯一个人留在了寺庙的庭院里。

福尔摩斯意识到，自己找回那位法国学者的一切尝试可能都已经失败了，自己可能再也找不到莱维了。他刚刚看到的那个仪式让他极度不安，很显然，这个仪式代表着死亡，是一个死亡仪式。如果他的怀疑是正确的话，死的很有可能就是西尔万·莱维。

这时，月亮已经升到了头顶，非常明亮。福尔摩斯借着月光观察着周围的环境。这里几乎没有一点儿声音，除了那些在他附近到处乱飞的蝙蝠。

福尔摩斯正考虑下一步该做什么的时候，突然听到从寺庙的后面传来轻轻的脚步声和说话声。他在黑暗中缓缓地移动着自己的位置，直到能够观察到那里的情况。他在黑暗中依稀看到，穿着尼泊尔服装的一对儿老年夫妻正在向那个柴火堆走去。女人的怀里抱着什么东西，可能是一个婴儿。那个男人的右脚有点儿跛，走的时候步履蹒跚。一个半裸的男孩儿扶着他。那个男孩儿就是福尔摩斯见过的爬到柱子上面的那个男孩儿。他还发现，那个男人的左臂似乎有些问题，看起来似乎无力地挂在肩膀上晃来晃去。走到寺庙前面之后，那个男人坐到了寺庙的台阶上。福尔摩斯现在能清楚地看到，那个女人的确抱着一个孩子。她把孩子交给自己的丈夫，然后开始去搓并且过滤那些还在燃烧的灰烬。除了婴儿偶尔发出微弱的哭声之外，他们之间几乎没有交流。

"我当时已经确定了他们的身份。"福尔摩斯说，"我之前在那里访问的时候已经了解到，这是一个贱民家庭，在当地也被称为沙梅，主要靠清扫垃圾生存。他们被迫生活在印度的边缘社会，在梵语里被叫作'暮光之民'。他们只能出现在傍晚，在黎明之前消失，做一些特定的工作。"

福尔摩斯觉得自己的运气不错，因为这些人可能是他了解到底在莱维的身上发生了什么的最后希望。如果他的计算没有出错的话，莱维到达寺庙的时候，恰好应该是在前一天日落时分。如果走运的话，这些贱民们当时应该能看到他。

"这时，那个女人在灰烬之中发现了几个铜币，她把铜币交给丈夫，再一次抱起那个孩子。一家人开始向回走。我悄悄地跟在他们的后面。当他们走下斜坡，离寺庙大概五十码的时候，我赶上了他们，一把抓住他们，把他们压在地上。那几个人很吃惊，刚要喊，我示意他们自己不会伤害他们。那个小男孩儿试图逃跑，但是被我拉了回来。我反复表示我不会伤害他们，让他们不必害怕。当然，我在他们手上放了几枚银币也起到了一些作用，让他们恢复了平静。这些银币比他们一辈子清扫垃圾挣的钱都多。

"我向他们说了一遍我要找的那个人。一开始他们声称什么也没看到。过了一会儿，那个女人突然告诉我，那个婴儿非常饥饿，而且还染上了疾病。那是他们的孙子，孩子的母亲在不久之前刚刚去世，那个时候孩子才一个月大。我告诉他们，我会为这个孩子提供足够的帮助，但是相应地他们也必须帮助我。说着，我在他们的手里又放了几块银币。终于，那个老男人让那个老女人留下，然后让我跟他走。"

尽管他的年纪已经很大了，而且看起来身体非常虚弱，可他下山的时候走得非常快。那个男孩儿紧随其后。没用多长时间，他们来到了一片林中空地。空地上到处开满了野花，在月光的照射下烁烁放光。空地中间有一棵老榕树，树上挂着各种各样的祭品。男孩儿爬上了那棵树。那棵榕树的半腰处的一根主权上挂着一个硕大的银盘。男孩儿把那个银盘稍微转动了一下，然后跳下树，回到了那个老男人身边。

"你的朋友离这不远，但是现在你想救他已经太晚了。"老人对福尔摩斯说，"这里是我们古代君王的快乐花园。你的朋友已经进入了死亡宝库之中，不可能从那里出来了。他现在应该已经死了，再也不会回到人世间了。"

看到福尔摩斯露出绝望的表情，老男人拉着福尔摩斯走到大树边。在黑暗之中，福尔摩斯发现，树干上的一个树洞被建成了一个神龛，神龛内供奉着一个石头雕刻的毗瑟挐神像，一个地神像坐在他的肩膀上。

"这里就是古代国王的欢乐花园，"老男人又说了一遍，"在此之下就是另外一个世界，或者可以说是天堂，那里存放着国王的宝藏。在古代，只有国王才知道怎样进入那里然后再平安无事地离开。人进去后入口就会关闭，想要出来的话就要打开里面的机关。这个秘密一直在皇室之中父子相传，但是在我们贱民中间也一直父子口口相传着这个秘密。当年，达美代瓦国王经常出入这里，不过我们不知道他为什么要这么做，只知道有一天他进去之后再也没有出来，所以国王的秘密同他一起被埋葬在这里。从那时开始，很多贪图财宝的人死在了里面，他们知道怎么进去，但是没有人能从里面出来。你的朋友也是这样，他也回不来了。我之所以知道他，是因为就是我告诉他怎么进入这座花园的。"

"请你也告诉我怎么进去，我现在没有时间可以浪费了。"福尔摩斯说。

"将地神抬起来。"老人指着毗瑟挐神肩膀上的地神像说。

福尔摩斯用手抬起了那座地神像。突然，传来一阵震耳欲聋的声音，接着，巨大的毗瑟挐神雕像开始缓缓地向左侧移动，雕像下面露出了一个足够一个人进出的洞口。

老人指着那个黑黢黢的洞口说："这里就是通向天堂的通道，直达宝库和死亡的彼端，你的朋友就是从这里下去的。只要你一走进去，入口就会自动关闭。即使我再一次帮你打开它，你也不能从这里出来了，而必须走另外一条路。我曾经进去过一次，但是因为恐惧，我很快就从里面爬了出来，所以我的命保住了。可是毗瑟挐神狠狠地惩罚了我，从我的胳膊上夺走了所有的力量。而且我也根本记不起来我是怎么逃出来的了。"

老人的话让福尔摩斯十分吃惊，他的这番话充满了对神灵的畏惧。

"华生，我当时进退两难。"福尔摩斯平静地说，"我相信，只要给我足够的时间，我就能从那个被称作花园的宝库里脱身而出。但麻烦的是，那下面的构造我完全不了解，我可能在里面死于缺氧或者缺水，或者葬身于那些古代君主建造的死亡陷阱。我无法确定在遭遇这些之前有多长时间可以从里面逃出来。我开始犹豫，究竟应该立刻进去还是回去向王公汇报我查到的线索。"

福尔摩斯站在洞口思考的时候，月亮已经移到天空中另外一个位置上了，月光洒在寺庙上。仅仅一分钟之后，月光就透过树叶照到了柱子上的那个圆盘上。紧接着，不可思议的事情发生了：月光被折射到了毗瑟挐神像的第三只眼睛上，然后又照到了象神的右手上。这个现象突然触动了福尔摩斯的灵感，他好像突然明白了第二条铭文的意思了。他迅速拿出莱维留下的那份文件，把那条神秘的铭文从右向左倒着读了一遍之后，终于搞明白它的意思了："通过外面的毗瑟挐进入里面，通过里面的象神回到外面。"

福尔摩斯看了看周围。这里只剩下他一个人了。那个老男人已经在他观察洞口的时候离开了。

他慢慢地走进洞口，一点一点地向下走去，只走了很短的距离就到达了底部。这时，他还能通过上面的入口看到天空中的月亮，感觉仿佛置身于一个矿井中。福尔摩斯对着面前的一尊巨大的象神雕像微微一笑。接着，他头顶的洞口又关上了。

福尔摩斯在黑暗中四处张望。他面前是一条走廊，周围一片漆黑，走廊的尽头有一点儿亮光闪烁。他慢慢地向那点儿光亮走去。走廊很宽敞，天花板也很高，但是这里的空气很潮湿，也不怎么新鲜。

他走到里面，看到地上点着一盏小油灯。油灯旁边的地上躺着一个人，好像正在睡觉。福尔摩斯走到那个人身边的时候，认出这个人正是莱维，但不知道他是生是死。在他周围有数不清的珍宝——黄金、珠宝、宝石以及各种各样的雕像和图画，这些东西散落得到处都是。

福尔摩斯仔细查看了一下莱维的状态，发现他呼吸缓慢平和，显然正处于深度睡眠的状态。在他身边放着一大卷纸。福尔摩斯对他这种敬业精神十分钦佩，因为他根本没有考虑自己能不能出去，而是一直在记录自己在这里看到的东西。他写了足足五十多页，直到累得筋疲力尽睡着了，手里还握着笔。

福尔摩斯仔细地观察了一下周围，看到这里到处都是珍宝，包括珠宝、金币、绘画作品和大量的各式手稿。这时，他突然惊讶地发现了一具坐在王座之上的骷髅。骷髅身上穿着破碎的衣服，头上戴着金色王冠。这个可能就是进来后再也没有出去的古代的达美代瓦国王。接着，福尔摩斯拿起了油灯，检查了一遍周围的墙壁和地板，看看是否有隐藏的出口，但除了一些进来之后再也没能出去的人的尸骨之外，他什么也没发现。

这时，莱维动了一下，然后慢慢地醒了过来。

福尔摩斯向他走了过去。

"啊！我亲爱的考尔！看到你在这里实在是太令人高兴了！我刚才一定是累得睡着了。你能找到这里实在是太聪明了！你是什么时候到这里的?"

"就在刚才。"福尔摩斯说，"但是我必须坦白地告诉你，我急于验证一下自己的想法，看看我的发现能不能让我们出去。"

福尔摩斯告诉莱维，王公正在焦急地寻找他，又告诉他，自己发现了他桌子上的铭文，并以此为线索跑到这里来。福尔摩斯的语调很愤怒，他想让这个家伙清楚，他这种不负责任的行为给所有人带来了不小的麻烦，甚至可能会使一些人丧失生命。

莱维笑着站起身来。

"不用担心，考尔。我可没有你那么勇敢，我只是一个普普通通的学者，我有我的行事准则，从来不冒巨大的风险去做可能会失败的事情。我进来之前就已经大致确定了应该怎么从这里出去。也许这需要靠一些运气，不过我已经掌握了离开这里的方法。今天晚上我已经出去过两次了。这里空间太小，空气稀薄，我可不想因为缺氧窒息而死。同时我这么做也取得了巨大的成就，我已经对这里完成了初步的清查工作，这里有一百多座古代雕塑，还有几百份原稿。我再忙一会儿，完成最后的记录工作之后，就可以离开这里了，丝毫不耽误我向亨利·奥尔王子致敬。"

莱维说最后几个字的时候露齿一笑。福尔摩斯没办法，只能在一边等着他完成自己的工作。

莱维一边记录一边对福尔摩斯说："对了，这里还有一个对我们来说很重要的人，考尔先生，坐在那边宝座上的就是杰出的达美代瓦国王，已经死了大约一千五百年了。我仔细检查了他的遗骨。考尔先生，这位国王的确是被谋杀的。他临死之前留下了一份记录了事情缘由的死亡记录。这是一个关于阴谋的漫长故事，回去的路上，我会详细地和你说说这件事……"

莱维说着指了指他的记录——旁边的一张桦树皮手稿。完成工作之后，莱维仔细地把他的记录和那份手稿收了起来，然后拿着油灯，示意福尔摩斯跟着他沿着来时的走廊走了回去。他们走到尽头之后，莱维从口袋里拿出一把巨大的金属钥匙，放在福尔摩斯进来的时候看到的那个巨大的象神的右手里。

"看，钥匙！"莱维大声说，"能够发现这个真是够走运的。不过我后来发现，任何长条形的沉重物体都能起到和这把钥匙一样的作用。"

随着一声巨响，他们头顶上真的打开了一个洞口。莱维让福尔摩斯踩着象神的肩膀爬上去，然后爬出上面的洞口。莱维随后也爬了出去。几秒钟之后，他们已经可以站在清晨的大地上呼吸新鲜空气了。

这时已是黎明时分，太阳即将升起。大地被一层厚厚的银色雾气所笼罩。趁着没有人注意，他们从另外一条路回到了寺庙的主殿，这时候，雾气刚好被阳光驱散。他们从那里返回加德满都，在路上，莱维向福尔摩斯分享了自己的发现。

"你看，考尔先生，因为对那根石柱进行了挖掘，所以我现在掌握了全部的铭文。这段达美代瓦国王留下的文字为我们解决了许多的困难。明白了最后那几句话的意思的时候，我就获得了一个全新的开端。"

福尔摩斯知道，在最后的几个词里隐藏着神秘的内容，莱维就是知道了这些词的意思后才搞明白怎么从寺庙下方的深渊里逃出来，因为自己也在进入宝库之前有了同样的猜测。

"你的意思是不是，这种铭文在古代可以从两个不同的方向解读？这几个词从右到左读就能理解它的意思了。我进去之前也猜到了这个。"福尔摩斯说。

"的确是这样，先生，就是这个意思。我在办公室研究的时候偶然发现了这一点，这令我无比兴奋，我来不及跟妻子提一句要去做什么就离开了房间，甚至连张便条都没有留给她。毫无疑问，这段铭文是一个杰出的作品，完成它的是一位对梵文诗歌非常了解的诗人。从左向右读是一个意思，但是反过来读就是另外一种意思，同样条理清晰，但是不太符合语法规则。当然，由于铭文的开头部分被埋在地下几个世纪之久，几乎没有人知道这一点，所以用正常的从左到右的方式读的话，这就是一篇很普通的叙述文。而从右向左读，也就是从后向前读的话，就可以搞清楚这里发生了什么以及怎样离开这座宝库的秘密。"

"那么到底是哪位诗人留下了这段铭文的呢？他又是怎么知道离开宝库的方法的呢？"

"我们现在已经无法知道他的名字了，关于他的一切现在已

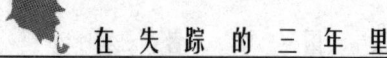

经被永远地淹没在历史的长河中。不过，我可以尝试回答一下你的第二个问题。知道这个秘密的人在宫廷中一定拥有很高的地位，和皇室家族非常熟悉甚至可以在近距离观察他们的所作所为而不会引起怀疑。很显然他应该是婆罗门种姓，可能是皇室的教师。他的作品第一句就让我激动不已：从外面的毗瑟挐神像进入其中，从里面的象神神像离开。这是整个文章提供的重要线索，也是让我有勇气进入这里的原因。一进到这里我就发现，在象神脚下的土里有一把巨大的钥匙。我把它捡了起来，放到为它而设计的那个位置上，这时，在我的头顶上突然出现了一个洞口。我证实了那一行铭文所描写的事情完全是真实的之后，彻底地放下心来，开始查看这个秘密宝库。进入宝库之后，我第一时间发现了坐在王座上的达美代瓦国王的遗体，手里还拿着一张写在桦树皮上的遗言。我把它从国王的手里抽了出来，阅读了一遍。上面讲述了那次宫廷政变的细节以及他被困在宝库里的原因。"

福尔摩斯仔细地听着莱维的描述。

"达美代瓦国王一生都在用自己的怜悯和仁慈对待所有的生灵。老了以后，他越来越崇信佛教。他没有派自己的军队去征服一个又一个目标，而是动用大量物力财力建造寺庙。他在为信仰而放弃权力的同时渐渐疏远了他的妻子拉吉亚瓦提。他曾经深爱着她，但是因为信仰，他现在对她只有尊敬和疏离。然而拉吉亚瓦提和她的丈夫性格完全不同，她热衷于权力。有一天，达美代瓦告诉她，自己决定放弃王位，进寺庙当一名僧侣，在那里修行。而且他还希望他们的儿子马纳代瓦陪在他身边，把毕生奉献给佛祖。听到这番话，拉吉亚瓦提尽管极为愤怒，但极力压制了自己的怒火，同意了达美代瓦的请求。可她在心里已经判处了丈夫的死刑。一旦达美代瓦死亡，她的儿子马纳代瓦就会成为新的

国王，她要通过儿子行使自己的权力，统治这个国家。有一天，国王在皇家寺庙的花园里散步的时候说，他准备进入宝库，向毗瑟挐神奉献贡品。拉吉亚瓦提觉得，这是实施自己计划的一个很好的机会。她向丈夫提出请求，让她和儿子跟随他一起进入宝库，因为这是他们出家之前最后一次造访这里了。国王同意了。进入宝库之后，国王告诉了他们如何离开这里的秘密，并且让他们看了那把钥匙。接着，马纳代瓦从后面突然猛击他毫无戒备的父亲的头部，致使他失去了知觉。拉吉亚瓦提和儿子打开通道，离开了那里。达美代瓦醒来的时候，发现自己被留在了宝库里，钥匙也被拿走了。他立刻知道自己遭到了背叛，用自己生命中最后的时间留下了这份遗言，详细地记录了事情的前因后果，可是，他的遗言一直到现在才被发现和解读出来。"莱维说到这里停了下来，似乎在思考着什么，过了一会儿，他继续说道，"他不知道的是，马纳代瓦在匆忙逃离的时候，却意外地遗落了那把钥匙。但他知道，那座地下宝库已经成了达美代瓦最后的墓地。而他自己又因为恐惧和没有钥匙不敢再返回那个他亲手杀死父亲的谋杀现场。为了防止后人发现这个秘密，马纳代瓦颁布了一项皇家禁令，禁止任何人进入到宝库之中。"

"真是一个让人难以置信的故事。"我说。

"是的。我要把它发表在《亚洲杂志》上，杂志出版后我会送给你一本的。"

"我会带着巨大的兴趣把它好好地读几遍的。"我说。

西藏使者

　　我一直致力于用文章来记录夏洛克·福尔摩斯的冒险旅程，但是我也经常在文章中暗暗指出，他这个人其实是一个矛盾的共存体，一方面，他在逻辑推理上毫无瑕疵，而且严谨有序，但是在另一方面，他却根本无法支配自己的现实生活，他在这个真实世界里的生活简直是一团混乱。最近，我再次印证了这一点。一天早晨，我从我埋头苦读的书中抬起头来，看到我的朋友正没精打采地缩在他最喜欢的安乐椅里，半闭着眼睛，显得心不在焉，思绪又不知道飘到什么地方去了。回到伦敦这一年多的时间里，我的朋友一直饱受忧郁症的困扰，沮丧低落的情绪时不时地就来折磨他一番。

　　现在是 1895 年的春天，准确地说，是 3 月份的某一天，在伦敦属于奢侈品的阳光通过外面起居室的窗户倾泻到了屋里。我再一次抬起头来，环视了一圈我们的住处之后，再次加深了对福尔摩斯邋遢、随意以及持续多年未曾改变的乱堆乱放东西的习惯的糟糕印象。

　　和往常一样，他看过的报纸、各种各样的化学品，还有试验用的试管扔得到处都是。福尔摩斯的雪茄扔在煤斗里，可是他的烟草却丢在他的拖鞋里，看起来，在我不在家的时候，他那种闷闷不乐的状态更加严重了。我看到他最近得到的纪念品———颗巨大而又锋利的牙齿躺在黄油碟子里，而壁炉架上则增添了全新的纪念品——一个由子弹壳儿组成的字母"P"和"M"，我猜，这大概是他向现任首相表达问候的一种特殊方式吧。不仅如此，我还看到了首相先生的一封信被一把刀钉在墙上。不过，我仔细观察后发现了一点儿很有趣的微弱变化，那把刀似乎和我印象中的有些不同。如果我没记错的话，插在墙上的刀原本是一把普通的折叠刀，但是现在已经被另外一把我从来没见过的刀取代。从我坐的位置上可以看到，这把刀有一个金色的手柄，看起来像是小说里的人物常常使用的那种刀。接着，我又快速地在房间里环视了一圈，最后在早餐桌上的一罐橘子酱里找到了那把熟悉的折叠刀。

我对那把从来没有见过的刀产生了几分好奇。我走过去，把刀从墙上拔出来，钉在墙上的信掉在了地上，发出了一声轻响。接着，我看到福尔摩斯很难得地从椅子上坐了起来。

"你不该随便动它的！"他面带鄙视地说，"华生，那可是一个神祇馈赠的礼物。它来自西藏，我觉得你会对这把刀感兴趣的。这把刀可是很不同寻常。注意看，在这把双刃刀的刀刃上有一个与众不同的压槽，是一个缩写的字母'S'。由此我很清楚地知道了，这把刀的刀身是最近才在英国生产的，是从亨利·莎士比亚的作品中获得灵感的改良版刀刃。不过，这把刀的黄金手柄确确实实来自于西藏，可能是一件几百年前的古董。"

我没有对我朋友的这番话发表任何感想，而是坐回到我的座位上，仔细地研究着手里的刀。这把刀的刀刃约七英寸长，钢的质量很好，刀柄稍微短点儿，看上去应该是用纯金制作的。刀柄几乎没有磨损过，上面有很漂亮的装饰和铭文。我注意到，上面有太阳和月亮的图案，还有一个佛教的卍字。除了这些，刀柄上还有很漂亮的铭文，不过我一个字也不认识，我估计这些是藏文。

"如果你有与此相关的故事，我倒是有兴趣听听。"我故作迟疑地说，假装福尔摩斯说不说对我都无所谓一样。

"你从来没有放弃过用你的好奇心去挖掘我记忆深处的各种故事，让我没法像一名恬静的少女一般好好地享受一下这种倦怠的时光。"他嘟囔道，"好吧，既然如此，我就和你说说我的西藏之旅以及这把黄金刀的故事。"

他把手里的晨报扔到地板上。一直纠缠他的郁闷感觉已经从他的眼睛里消失了。福尔摩斯突然愿意透露他之前在西藏的生活，令我欣喜万分。不过我并没有催促他，免得他又像前几次那样把刚要讲的话咽回去。在此之前，他向我讲述他从莱辛巴赫瀑布逃脱之后的经历时简单地提到过一两句他在西藏的生活。我曾几次尝试着从他那里掏出哪怕一点点他在西藏的历险故事，但都遭到了他的拒绝。我仅仅知道他曾以挪威探险者和自然学家西格森的身份居住在那里。

"并不是我不想和你提起这些事情，华生，"他说，"而是因为我去拉萨旅行并不是一时兴起做出的决定。事实上，我当时肩负着由我国政府最高权力机构交予我的秘密使命。我之所以一直不愿意向你透露出细节，是因为怕由于我的疏忽暴露这起事件中的几个主要人物的身份。不过现在没关系了，我刚才在晨报上看到了他们中最后一个人死亡的消息，所以，我现在可以自由地将这起了不起的事件加入你的编年史里了。"

他把那把刀从我的手里拿走，用纤细修长的手指摸着刀刃，

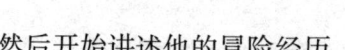

然后开始讲述他的冒险经历。

"就像我之前和你说过的那样，除了莫里亚蒂教授的主要帮凶科洛内尔·塞巴斯蒂安·莫兰之外，只有我哥哥麦克罗夫特知道我侥幸没有死在莱辛巴赫瀑布。到达佛罗伦萨大概一周之后，我就通过特殊渠道通知了他我还活着的消息。几天后，我收到了他用我们之间秘密联系的密码写的一封密信，他在信里他告诉我，政府的特别使者正在赶来见我。信中是这样写的：

亲爱的夏洛克：

得知你最终战胜了你在这个世界上的最大敌人，我非常高兴，其实我之前就毫不怀疑你能赢得最后的胜利。请接受我对你的祝贺。没有了莫里亚蒂，这个世界会更加美好。

考虑到你最近冒的险已经够多了，本来我不想在这个时候去打搅你并让你平添苦恼，不过现在有一件非常紧急的事情需要你来处理。这个任务牵扯很多方面并且极为危险。如果你拒绝这个任务，我也能够理解，但是我相信，你是我认识的人里唯一可以完成这个任务的人。因此我向我们的政府推荐了你，希望你能原谅我的自作主张。最高当局的代表已经在去往你所在位置的路上。请仔细地考虑一下这个任务，因为这除了可以让你暂时远离你的敌人，还可以让你能为帝国提供他们迫切需要的服务。为此你需要到文明世界中的一个最偏远的角落进行一次长途旅行。佛罗伦萨的西格诺尔·波罗林尼先生将会与你见面。希望能尽快得到你的答复。

另外，作为你留下的遗嘱中的执行人，我已经接手你的私人物品，相信我，当你回来的时候一切都会保持着有条不紊的状态。现在华生已经悲痛欲绝地在报纸上发布了你的讣告，并且还在写他认为的你的《最后一案》。尽管我很同情他，但是我也认为，你瞒着这位为你悲伤的至交好友，会对保护你的安全起到必要的作用。

迈克罗夫特

"我当时对我哥哥在字里行间对我表现出的信任感到非常满意，华生，但是我对他提出的那个委托没什么太大的兴趣。就像你知道的那样，我哥哥迈克罗夫特是政府里最有头脑的一个人。事实上，就像我之前曾经提到的那样，在某些重要场合，他甚至可以代表英国政府。他给我传递的消息中隐藏着很重要的线索：所谓文明世界中最偏远的角落指的应该是亚洲的某个地方，而在亚洲最偏远的角落最有可能就是西藏，那里是浪漫的英国人永久追寻的目标。但是，我必须告诉你，无论在西藏还是在世界上其他偏远的角落发生的事情，都和我没什么关系。莫里亚蒂死后，为了防止科洛内尔·莫兰在背后给我一刀，我光着脚摸黑在群山中走了十英里，脚上被划了好几个口子，不停地流血。我历尽千辛万苦，才登上了一列开往意大利的火车。我那个时候异常疲惫，而且知道自己不久之后可能会被像块破布一样甩到更远的地方。"

福尔摩斯说着说着突然站了起来，在我面前来回踱着步，然后接着讲述他的经历。

他没有等太长时间，就知道了自己要接受的委托是什么。

第二天傍晚时分，他住的家庭式旅馆房间的门帘被人掀开，有人递进来一张纸条：

> 希望与你在今晚7点于佛罗伦萨广场见面，详谈你
> 已接到通知的这件委托。
>
> 索·dev·莫
> Sg·波罗林尼

傍晚，福尔摩斯走出旅馆，慢悠悠地向约会地点走去，当他到达佛罗伦萨中央广场的时候，时间刚好指到7点钟的位置。他在附近一边慢悠悠地继续溜达一边四处打量。这个时间在意大利被称为休闲时间，广场上到处都是手拉着手散步的男男女女。在这些成双成对的人中间，福尔摩斯很快就捕捉到一个向他大步走过来的男人。这个男人穿着一身黑色的大衣，戴着软呢帽，身材虽然不高，但是看起来很强壮。

"你好，我是西格诺尔·波罗林尼。"他走到福尔摩斯面前，微微鞠了一躬，然后和一个土生土长的意大利人一样仔细地打量了福尔摩斯一阵，接着说，"我们到那边谈谈吧。"

两个人走到了离露天市场不远的长椅上坐下。

"尽管你表现得很像一个意大利人，但其实你是个英国人。"福尔摩斯一坐下就毫不客气地对那个人评论道，语气中还带着一丝讽刺的味道。

"你是怎么看出来的?!"那个人大吃一惊，低呼了一声，英语脱口而出，"为了让自己变成一个真正的意大利人，我可吃了不少苦头。"

"如果你想把自己装扮成一个真正的意大利人，那我奉劝你，最好还是不要因为怕麻烦而自己剃胡子，你应该请一个意大利的

理发师帮你打理它。"

看到对方因为自己的话而垂头丧气，福尔摩斯没有继续打击他，他认为没有必要再继续摧残这个男人已经很受伤的自信心了。

"我的真名叫詹姆士·芒罗。"对方略显尴尬地重新介绍了自己。

说着，他递给了福尔摩斯一张卡片，证明了自己的身份，他是帝国外交部的一名特工，被永久地分派到了意大利半岛进行潜伏工作。福尔摩斯没有再对他现在这个伪装身份发表评论，他轻而易举地就推断出，这位芒罗先生之前曾经在苏格兰场工作了很长时间。

"现在我们先分开离开这里。"过了一会儿，芒罗先生就恢复了镇静，"一个小时之后，我们在卡片背面写的地址见面。请记住那里，任何一个出租马车车夫都知道那个地方。"

说完之后，他从福尔摩斯的手里把那张卡片拿走，重新放回了自己的口袋，站起身，拿起帽子，轻轻拍了几下，对福尔摩斯愉快地说了一声："祝你好运！"

之后，这位先生再次消失在人群之中。

福尔摩斯被他的举动逗乐了。他又独自在那里坐了一会儿，欣赏了一下露天广场的美景。这可是意大利最美妙的人造景观之一。等时间差不多了，他拦住了一辆出租马车，让车夫送他去卡片上写的地址。

用了差不多一个小时，福尔摩斯才抵达了目的地。这是一座在市区范围内的巨大别墅，朝向罗马南部，距离蒙特普尔恰诺、皮恩扎以及其他风景美丽的城镇只有几个小时的路程。他到达那里的时候是黄昏时分，夕阳照在意大利松树上。

福尔摩斯下了马车，再一次见到了芒罗，或者也可以称他为波罗林尼。他站在别墅门口，看到福尔摩斯走过来，为他打开了门。他们沿着主路走进别墅，最后进入了别墅里的书房。两位当时在英国的内阁中拥有很高地位的绅士已经等在那里了。福尔摩斯立刻就认出了他们中的一个，另外一位他也听说过他的名字。因为福尔摩斯要求我不要泄露那两个人的身份，我在这里只能说，其中一位曾经是我国外交部要员，尽管他现在已经离职了，但是在政府的上层圈子里仍有举足轻重的地位。

福尔摩斯到了这里之后，几个人开始了他们的话题。

"福尔摩斯先生，你的哥哥已经在那封信里向你简单提过了这次任务，我们来这里的目的就是向你详细介绍这次任务。我真诚地希望你能接受我们的委托。如果你不接受的话，我们希望你能把这次会面彻底忘掉。"

福尔摩斯点头同意，他说："你可以放心地把事情说出来，阁下，我会认真地考虑你们的委托。我同时也向你保证，如果你们的委托不适合我，我会立即把它和今天晚上我们会面的事情彻底地从我的脑海里清除出去。"

"好吧，福尔摩斯先生，请仔细听。你可能已经注意到了，帝国在印度的利益正在受到一些不断增长的东方势力的威胁。我们担负着维护我们庞大帝国的安全与秩序的重大责任。整个印度次大陆目前还算平静，但是外部威胁正在持续增强。一些国家时时刻刻都在准备侵吞我们的利益，把帝国的印度领土视作他们自己可能拥有的富饶资源。在亚洲的中心位置，有一个邻近我们的领土我们却知之甚少的区域——西藏。俄国沙皇侵占了大片它国领土，正在把他们的边境逐渐东移，而且已经往西藏派遣了特工。而日本人的眼睛也正盯着软弱的中国，也派特工潜入了西

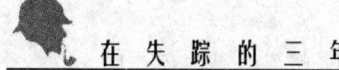

藏。我想，你应该听说过俄国喇嘛道基洛夫和臭名昭著的京都山本。"

"这两个人可是臭名昭著，进入西藏之前，他们的恶名就已经很响亮了。"福尔摩斯用很肯定的语气说，"道基洛夫曾在里加犯下一起特别残忍的谋杀案被通缉。那个山本先生也在上海被通缉了，罪名是勒索和侵占财产。我曾在伦敦抓住过他们的尾巴，可惜没有能够获得最后的成功。"

"他们已经在西藏潜伏了好几年了。"公使继续说，"目前我们同西藏地方政府的关系十分紧张。总督对那些肆无忌惮的特工极为愤怒，就是他们让西藏地方政府改变了中立立场。如果再这么下去，我们在那里将会遇到巨大的麻烦。沙皇和天皇的最终目的非常明显：从亚洲大陆彻底清除英国的势力，然后瓜分他们的猎物。"

"我很理解你的担心。"福尔摩斯说，"是什么原因把你带到这里来的？"

"去年，我们和中国政府签署了一项条约，调整了我们同西藏地方政府之间的关系。但是，西藏地方政府中的某个政要在像道基洛夫这样的特工的唆使下转变了对我们的态度，开始恶意揣测条约中的某些条款并且开始破坏这个条约。我们设立的界标被他们拔除和销毁，我们的边境巡逻队也常遭到他们的攻击。更糟糕的是，他们彻底地断绝了与英国商人的贸易往来。我国驻印度总督给拉萨的达赖喇嘛写了一封信，抗议他们的这种行为，但是这封信被原封不动地退了回来。接着，一名带着特别任务的特使被派往拉萨，这位使者是威廉·曼宁爵士，是帝国外交官中最冷静的一个人，他有很多宝贵的外交经验，而且还曾在克什米尔地区工作过一段时间，获得了非常高的评价。但是到目前为止，曼

宁爵士除了向总督发出过一个安全抵达拉萨的简短消息之外，没有传回来任何音讯。他出使西藏已经一年了，期间我们曾向拉萨发出各种请求，但西藏地方政府却宣称并不知道这个人，也没有听说过他所肩负的任务。因此，福尔摩斯先生，我们委托你来完成几个任务：首先，找到曼宁爵士或者了解到他究竟发生了什么事情；其次，争取和西藏地方政府签署条约或者采取某些行动，甚至包括在你认为有必要的情况下军事入侵西藏。最后，尽你最大的努力消除山本和道基洛夫对西藏地方政府的影响。我们建议你去西藏的时候换一个身份，我们已经帮你选择了一个特殊身份并且准备好了全套的证明文件。如果你接受这项委托，你将会变成斯堪的纳维亚的探险家和自然学家哈尔佛·西格森，其实是英国政府的秘密使节。你的真实身份将会被严格保密，只有当任务成功或者必须亮出你的真实身份时，你才会重新恢复成夏洛克·福尔摩斯。"

福尔摩斯用心地听着公使先生的每一句话。他发现，自己竟然完全无法阻止自己的好奇心。他其实有了某些初步的打算，考虑长途旅行到世界上的一个安静的角落去，在那里慢慢恢复身体并且筹划如何最终消灭莫里亚蒂犯罪团伙剩余的罪犯。既然如此的话，为什么不去一次西藏呢？去那里的话，不但可以让他在一段时间之内避免与自己的敌人遭遇，而且可以附带完成一项非常有趣的任务，还可以获得一个来自官方的正式伪装身份。他现在正处于人生中最危险的时刻，这个伪装身份可以说非常宝贵。所以，福尔摩斯几乎没有犹豫就表达了自己的意见。

"我对这个委托很感兴趣，阁下，不过，如果我接受了这个任务，那我就需要立刻获得一些援助。首先容我说句不太谦虚的话，因为各种各样的原因，其实我对于西藏的某些方面已经了解

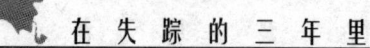

得相当多了，我不会因为这些事情麻烦你的。不过，我必须要说，在此之前，我从来没有接受过这样的委托。这个任务很艰巨，在执行任务的过程中，我可能随时要做好最糟糕的准备，所以在执行这个任务之前，我必须在细节上做到一丝不苟，容不得半点儿马虎。"

听到福尔摩斯接受了这个委托，公使先生终于笑了。为了回答他最后的问题，公使答复道："亲爱的福尔摩斯，其实比你想象的要简单得多。首先，拿着这个公文包。这里面有需要签署的官方文件和曼宁爵士执行的任务的细节及他的行程文件副本，还有关于西藏地方政府与我们以及中国政府之间的秘密交易。"

他一边说着一边递给了福尔摩斯一个大号文件夹，里面有他说的那些资料。

"除了这些，里面还有你去拉萨执行这次任务的需要的费用以及给你本人的酬金，数额绝对会让你满意。里面还有一份证明你是挪威自然学家哈尔佛·西格森的证明文件。好了，咱们现在到隔壁房间详细谈谈这次的任务。"

他们走进了另外一个房间。这个房间比刚才那个书房略小，里面也摆了不少书。这一次，另外一位公使先生开口说话了："在这里，我要再一次感谢你哥哥迈克罗夫特·福尔摩斯先生，是他促成了我们在这座别墅里的会面。这里是詹卡洛·普森则·D.埃斯特伯爵的家，他是意大利最伟大的东方探险家和学者之一。顺便说一句，他也是我和迈克罗夫特的好朋友。伯爵现在并不在意大利，但是他已经授权我们随意使用他这里的收藏。这个房间里有大量很有价值的资料，包括用几种语言记录的西藏历史、西藏的风土人情以及毗邻地区的相关介绍。你可以让你活跃的大脑尽量多地吸收你所需要的知识。这些抽屉里面都是各种西

藏和拉萨的详细地图，是目前为止最好的地图。我们现在已经达成了协议，从现在开始，你可以住在这里，直到你离开意大利。波罗林尼已经把你的行李从那家小旅馆里搬到这里了。你六周在这里做准备，然后到那不勒斯旅行，从那里转道布林达西，然后登上一艘去孟买的船。你到达孟买后，必须向当地的政府报备，那里的总督会告诉你这个任务怎么进行下去并且给你提供去拉萨的最佳路线。最后，祝你好运，亲爱的伙计。我真诚地希望你能成功完成任务，并且平安归来。"

这两位先生离开的时候，很郑重地同福尔摩斯用力地握了握手。

"我回到别墅里时已经 1 点了。我正准备休息的时候，一声敲门声传来，一名仆人出现在门口，然后把我带到了我的住处。在那里，我终于第一次在莫里亚蒂死后睡了一个安稳觉。"

接下来的日子福尔摩斯过得非常充实，他把自己的全部精力投入到了对西藏和东方文学的研究中，每天都花很长时间仔细阅读西藏的历史，并且边查看地图边做笔记。因为他的伪装身份是斯堪的纳维亚的探险家和自然学家，所以他必须让自己通晓喜马拉雅山地区的动植物群落。不过，具有讽刺意味的是，在此期间，他不但研究了胡克的作品，同时还研究了自己剩下的主要敌人科洛内尔·莫兰。这个恶棍曾经在喜马拉雅地区待了很长时间。晚上，福尔摩斯又开始学习当地特有的文字和语言。他学习的主要教材都来自于天主教传教士的记录，比如奥拉齐奥·德拉·佩纳和列·佩雷·胡克。通过这些记录，福尔摩斯了解到，到西藏旅行是非常危险的。

最近的记录里提供了很多他要去的那个地方的信息：那里的局势现在非常混乱。名义上达赖喇嘛是这个地区的统治者，不过现在有一个摄政者正在行使他的政治权力，这个人叫盖彤拉绒。没有多少人了解这个家伙，据说他是很可怕的一个人，手段残忍，行事凶暴，但他的权力最近好像被削弱了。另外，在布达拉宫里还有一个叫道基夫或者道基洛夫的人，这个人应该就是公使说的那个危险的间谍。和他组成临时同盟的是日本人山本。这两个人似乎想夺取西藏的控制权。

"尽管我们从来没有见过面，但是我在早些年间对这两个特工已经有所了解。"福尔摩斯说，"道基洛夫现在应该五十多岁了，但是他的出身始终还是个谜。他声称自己是蒙古布里亚特人，出生于贝加尔湖东侧的一个叫安宗迟克的地方，曾因谋杀和盗窃被关入乌拉尔地区的一个劳改所。他从那里逃出来后来到了伦敦。华生，你还记得那件悬而未决的塞缪尔·索姆斯爵士谋杀案吗？"

"没错，我记得这起案子。索姆斯是一位富有的利物浦商人，在街头被窃贼刺死……如果我没记错的话，案件就发生在罗素广场。"

"完全正确，华生。其实，这件案子和盗窃一点儿关系都没有。我在调查中发现，道基洛夫是一个俄国特工。他先逃到了纽约，接着，他又逃到了旧金山，然后去了上海，最后从那里逃回了俄国，隐藏在一个库伦的寺庙里，让那些不知情的僧侣们相信了他对佛祖的虔诚，然后在那里研究佛教。在那里剃度之后，他离开俄国，取道蒙古，最终到达西藏，化名贡满拉藏，进入哲蚌寺成为了那里的玄学和哲学权威。在此期间，他多次前往拉萨，并且对那里的摄政者产生了重大影响。后来，他又偷偷返回了莫斯科，成为了一名颇有影响力的宗教老师。道基洛夫在莫斯科的所作所为很快就引起了有着很强迷信观念的沙皇的注意，被召入俄国宫廷。道基洛夫在俄国和西藏都非常出名，被称为道基夫或者道基洛夫，这是一个有些奇怪的略有些俄国化的藏语名字，意思是'雷电之人'。"

我对福尔摩斯向我讲述的一切感到万分惊奇，尽管过去很多年了，他还能记住他的敌人的大量信息。

"对山本先生我了解得不太多。"他继续说，"我第一次知道这个人是在东京警视厅的报告里。在那份报告里，他被形容为一个小偷。他从日本逃到上海后，因为会中文被发展成为日本驻华特工。他曾经与一名他在广州认识的藏族妇女结婚，成为唯一一个既懂中文又懂藏文的日本人，后来，他被派到拉萨，他担任一个贸易代表团的领队。那些年他和道基洛夫狼狈为奸，一直从事着损害帝国利益的事情。很显然，我接受这个委托之后，我们之间将不可避免地产生直接对抗。"

福尔摩斯说到这里，停了一下，在脑海里筛选了一下充斥其中的各种信息，最后说道："华生，与我的两个对手有关的事情太多了。我不想讲得太多让你产生困扰。我只想说一句，即使没有这个秘密任务，为了找到躲在那里的这两个对手，我也愿意到那里走一趟。当然，我这次的主要任务是找到曼宁爵士并搞清楚在他身上到底发生了什么事情。我还要想办法见到那位年长的摄政者，他在西藏还有巨大的权力和影响力。如果我能接近他的话，很希望能和他打打交道。不过他这些年没有接见过任何人，一直隐居在布达拉宫，掌握着西藏的命运。"

说到这里，福尔摩斯停止了讲述。总之，他在佛罗伦萨度过了无忧无虑、心情愉悦的日子，身边有仆人侍奉，而且除了手头上这个，再没有其他的委托。通过长时间的刻苦学习，他掌握了需要掌握的知识，很快就变成了一个东方通。

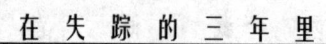

经过艰苦努力的学习之后，福尔摩斯在佛罗伦萨中心火车站，登上了驶往那不勒斯的火车，又从那不勒斯乘另外一列火车到达布林底细，并在清晨时分登上了小型美国货船 SS 唐斯·波特号。晚些时候，他乘船抵达亚历山大港，最终抵达孟买。

这一段旅途很平静，福尔摩斯进一步研究了自己随身携带的记录和文件，其中就有几张曼宁、山本和道基洛夫的照片，用来打发无聊的时光。他仔细地研究了这些人，然后牢记每一处细节。他手头还有达赖喇嘛和他家族的照片，不过没有那位摄政者的照片，在此之前，他不允许任何人给他拍照，所以 D·埃斯特伯爵也没有他的相关资料。但是，在一个家族的合影里，福尔摩斯可以确定，其中有一个人就是摄政者盖彤拉绒。照片里有一个个子很高显得相当憔悴的男人站在被选为达赖的转世灵童的身边。他戴着眼镜，镜片很厚，头发编成辫子盘在头上。照片已经有些褪色而且很模糊，不过福尔摩斯还是能看出来他的容貌有些古怪。福尔摩斯还仔细研究了他从那位意大利人的收藏中找到并且带在身上的详细的拉萨城市地图，把那座城市的街道和标志物的位置牢记在心中。他还绘了一张布达拉宫的详细示意图，将它的外墙、内部走廊和房间的位置记在脑子里，以保证处于危险的情况下能迅速转移。

"我们在孟买靠岸的时候，正好是我离开意大利之后的第三个星期。"他继续说，"三个星期，天啊，这个时候我对客船上的食物已经完全绝望了。同样让我绝望的还有那大量无聊的时间以及同几个令人厌倦的乘客的聊天过程。所以，当我在清晨的薄雾中看到孟买港的时候，我异常开心。这是我第一次到东方旅行，华生，但是我必须告诉你，最初的快乐在很快就转化成了失望。首先让我失望的是这里的建筑风格，到处都充斥着宏伟的纪念碑，孟买似乎正试图变成另外一个伦敦。执政者们想复制一个大都市，但是他们显然搞错了位置，因为这里是西印度的热带雨林。这里的降水量非常大，空气总是潮乎乎的，到处是无法忍受的各种气味，置身于这种环境之中，我突然产生了放弃这次任务的想法。"

福尔摩斯到达孟买之后，首先去拜访了当地官员，但是他们却对福尔摩斯表现出一种漠不关心的态度，并且也没有为他提供帮助的意向。除此之外，总督本人也意外地离开了印度，正在前往缅甸的路上，他要到那里亲自处理一件发生在仰光的危机事件。福尔摩斯决定，独自一人前往拉萨。研究了几条路线之后，他从中选了一条最短的也是曼宁爵士去拉萨时走的路。在藏斯卡，他很幸运地遇到了一群去圣城的克什米尔商人并加入了他们的队伍。

到达拉萨后，福尔摩斯先被带到了一个小旅馆里，外国来宾接受官方接见之前都住在这里。他首先向当地官员递交了一份文件。一名官员礼貌地接受了他的文件之后告诉他，摄政者现在很忙，有时间的时候会亲自批阅他递交的文件。接着，福尔摩斯又要求见曼宁爵士一面，那位官员查看了一份外国访问者的名单之后告诉他，这个人并没有来过拉萨。

在无聊和漫长的等待过程中，福尔摩斯有充足的时间来探索这座城市，同时私下里打听一下曼宁爵士的行踪。这位爵士似乎已经凭空消失了。福尔摩斯在初到拉萨的日子里几乎搜遍了这座古老城市的每一寸土地也没有发现任何线索。

在那里住了两周之后，福尔摩斯遇到了高额沙哈，他是拉萨最成功的商人。同福尔摩斯一同到这里的一个克什米尔商人把他带到了高额沙哈的住处。高额沙哈是来自加德满都的尼瓦尔人，个子不高，但是很整洁，眼睛中充满了睿智和俏皮的气息。他似乎对任何事情和任何人都抱有怀疑态度，不过见到福尔摩斯之后很热情地招待了他，并给他递上了一支稀有的俄国香烟，这一举动让福尔摩斯立刻感觉到了他的善意。当天晚上，高额沙哈在大昭寺附近的房子里开了一场精心准备的奢华沙龙，几乎城市里所有奇怪居民都来参加了。

"华生，你完全可以想象出，这不是一个能让我感觉到志同道合的聚会，如果和我的任务无关的话，我肯定立刻从那里离开。不过，我心里很清楚，高额沙哈的住宅不仅仅是一个喧闹的晚间聚会场所。在那个宽敞而又拥挤的大房间里，在那个全球最偏远的角落，聚集了一大群最危险的犯罪分子和最蹩脚的江湖骗子，还有一群对已知的文明世界感到好奇的人。许多已经从地球其他地方销声匿迹的面孔出现在了那里，他们把自己伪装得十分完美，无论是苏格兰场、法国安全局还是纽约刑事侦查部门都找不到这些家伙的丝毫踪迹。"

我忍不住打断了福尔摩斯。

"你可真幸运，福尔摩斯，"我笑着说，"我记得你对化装术和吹牛皮都挺感兴趣的。"

我们两个人捧腹大笑。

然后，福尔摩斯继续讲述自己的经历。

两周时间过去了，福尔摩斯仍然毫无进展。但是他长期的调查犯罪的经验告诉他，如果自己足够坚韧，某些事情自然就会浮出水面。

然而，就像他在过去调查许多疑难案件时一样，事情突然发生急剧的变化。仅仅用了两天时间他就隐约察觉到了一个模糊的轮廓，了解到了他来之前发生了什么以及自己又将会遇到什么。

一天接近中午的时候，福尔摩斯步行穿过拥挤的闹市到达了城市的外围，这个时候福尔摩斯已经走了两个小时了。但是在接近城墙的时候，一名站岗的哨兵拦住了他。天空中的太阳毒得让人几乎无法忍受下去，因此他在一棵树下坐下来休息。就在这时，一名彪形大汉出现在他的面前，手里拖着一头死牦牛的遗骸，并把它放在了几码之外。一群一直跟在后面的饥饿而又贪婪的野狗冲上去，疯狂地撕咬那具尸体。突然，一大群秃鹰拍打着巨大的翅膀俯冲下来，开始为了争夺尸体而争斗。野狗寡不敌众，狼狈逃走，但也让对方付出了代价。一只秃鹰受到了致命伤，脖子上流出了大量的鲜血。其他秃鹰分食完那头牦牛之后，把贪婪的目光集中到了它们垂死的同伴身上，很快，那只受伤的秃鹰就变成了一堆白骨。

秃鹰飞走之后，福尔摩斯注意到，在那只死秃鹰的爪子上粘着什么东西，在太阳下闪烁着光亮。他走了过去，发现那是一片金属制品。福尔摩斯用力把它扯了下来，仔细看了一下。这是一个黄铜制成的扣子，很明显是英国制造的，上面还连着几条黑线。扣子上面刻着字母 WM，这是威廉·曼宁的名字缩写。福尔摩斯把它放进口袋里，准备以后仔细地研究一下。他向城里返回的时候，目光久久地凝视着布达拉宫，心想，曼宁失踪的秘密很可能就隐藏在那个高墙后面。他做出了一个决定，如果搜寻计划失败的话，就进入那座巨大的宫殿，展开调查。

福尔摩斯回到了旅馆后，仔细研究他发现的那个纽扣。纽扣为什么出现在那个让人毛骨悚然的爪子上呢？他到达拉萨之后，第一次开始为曼宁爵士的生命安全感到担心了。

一直到黄昏，曼宁爵士的命运仍然笼罩在一团迷雾之中。福尔摩斯决定，再去参加一次高额沙哈的社交聚会。他走进那座巨大的房间时，第一次见到了道基洛夫和山本。从福尔摩斯到达拉萨之后，这两个人一直待在哲蚌寺中，最近刚刚返回拉萨。在房间中，灯光微弱，烟雾缭绕，里面坐着一群暗影。高额沙哈为福尔摩斯介绍了他的客人。福尔摩斯注意到，道基洛夫似乎比他记忆中的那位要矮一些，但是看起来和照片上的那个人一模一样。他身上穿着染成中国红的金丝锦缎的长袍，秃头，长着胡须，一双锐利的深色眼睛让他的外貌看起来有些疯狂和邪恶。当高额沙哈向他介绍福尔摩斯的时候，道基洛夫表现得很高兴。他直视着福尔摩斯的眼睛，看样子并没有发现福尔摩斯的真实身份，只是单纯地认为他是一名植物学家。

山本的模样和福尔摩斯记忆中有很大不同。他身材苗条，一举一动都带着一种掌握了忍术或者日本其他会武术的人所特有的微妙动作。不过与他的身体相比，他的头显得有些太大了，厚厚的眼镜和那双大耳朵也让他显得非常怪诞，让他看人的表情显得非常恶毒。法国医生米尔博正在滔滔不绝地讲述着他在拉萨的经历，说他受邀来为达赖喇嘛治病，不过具体是什么病还处于保密阶段。不过，他不太会说英语，所有的话都是用法语说的。这位医生对西藏的生活观察得非常仔细，而且还从摄政者那里获得特权，可以看到一些一般人看不到的事情，包括当地处理尸体的方式和执行死刑的过程。他甚至访问过被他称为"秘密花园"或者是惩戒院的地方，这个地方就位于福尔摩斯那天早晨被警卫拦住的地方的后面。

"在高高的石墙后面，他们在关押他们的笼子里四处徘徊。"他说，"他们的手够不到他们的嘴，而且他们必须依靠人们的施舍才能幸存下来。其中一个人已经接近死亡。在西藏人看来，那个快要死的人罪行特别严重，因为他在给佛像描金的时候使用的是金合金，而不是纯金。在他等死的时候，秃鹰就陪在他旁边，和他一起等待即将降临在他头上的死亡。"

米尔博滔滔不绝地讲述着他的所见所闻，福尔摩斯突然意识到，那个惩戒罪犯的地方很可能就是曼宁现在所在的地方。当米尔博讲述他的经历时，福尔摩斯观察着周围。他注意到，一个非常美丽的女人向米尔博快速走来。这个女人的身材很高，长着长长的乌黑秀发，走得很快。这是一个西藏人，但是她也会说法语和英语。米尔博为大家介绍说，她叫佩玛，是一位西藏北部的安多的公主。她是帕桑的妻子，帕桑是西藏地方政府中的一名王室官员，最近在康巴的战斗中被人杀害。她安静地站在那里，有些紧张并且带着点儿神经质地注意着周围的动静，然后压低声音，突然对福尔摩斯说："他还活着！"

就在这时，山本突然走到了她的身边，公主立刻紧张不安起来。山本紧紧抓住她的胳膊，带着她离开了房间。

其他几名客人也随后告辞离开。这时，福尔摩斯注意到，道基洛夫正在房间的对面盯着他看。发现福尔摩斯看过来，他示意福尔摩斯走到他的身边。道基洛夫身边还站着一个个子不高、脸色蜡黄的男人，长着让人印象深刻的大胡子。福尔摩斯判断，他应该是道基洛夫的帮凶拉斯垂科夫。

"你好，西格森博士，我听说，你是一名自然学家。"

"是的。"福尔摩斯很痛快地回答道，"西藏有很多东西值得研究一下。"

"我只喜欢研究一种生物，人。"道基洛夫边说边笑，"而且我对所有来这里旅行的人都很有兴趣。能介绍一下自己吗，西格森先生？"

福尔摩斯注意到，道基洛夫仔细地倾听和品味着自己说出的每一个字眼，因为他要确认没有对俄国的利益造成威胁的人造访西藏。

"那么，你的主要兴趣是什么？西格森博士，是植物还是动物呢？"

"这两种我都很有兴趣。"福尔摩斯回答道。

"为什么呢？"

"因为我对所有有毒的生物都很感兴趣，喜欢研究它们的毒性，并且研制解药。"

"真有趣，西格森博士。那么，有没有你格外关注的一种有毒生物呢？"

"在西藏有很多这类生物。我在这里看到了到处疯长着的颠茄，还有一种蛛形纲生物已经开始在这里繁衍。"

"那你听说过狼蛇吗？"

"当然听说过。这是一种很致命的生物，不过不是本地物种，是外来物种……是某种爬行动物。"

"啊，那么，你一定对克鲁格的作品很熟悉。"

"的确是这样，我随身携带的几本书里就有他的《施朗根蛇和蛇亚目》。"

"那你一定也知道巩特尔的作品……"

"这我可太熟悉了，我和他一起在伦敦共过事。"

"他是第一个发现……"

"喜马拉雅跨步蛇，这是喜马拉雅地区特有的毒蛇。一位叫梅林的中国伟大的爬虫类学者首先发现了它，它是从蒙古地区蔓延到这里的。"

"你应该知道那个故事……"

"是啊。"福尔摩斯笑着说，"一条眼镜王蛇隐藏在金色的骨灰坛里。这个惊喜实在是太不寻常了！"

"在西藏仍然有一些蛇……"

"对这些蛇的调查就是我的核心研究方向。完成这个研究课题之后，我会送你一本我的作品。"

"如果真能这样的话，那我真是非常荣幸。还有最后一个问题，西格森博士。你熟悉塞巴斯蒂安·莫兰的作品吗？"

"我全方位地了解过他。"福尔摩斯说。

"我也同样如此。"道基洛夫说。

"顺便说一句，"福尔摩斯微笑着说，"我还为你带来了已故的塞缪尔·索姆斯家族的问候，他们一直居住在利物浦……"

听到这句话，道基洛夫的脸色一沉，但是他还没来得及说什么，高额沙哈宣布，摄政者盖彤拉绒已经到了，即将加入这场聚会。听到这话，在场的人都站了起来。两名手持利剑的卫兵首先走了进来，随后出现的就是摄政者本人。在他走过的时候，两侧的人都向他恭敬地鞠躬行礼。

这位西藏最有权势的人走路的速度并不快，举手投足之间从容不迫，他一边走一边向在场的客人轻轻额首，示意他们坐下。除了一身红色的长袍之外，他的身上只有银色和白色的装饰，除此之外，再无其他颜色点缀了。他的个子很高，身材挺拔，和福尔摩斯之前看到的西藏人不同，他很瘦，几乎瘦到了憔悴的地步，因为太瘦了，在他光秃秃的头部可以看到明显的血管，他的脑后垂着一根长长的银色辫子。他与照片上的那张苍老消瘦的面孔比起来显得更老，不过很显然，他们的确是同一个人。虽然他走路的时候步伐坚定，步幅很大，但是福尔摩斯判断，他的年龄起码有八十岁了。最后，他坐到了达赖喇嘛的兄弟姐妹身边，和他们一起玩起了麻将。

几分钟之后，盖彤拉绒示意道基洛夫把福尔摩斯叫到了他的身边，并叫道基洛夫给他俩当翻译。

　　"西格森先生，欢迎你来到拉萨。"摄政者温和地说，"相信你在这里停留的这段时间里会获得非常丰厚的回报。如果你愿意的话，可以长期住在这里。"

　　"我很感谢你的友好和好客。"福尔摩斯回答，"不过我想知道，我什么时候能对布达拉宫进行一次正式的访问。"

　　"我注意到，你好像身负某项特殊的使命。不过，西藏政府已经决定，近期不再接待官方使节，如果有变化的话会另行通知。我们欢迎你留下来继续进行你的科学研究，不过，如果你的活动目的发生变动的话，就立刻会被驱逐出去。"

　　道基洛夫面带微笑地向福尔摩斯翻译了摄政者的话。摄政者的脸上没有一丝多余的表情。福尔摩斯觉得，至少在这一刻他面前的这两个人是站在同一条战线上的。很显然，为了保持西藏的神秘性，这位摄政者已经和这个危险的俄国僧侣展开了合作，目的就是让西藏处于沙皇的保护之下，从而阻止英国势力进入中亚。同时，福尔摩斯也清醒地认识到，西藏现在拒绝与任何英国使者进行交涉，即使是秘密使者也不行，他们只承认自己的科学家的伪装身份，而不承认自己的秘密特使身份。

　　摄政者在和福尔摩斯短暂地见了一面之后就离开了，道基洛夫陪同在他身边。

　　福尔摩斯向东道主道别的时候时间已经过了午夜。

　　高额沙哈微笑着对他说："看来你度过了一个愉快的夜晚。"

　　"是的，今晚我过得很开心。我希望以后还能再来拜访这里。"

　　"这里随时欢迎你，朋友。为了让你安全地回到住处，我让我的仆人送你。"

"我觉得没有这个必要。"福尔摩斯说。

高额沙哈脸上再次露出笑容:"我觉得很有必要。"

高额沙哈吩咐一个强壮的尼泊尔男孩儿护送福尔摩斯回他的住处。这个男孩儿来自尼泊尔中部山区,名字叫普尔纳·拉尔,后来成了福尔摩斯身边不可或缺的一个人。

狭窄的小巷里漆黑一片,伸手不见五指。普尔纳·拉尔走在福尔摩斯前面几英尺的位置,小心地观察着周围的情况。即使在黑暗之中福尔摩斯也能找到路,多年严格的训练让他掌握了这项本领,但是,有一个人陪在身边还是让他很高兴。他们走到小路的尽头时,月光照在他们前方的路面上,福尔摩斯突然看到一个人影从后面抓住了普尔纳·拉尔。他本能地向前跑去,想要帮忙。不过那个男孩儿显然并不需要帮助,迅速地躲开了袭击,同时高高地举起了手臂。福尔摩斯冲过去,一把抓住了他半空中的手。一把巨大的廓尔喀弯刀砍到了地上,没有造成什么伤害。接着,福尔摩斯看到,山本倒在地上,脸上充满了与死神擦肩而过的恐惧。山本企图站起来的时候,福尔摩斯一把抓住他,同时让普尔纳·拉尔用他的围巾把山本的手捆了起来。

"到这边来!"这时,黑暗之中传来了一个声音。

福尔摩斯一转头,看到佩玛公主站在他的身后。福尔摩斯和男孩押着山本跟着她走到小路的尽头,然后拐进了一个狭窄的庭院。接着,他们进入了一座豪华的皇家建筑的大厅里。佩玛公主又带着他们走进了前厅。

"不要放开这个家伙!"她指着山本说,"这是一个应该被处死的卑鄙的谋杀犯!"

"别害怕,夫人,他不可能再给我们找什么麻烦了。"福尔摩斯说。

"这个家伙应该对曼宁现在所处的悲惨处境负责，他就是策划这件事的人之一！"她说。

"这到底是怎么回事？"福尔摩斯连忙问。这是他抵达西藏以来第一次从别人口中听到英国特使曼宁的名字。

"到达这里那天，"她说，"曼宁就住到了我们的附近，他住的是我丈夫的一栋房子。我们是通过商人高额沙哈的介绍认识他的。我们和他非常谈得来，彼此之间相处得非常愉快。一开始，我们根本不知道他是英国政府的特使。渐渐地通过接触，他成了我们的亲密朋友。我丈夫在康巴遇害之后，他一直在安慰我和我的家人。但在你到达这里之前不久，在这个男人的唆使之下，他们逮捕了曼宁并把他关进了惩戒院。他在那里备受折磨，已经在死亡边缘徘徊了。同时，摄政者还颁布了命令，禁止泄露任何曼宁曾经在拉萨出现的消息，甚至连他的名字都不许说，违令者将以死罪论处。我一直暗中贿赂卫兵，让他们偷偷送一些食物给曼宁，但是我始终无法见到他。"

"他为什么会被捕？"

说到这个，这个女人有一丝犹豫，好像接下来的事情让她有些彷徨。"曼宁渐渐喜欢上了我。"她最终还是艰难地说，"但是，他没有向我表达过爱意。我丈夫去世之后他给了我极大的安慰，过了一段时间，他向我暗示了他对我的爱意，希望我能嫁给他并且跟他一起离开西藏。之前，没有任何一个西藏贵族妇女嫁给过外国人，所以我拒绝了他。山本从一个品行恶劣的仆人那里知道了这件事，这个仆人偶然偷听到了我们的谈话。很快，这件事变得人尽皆知，甚至连摄政者都没有把那些流言蜚语压下去。我的家族保护了我，让我没有受到伤害，但是曼宁却被关进了监狱里，接着，又被关在一个铁笼子里送进了惩戒院。现在他还被关

在那里。我的仆人告诉我，除非有人喂他，否则他既无法进食也无法喝水，已经在死亡边缘徘徊了。他被谩骂、殴打、虐待，现在已经接近崩溃了。"

一边的山本突然情绪激动地吼道："那个曼宁是英国的间谍，他罪有应得！你也是英国间谍。"他对福尔摩斯咆哮道，同时徒劳地试图从普尔纳·拉尔手中挣脱出来。

"你可没有资格说这样的话，亲爱的山本先生。"福尔摩斯冷笑道，"除了为日本政府从事间谍工作，你在此之前的历史也不怎么光彩，甚至比现在的职业更加肮脏。你非要让我提醒你吗？你还记不记得自己在上海的中村事件中扮演了什么角色？还有时间近一点儿的，比如说在广州暗杀陈将军的那个阴谋？"

"你……你是怎么知道这一切的？你到底是谁？你根本不是自然学家，不，你压根儿就不是斯堪的纳维亚人！"

"我是谁和你一点儿关系没有，不过我倒是打算在曼宁事件结束之后把你移交给中国政府。普尔纳·拉尔，看好这个家伙。我现在必须离开了，具体回来的时间未定。如果我明天早晨还没回来的话，你就把这个家伙和这封信一起带到中国办事大臣的办公室去。"

福尔摩斯匆匆忙忙地写了一个便条，介绍了山本的真实身份，把它交给了佩玛公主，然后说："我们现在没有任何时间可以浪费了。现在请你带我去见曼宁爵士。"

"请跟我来。"佩玛说，"我现在就带你去，但要先贿赂士兵。希望我们见到他的时候他还活着。"

他们很快就到了福尔摩斯之前被士兵拦住的那个地方，他就是在这个地方目击了野狗和秃鹰之间的打斗。高墙的另一侧就是米尔博医生称为惩戒院的地方。当清晨第一缕阳光照亮大地的时候，福尔摩斯来到了西藏人惩罚罪犯的地方。公主给了卫兵队长一些卢比，两个人顺利地通过了大门。

"我必须告诉你，华生，在那以前我经历过很多可怕的事情，但是，从来没有任何一个地方像那里一样让我格外讨厌。那里施加于囚犯的刑罚最原始也最残忍，就像米尔博描述的那样，能让人回想起中世纪欧洲的那些残酷的刑罚。这里并没有围墙困住囚犯，大多数囚犯都被戴上限制行动的刑具，要么戴着脚镣，要么被绑在刑架上，或者被关在笼子里，不但要遭受严刑折磨，而且每天只能吃一次饭，每次只有一点儿可怜的食物。"

佩玛公主带着福尔摩斯径直走向一棵大树下的一个人。那个人的整个上半身，包括头部，都套在一个铁笼子里，头上还盖着黑色的头巾。看到他这个样子，佩玛失声痛哭，福尔摩斯拉住她不让她过去，自己走过去掀开了那个人的头巾。那个人的情况非常糟糕，身体枯瘦，甚至连眼睛都突出来了。福尔摩斯毫不费力就把他从笼子里解脱出来。那个人重重地倒在了地上。他已经死了。

福尔摩斯对那个人进行了彻底检查。他刚死亡了一小会儿，身上还残留有温度。毫无疑问，这的确是个欧洲人，但是他太瘦弱了而且身上遍布伤痕，几乎无法辨认出他的容貌。他外面穿着西藏人的衣服，但里面却是一件英国大衣，大衣上的一个纽扣已经没有了。福尔摩斯仔细观察了一下衣服上剩余的纽扣，和他从秃鹰爪子上找到的那个一样。

"那时候，我只确定了两件事，华生，第一，那个人已经死了，第二，他绝不是曼宁！我立即带着仍在悲伤哭泣的佩玛公主离开了那里，并在天大亮之前回到了她的房子。山本已经睡着了，但普尔纳·拉尔仍在死死地盯着他。"

讲到这里，福尔摩斯坐回到他的椅子上。我趁此机会提出了我的问题。

"这个故事听起来太离奇了，亲爱的福尔摩斯先生，但是到目前为止还笼罩在重重迷雾中，甚至整个事情让我更加困惑了。到目前为止，你已经抓住了一名主犯，但是这个家伙只是一个普通的流氓，和道基洛夫完全没有可比性。现在笼罩在威廉·曼宁爵士身上的谜团反而更加复杂了。一个西藏女人带你去看了一个死去的男人，那个人并不是曼宁，但那个西藏女人却把他当成了曼宁。如果她认为那个人是曼宁的话，其他人想必也会这么认为，甚至连道基洛夫都会被骗过去。在那之前，除了照片，你从来没有见过曼宁，你到底是怎么判断那个人不是曼宁的呢？"

"其实很简单，亲爱的华生。你知道，我是一个人类面容学专家。你应该记得，我在意大利的时候看到过所有和我要执行的任务有关系的人的照片。尽管那个死去的男人面容憔悴，表面上和曼宁有几分相似，这种假象可能会欺骗一个外行人，但是不可能骗过我这样一个受过专门训练的专业人士，尤其是我还专门对面容学做过认真研究。那个死人被扔在那里，其实是为了制造假象，不仅要骗过我，而且还要骗过道基洛夫。那么，究竟是谁要这么做呢？还有，真的曼宁到底在什么地方？我当时不知道这两个问题的答案，但却可以确认两个事实：第一，曼宁还活着；第二，那个深爱着曼宁的佩玛并不知道他还活着，而是把那个死人当成了曼宁。她把我带到那个地方，就是相信我能找到曼宁。但是很显然，曼宁之前已经被人从笼子里转移了，换进去的是另外一个人，目的就是制造假象，欺骗曼宁深爱的那个女人。"

"那么，那个死了的家伙是什么人呢？"

"和刚才那些谜团比起来，华生，你的这个问题比较容易解答。那个倒霉的家伙叫萨克维尔·格兰姆斯，是一名纵火犯，一个身遭不测但又罪有应得的恶棍。他之所以被卷进这件事情中来，仅仅因为他也是一个英国人，很适合代替曼宁。他和曼宁有几分相像，虽然辨认起来有些困难，但我可以断定那就是他。我知道他那罪恶的职业生涯，我一点儿也不因他的不幸遭遇感到伤心。"

"我必须告诉你，福尔摩斯，整件事让我感到匪夷所思。我觉得，幕后操纵这件事的人很可能是曼宁本人或者他的某位未知的盟友。"

"分析得不错嘛，华生。你的推测还是有点儿道理的。我现在有点儿后悔了，那个时候我把你带在身边就好了。"

"我可帮不上什么忙，亲爱的福尔摩斯，除了偶尔能给你鼓鼓劲儿或者干点儿体力活，其他什么也干不了。我能做的只有这些。"我说。

"这可不是什么小事，那时候我需要的就是这个，因为我要把自己的方法用在一个完全不同的地方，以前是在伦敦，可那里是拉萨。在拉萨我没有可以交流的人，因此我常用的那些方法面临着最大的考验，在似乎到处充满敌意的环境里，我不得不绞尽脑汁寻找破局的办法。我的首要任务是找到曼宁或者搞明白在他身上究竟发生了什么事。那么，什么线索能让我推断出他现在的命运呢？"

"如果让我评价的话，这个问题够复杂的，亲爱的福尔摩斯。"我说。

"是的，华生，不过当我换位思考，把自己放到曼宁所处的那个孤立无援的位置上时，我立刻意识到，曼宁必须在其他人的

帮助下才能摆脱残酷的命运。华生，虽然我当时处于一个完全陌生的环境，感觉到自己是个外来者，与这个地方完全格格不入，但是我认为，在西藏还是有人倾向于英国的。"

福尔摩斯想起了那个加德满都的矮个子商人高额沙哈，觉得这个人可能会为他提供帮助并为他提供一些必要的线索。当时，天已经渐渐亮了，佩玛公主已经去休息了。让普尔纳·拉尔把山本带到了中国办事大臣的住处之后，福尔摩斯去了高额沙哈的住处。他到达那里的时候，高额沙哈正在和助手普什卡尔检查这几天的账目。

看到福尔摩斯，高额沙哈抬起头，对他说："来一起喝杯茶吧。"

"我需要你的帮助。"福尔摩斯直截了当地说，"我必须找到曼宁。"

"喝茶十分钟就够了。"高额沙哈说。

尽管口音很重，但是高额沙哈的英语还算过得去。他的母语是尼瓦里语，在拉萨的尼泊尔商人大多都使用这种语言。

他们两个人坐在那里小口抿着印度的高劳姆沙伊茶，这让福尔摩斯有一种彻底放松下来的感觉。喝完茶之后，高额沙哈站起身来，对福尔摩斯说了一句："跟我来吧。"

福尔摩斯跟着他走过一条长长的走廊，最后来到了一个小院子里。院子的左侧有一座巨大的石雕佛像。高额沙哈把他带到佛像后面，佛像后面的墙壁上有一扇小门。高额沙哈打开了那扇门，弯腰钻了进去，福尔摩斯跟在他的身后。穿过门之后，他们直起身来，置身于一个不大但是很舒适的房间里。面容憔悴而消瘦的威廉·曼宁爵士坐在房间的最里面。福尔摩斯回过头，惊喜而又感激地看着高额沙哈。高额沙哈微微一笑，退出了房间。

"威廉爵士，"福尔摩斯说，"找到你可真不容易。之前我几乎以为你已经死了。我这里有一封来自伦敦的信，上面详细解释了我是什么人以及我为什么来这里。"

曼宁急忙打开信，匆匆阅读起来。在他看信的时候，福尔摩斯注意到，他脸上的表情慢慢放松了一些，更自然了一点儿。

"福尔摩斯先生，"他看完信之后说，"感谢你追着我的脚步来到了这里。我不得不遗憾地告诉你，我肩负的使命到目前为止已经完全失败了。不过幸运的是，起码我还活着，感谢上帝的眷顾，不过我想，我应该离开这里了。我根本就没有见到摄政者，但是他已经同意我秘密离开这里，条件是，我不能向外界透露我曾经来过这里的消息，而且永远不能再回到西藏来。"

"不过，他并没有禁止你和我说话吧？"

"事实上，我也没什么可说的。一年之前，我到达这里之后，一个布达拉宫的官员接见了我。他把我带到了我的住处后，我把一份文件交给了他，然后又向总督发了一条平安抵达的消息，接着，我和外界的联系就被彻底地切断了。日子一天天过去了，我没有得到任何召见。虽然我被照顾得很好，但是也受到了很严密的监视，甚至有一名卫兵就在我住的房子前面站岗，监视着我的一举一动。我虽然抗议了好几次，但是得到的都是敷衍的消息。有人告诉我摄政者会见我的，可是我从来没有等到这一天。四个月之后，我开始变得焦躁不安，甚至有点儿暴躁易怒。有一次，我甚至未经允许冲进了一个高级僧侣的办公室，请求他的帮助。我在那里猛拍桌子并且大声咆哮，让那名僧侣很难堪，并且露出了尴尬的笑容。除此之外，我一无所获。

"我到达这里不久之后，认识了佩玛公主，我一见到她就彻

底地迷恋上了她。可是，她已经结婚了。无奈之下，我只得把对
她的爱埋藏在内心深处。她有一个让我尊敬的丈夫，一个勇敢的
男人。后来，她丈夫不幸死于一场发生在康巴的战争之中。佩玛
知道这个消息之后悲痛欲绝。我尽自己最大的可能安慰她。久而
久之，我们俩之间发生了亲密的关系。然而，我们俩都没料到，
山本从我到达这里的那一刻一直在监视我。知道了我和佩玛之间
的事情之后，他把这个消息告诉了道基洛夫。他们最终用这个为
借口逮捕了我。我先在布达拉宫的地下监狱被监禁了两个月，然
后又被送进了惩戒院，让我在那里等死。他们给我的胳膊上戴上
了木枷，头上戴上铁笼。佩玛想见我并且尝试恢复我的自由，但
是没有任何作用。知道我来此地的目的后，道基洛夫想要把我置
于死地，以破坏西藏地方政府和我国政府之间的关系。尽管佩玛
被禁止进入惩戒院，但是在一天夜里，她还是偷偷地溜了进去。
当时我已经被疼痛和饥饿折磨得几乎精神错乱了，我只记得我最
后和她的道别，然后就失去了知觉。我再次恢复知觉的时候，已
经躺在这个房间里了。在高额沙哈的帮助和照顾下，我的身体逐
渐恢复。现在我接到了一封让我尽快离开这里的书面命令，这是
唯一的官方承认我执行过这次任务的书面文件，也意味着我这次
行动已经彻底失败了。"

　　福尔摩斯极感兴趣地听完了曼宁的叙述，然后从口袋里把那
个从秃鹰爪子上解下来的铜纽扣掏了出来，递给了曼宁。

　　"这个是你的吧？"他问。

　　曼宁好奇地看了那个纽扣一阵，然后说："不，这不是我的，
尽管这上面有我的名字的缩写。我从来没见过这样的东西。"

　　福尔摩斯心中暗笑，因为他第一次看到这个铜纽扣时产生的
想法现在得到了印证：曼宁并不是这起事件的主角，也不是什么

重要演员。他可能只是一个受害者，像很多其他人一样，只是棋盘上的一颗棋子，命运被操纵在别人手中。福尔摩斯猜测到西藏可能正在发生什么的时候，心中充满了对那些人的嘲讽。

福尔摩斯向曼宁道别后，返回了高额沙哈的住处。福尔摩斯告诉高额沙哈，自己决定当天晚上进入布达拉宫，面对面地和那名摄政者谈一谈。高额沙哈先是疑惑地看着他，随后一笑，对他说："你很聪明，看来你猜到了不少事情。"

福尔摩斯详细地说明了自己的计划之后，高额沙哈露齿一笑，接着表情严肃地告诉了福尔摩斯了一条可以进入那里又不会被人发现的路线。在此之前，高额沙哈曾经多次应官员的邀请在夜晚进入布达拉宫，所以他对那座建筑很熟悉。他告诉福尔摩斯，布达拉宫虽然戒备森严，但绝不是固若金汤。午夜之后，卫兵通常都会偷着打盹儿，而且那些守在北面入口处的卫兵最懒。那时候，福尔摩斯可以伪装成一名僧侣从北面混进去，进去之后任凭他怎么在里面乱闯都不会有什么问题，因为里面的卫兵很少，巡逻队每隔两个小时才巡逻一次。他和福尔摩斯一起研究了宫殿的整体布局以及达赖喇嘛和摄政者居住的位置。然后，他向福尔摩斯承诺，他会提供给福尔摩斯伪装所需用品，包括一身适合他身材的僧侣长袍。说完之后，他从桌子抽屉里拿出来一把金色的刀。

"你带上这个，贴身放好。你可能会用得着它……"

福尔摩斯感激地接过那把刀，因为他没有携带任何武器，遭到攻击的时候这把刀起码可以用来防身。

"你见到摄政者的时候就把这把刀给他看。"高额沙哈对福尔摩斯说。

　　夜深人静的时候，福尔摩斯走出高额沙哈的住所，快速穿过拉萨漆黑一片的街道，来到了布达拉宫前。他从西面的墙摸索着到了北面后，看到一条狭窄的石头台阶一直通往这座高大建筑物的大门。黑暗中，他依稀可以看到一个无人把守的入口。福尔摩斯以最快速度悄无声息地冲上去。让他感到高兴的是，入口的门并没有锁。门后面是一条昏暗的走廊，走廊一侧的墙壁上隔很远才亮着一盏油灯。一个默念着经文的僧人走过去，但他的注意力都集中在念诵经文上，丝毫没有注意到周围的情况。福尔摩斯判断，自己此时就在达赖喇嘛的住处附近。高额沙哈之前告诉福尔摩斯，摄政者的住处就在诵经房后面的第二个门里，摄政者通常一个人睡在那里，没有卫兵。

　　福尔摩斯悄悄地来到了摄政者房间的门前。他打开门，看到西藏的摄政者盖彤拉绒坐在写字台前。在昏暗的灯光下，摄政者坐在那里，表情异常冷漠地盯着福尔摩斯。

　　"做得不错，莫克罗夫特。"福尔摩斯故意用英语缓慢地说，"你扮演的角色非常成功。这么多年来，我们竟然不知道英国在西藏竟然有一个地位这么高的朋友。"

　　摄政者没有任何回应，镇静自如，有那么一刻，福尔摩斯甚至怀疑自己的推理出现了错误。这个老男人的脸上慢慢地露出了微笑。福尔摩斯能够看到，他的嘴唇略显迟疑地张开，想要发出几个音节，就好像他要说的语言已经好几十年没有用过了。福尔摩斯把那把金刀掏了出来，扔在了两个人中间的地板上。

　　"你到底是谁？"摄政者缓缓地问，发音很标准，但是口音听起来显得非常遥远，福尔摩斯仿佛听到了半个世纪之前的声音。

　　"我是谁其实并不重要。不过，如果你一定要知道的话，我的名字是夏洛克·福尔摩斯。我的任务是什么，你应该知道得很清楚。"

"夏洛克·福尔摩斯已经死了!"摄政者说道。

"眼见为实,耳听为虚,先生。不过这确实很有趣,我实在是没想到,我死了的消息竟然连西藏这么偏远的地方都知道了。而且这里还有两件有趣的事情,像你这样一个被宣称已经死了很多年的人,竟然也相信这件事。这件事真是太古怪了,我们两个英国人成功地制造了自己的死亡假象,让全世界都以为我们俩已经从这个世界上消失了,可是现在却相遇在布达拉宫里。"

"这的确是一个古怪的巧合。"他略微有些不知所措地说,"尽管我已经宣称死了几乎五十年了,比你的岁数还要大些。你还要打算维持这个假死的状态多久?"

"假如我们彼此之间达成默契,不揭露彼此的话,我想无限期地隐瞒我还活着的消息,至少要等到我把世界上其他几个罪魁祸首干掉为止,其中有好几个是我的仇敌,他们对我恨之入骨,恨不得让我立刻就去见上帝。还有少数几个正在你这里避难,这些你应该都知道。"

"我当然知道那些罪犯的存在,而且觉得他们很讨厌。不过对于你,我会一直沉默下去。你可以继续做你的西格森先生,在西藏想待多久就待多久。而且我在各个方面都会给你适当的帮助。我其实对于那些从美洲和欧洲流窜到西藏的乌合之众的印象非常不好,而且还做了一点儿手脚,阻止他们溜进来。不过,在有些情况下,我发现他们还有存在的价值。"他微笑着说完这一番话。

"比如说萨克维尔·格兰姆斯。"福尔摩斯说。

"当然包括萨克维尔·格兰姆斯。还有道基洛夫和山本,他们是俄国人和日本人的间谍,隐瞒了自己的身份。"他停了一会儿，继续说，"当然，我也在伪装自己，但是我在这待的时间太久了，当初的伪装已经彻底变成了现在的现实。我停留在这里的时候，被一些事情强行卷入到了西藏的政局当中。我不想逃避落在我肩上的责任。不过，等现任的达赖喇嘛成年之后，我的职责也就结束了。尽管这些年来我一直在努力，但很可能是徒劳的，俄国人和日本人都盯上了这里，还有很多其他的势力对这里虎视眈眈。不过，你到底是怎么知道我的身份的？几乎没有人知道我的真实身份，所以，你应该是自己推断出来的。"

"我最擅长的就是从最微小的事件里找到不同寻常的线索。"福尔摩斯说，然后从口袋里拿出了那个从秃鹰爪子上找到的纽扣，把它交给了摄政者。

"啊！"摄政者惊呼了一声，"这是我犯的一个错误。不过，当时我认为这么做还是很有必要的。但是，我现在还是想听听你究竟从这上面看到了什么。"

福尔摩斯叙述到这里，走到他的桌子前，拿出了那个纽扣，把它递给了我。

"这本身就已经很说明问题了。"福尔摩斯和摄政者说，"我的理论建立在细致入微的观察上。这个纽扣本身平淡无奇，没有什么特别的，纽扣上刻着威廉·曼宁的名字缩写。但是仔细检查留在上面的小线头及其有些过时的外观之后，我确定，这枚纽扣和缝着这枚纽扣的外套是本世纪早期生产的。仔细看的话还可以在纽扣内侧发现生产纽扣的罗斯林公司的商标，这个公司已经消失了几十年了。如果这是曼宁的夹克，那他的穿着未免有点儿过时，这和我听到的有关他的线索大不相同。当我看到这件外套被穿在死掉了的萨克维尔·格兰姆斯身上的时候，我发现了问题。对那些以为萨克维尔·格兰姆斯就是曼宁的人来说，这件外套正好可以帮助他们确认这个死人的身份。到底是谁以这种方式巧妙地处理了这件事情？谁又有能力这么做？谁可能会有这样的一件外套？假设那个人就是摄政者本人呢？假设摄政者不希望看到曼宁死亡，而只是想把他赶走呢？假设摄政者就是那个为了让曼宁脱离死亡的威胁，让人将外套穿在垂死的萨克维尔·格兰姆斯身上，把他伪装成曼宁的人呢？"说到这里，福尔摩斯停了一下，然后语气缓慢地继续说，"假如摄政者是一个英国人呢？这是一个极为荒谬的想法吗？这个想法的确有些荒谬，但却恰恰是事实。那么，谁又可能是那个英国人呢？历史上谁的名字和这个纽扣上的缩写字母吻合呢？这时，早期的探险家莫克罗夫特出现在我的脑海里。著名的法国僧侣和旅行家列·佩雷·于克曾在日记里简单地提到过他：'莫克罗夫特离开西藏的时候死了。'我们知道的仅仅是这些……我只是突然产生了灵感，然后用推理把这些线索串联到一起，剩下的就很简单了……"

"可以了……"摄政者说，"很好，福尔摩斯。我终于知道你为什么出名了。如果你一定想知道那件外套是谁的，我可以告诉你，那是我父亲威廉·莫克罗夫特的，而不是我的。我离开西藏的时候并没有死。我把克莱门特·莫克罗夫特的身份文件放到了一个去世的朋友的尸体上后，乔装打扮，混在达尔马·拉特纳带领的一队商人中再次潜入了西藏。达尔马是高额沙哈的父亲，他把这把刀从杀害我父亲的刺客法鲁克的尸体上取下来后交给了我。后来，我把这把刀作为我们之间友谊的象征给了他的儿子高额沙哈，他也成了我的知己好友。我成了一个西藏人之后一直待在这里。"

摄政者摇了一下铃铛。两个卫兵推开房门，抬进来一个人，这个人被五花大绑并且被堵住了嘴巴。借着屋里的微弱光线，福尔摩斯认出了这个人正是道基洛夫。

摄政者走到道基洛夫身边，把他嘴里的东西掏了出来，用尽全力给了他一耳光。

"这些年来，你已经把我的耐心彻底耗尽了，道基洛夫。"摄政者用藏语说，"我让你留在我这里，容忍你的残忍和愚蠢行为。只要能帮我实现我的远大目标，这些我都可以容忍。但你现在没用了。现在，你立刻给我滚出西藏。我已经安排人把你一直送到俄国边境去。从那里给我滚出去，不许再回来了，否则，你就只有死路一条。"

道基洛夫一边挣扎一边不停地胡言乱语，被带走的时候仍用恶毒的目光死死地盯着福尔摩斯。从那以后，福尔摩斯再也没有见过这个俄国人，后来偶然听说，道基洛夫被驱逐之后曾企图再一次潜入西藏，却被卫兵发现并当场被处死。

"福尔摩斯先生……"处理完这一切之后，摄政者对福尔摩斯说，"我想，考虑到这里的政治复杂性，我们以后还是减少接触比较好，这样对我们两个人都有好处。你想在这里待多久都可以，我可以为你提供一切便利，你可以继续你的生物学和动物学研究，顺便为我们清理一下那些为非作歹的避难者。"

"没有问题。我们可以通过我们在拉萨共同的朋友保持联系。"

"高额沙哈吗?"他问。

"对，就是他，"福尔摩斯说，"高额沙哈。"

讲到这里，福尔摩斯停了下来，把自己的烟斗点燃。

"这个故事非常引人入胜，福尔摩斯。"

"事实上，在那之后还发生了一些事情。威廉·曼宁爵士和西藏的佩玛公主后来离开了那里，现在在伦敦定居。我偶尔还能

见到他们。山本被中国政府投进了监狱，据我所知，他后来死在
了上海的监狱里。遗憾的是，道基洛夫的帮凶拉斯垂科夫逃走
了，这让我有些郁闷。以后我再遇到他，会让他知道我的厉害
的。我在拉萨又待了将近两年时间，并把几个其他罪犯送进了监
狱。然后，我结束了我的东方之旅，最终踏上了归途。回来之
前，我得到了一个让我有些伤感的消息：摄政者去世了。"

"你对莫克罗夫特了解多少，福尔摩斯？这个英国人是如何
成为西藏摄政者的？"

听到我的问题，福尔摩斯走到他的书桌前，从一个抽屉里拿
出来一本看起来很旧的笔记本。

"你可以看看这个，亲爱的华生。这是莫克罗夫特自己写的
他在西藏的经历，在我离开之前他把这个交给了我。这里面写的
事情会让你感兴趣的，你会发现，他是一个十分了不起的英
国人。"

我解开笔记本外面系着的一根白色的细绳，翻开笔记本。
上面的记录是这样的：

克莱门特·莫克罗夫特日记

在我八十五岁的时候，我，盖形拉绒，西藏的摄政
者，亲笔写下这些文字，为那些对我感兴趣的人提供一
份关于我人生的简单叙述。我把这份文稿送给我的朋友
哈尔佛·西格森，从此这份文件归他所有。我授权他在
我死后可以以任何形式予以出版，唯一的条件是，这些
文件的出版不能对西藏人民造成任何伤害。

我的人生可以说是漫长的，尽管它并没有起步于这

片古老的土地上，但是这片古老的土地仍然容纳了我大部分的人生。我发现，过了这么多年之后我竟然对英语感到极为陌生，因为我已经很长时间没有听到和使用过我的母语了，所以在写日记的时候，我的手竟然在轻轻颤抖，不仅因为我的身体已经衰老了，也因为我的思维也变得迟缓。

我出生于 1810 年，我父亲叫威廉·莫克罗夫特，我是他的独子。我父亲是一名康沃尔的水手，我妈妈名叫简。我父亲和母亲是堂兄妹，但是他们的相貌并没有什么共同之处。我出生时，我父亲二十一岁，母亲在我出生不久就去世了，于是，他把我寄养在我母亲的姐姐也就是我的姨妈那里。我姨妈住在伦敦，我被姨妈照顾得很好，所以，我就像爱我的父母一样爱着我的姨妈和姨夫。

通过我的姨妈，我知道了一些关于我母亲的事情。据说她是一个高个子、深色皮肤的英国美人，有着橄榄色的皮肤和长长的黑色头发，她经常喜欢把头发编成一条长长的辫子，把它紧紧地盘在自己的头上。据说我在很多地方都和她很像。我的姨妈记得，我出生的时候也是满头的黑发，和我母亲一样。

我五岁之前很少见到我父亲，因为作为一名水手他总是在海上漂泊。后来我知道，他是为了摆脱我母亲去世引起的悲伤才一直不停地漂泊。不过只要一有时间他就来看我，我总是满怀喜悦地期待着他的到来，因为他来看我的时候，我们常一起在城市里散步，我累了，他就会抱着我。

在我八岁的时候，我父亲带着我登上了一艘驶向美洲的护卫舰。

我们的船接近北美大陆的时候，空气中充满了松树的芳香，太阳也从乌云后面露出了笑脸。我们在波士顿靠岸，并且在第二天上了岸。我们在那里待了三周时间，接着又向南到达了纽约。在那里，我父亲决定留在美国，不再回英格兰了。然而，仅仅几个月之后，城市的生活让他有些厌倦了，他决定再到美国其他地方去碰碰运气。我们乘船一路向西，途经宾夕法尼亚州、俄亥俄州、伊利诺伊州，最后到达加利福尼亚。我的父亲在这里成了一名牧场工人，给一名富裕的绅士放了一年的牛。但是我父亲对于大海的渴望一直没有冷却。在美国居住的四年时间里，为了维持生计，我们一直在辛苦地工作，累得筋疲力尽。后来，他再一次带着我乘船穿越太平洋，先后在日本、中国停留。最后，我们从香港出发，途经澳门，然后去了新加坡，在那里，他受雇于一家驶往英格兰的船。

那时，我十二岁，我的父亲三十二岁。我们两个人之间的关系既是父子又是兄弟，异常亲密。这时，父亲决定让我上学，想把我寄养在我姨妈那里，给我请一个家庭老师，让我接受良好的教育。我告诉他，如果他不陪在我身边的话，我绝不留下来。无奈之下，他留下来陪了我一年时间，我学习了英语、希腊语、拉丁语和数学。

在这期间，我父亲结识了波斯商人巴扎米。由于我父亲有丰富的航海经验，他为我的父亲提供了一个收入丰厚的职位，让他担任自己常驻伦敦代表。不过，我父亲必须先去波斯大不里士的办公室工作一段时间。因为比较危险，我父亲并不想把我带去，我们争吵了一周之后，他终于同意把我带在身边。几天之后，我们踏上了去往大不里士的旅途。

巴扎米先生为我们准备得很充分。我们被安排进一套宽大舒适的大房子里，外面还有漂亮的花园。巴扎米先生还为我请了一名当地的家庭教师，这样，一段时间之后，我就可以流利地用波斯语交流了。

我们到那里一年之后，巴扎米先生并没有安排我们回英格兰，而是问我父亲能不能接受一个孟买的职务。尽管有些不太情愿，但是考虑到巴扎米先生给我们的恩惠，我父亲还是同意了。几周之后，我们前往印度，并于三周后到达印度。在这里，我们再次受到了很好的接待，巴扎米先生的代理人尽可能地为我们提供了帮助。

到达印度不久，我走上了一条与众不同的人生道路。一开始，我们加入了一个接近完成的商业项目。我父亲负责同印度北部尤其是克什米尔地区的商人建立联系。一天，我们乘坐一列拥挤的火车前往克什米尔的首都斯利那加。路上，我们遭到了一伙强盗的袭击，我的父亲被当场杀害，我严重受伤。当时发生了什么，我已经什么不记得了，只记得自己的脑袋狠狠地挨了一下，眼前一黑就昏了过去。后来，一群返回克什米尔的商人救了我并把我父亲的遗体运到了斯利那加，把他埋在一个专门埋葬英国人的墓地里。我遇袭之后的一个月一直严重失忆，最后在一个商人的家庭的帮助下恢复了健康。我康复之后，那位商人告诉了我事情的经过并告诉我，袭击我们的是克什米尔地区最凶残的法鲁克·阿卜杜拉团伙。

当时，我发誓要报仇雪恨。如果不能让杀害我父亲的凶手受到应有的惩罚，我将永远无法安下心来。因此，为了找到那些杀人强盗，我怀着仇恨之心留在了克什米尔。那时我十四岁，身体已经十分强壮。我把我们的遭遇告诉了巴扎米先生。巴扎米先生试图说服我回波斯，但是我毫不犹豫地拒绝了，然后把我父亲的工资和一大笔抚恤金汇到了一家印度银行，准备利用这些钱执行我的复仇计划，追查那伙强盗。

法鲁克团伙烧杀抢掠，遭军队剿灭，逃进了山区，从此销声匿迹。我在克什米尔毫无作为地等了一年之后，决定和我的克什米尔朋友一起去拉萨旅行。那时候，我除了会说波斯语之外还会说一些克什米尔语。

我在西藏一直住在一个叫葛绒的西藏人家里，生活了五年之后，我决定返回印度。我心中还有无尽的仇恨，为我惨死的父亲报仇的念头一直在折磨着我。一天，我向葛绒坦白了我的想法。他对我苦苦相劝，试图让我放弃这个想法，但是我根本做不到。我决定先返回拉萨，然后再决定下一步如何去做。在我离开之前，葛绒赠送给我一把金色手柄的刀，作为我们之间友谊的见证。

我到达拉萨的时候，听说法鲁克的强盗团伙在印度袭击了一个商队后，在英国军队的穷追不舍下逃入了西藏，盘踞在古城古格附近。

　　我立刻离开拉萨前往古格。我跟着一个商队一路西行。商队领队是一个富有的拉达克商人，他雇了一支荷枪实弹的卫队来保护他们的安全。我们在古格附近露营的时候，遭到了强盗的袭击。我们奋力反击，击毙了大部分歹徒，法鲁克也在战斗中被受惊的马匹掀翻在地。他蹒跚着爬了起来，试图集合自己的队伍。我立刻向他冲了过去，当时我身上唯一的武器就是那把金刀。我们两个人之间发生了激烈的搏斗，最终，我用力把刀插进了他的胸膛。他惨叫了一声，倒地而亡。

　　激烈的搏斗之后，我也耗尽力气昏了过去。我醒来的时候，发现自己躺在一群死人中间。法鲁克死不瞑目，眼睛睁得大大的，似乎在傍晚昏暗的光线中盯着我，脸上似乎带着痛苦和嘲讽。我究竟做了些什么？为了复仇，我杀了这个家伙，但是他直到死都挑衅地盯着我。他临死都不知道我是什么人，如果他知道了还会这样吗？我试图安慰自己，我为世界除了一害，杀了一个恶魔，但是当夜幕降临之时，我感觉异常空虚，并且觉得自己如此疯狂复仇毫无意义。毫无意义的仇恨几乎耗尽了我的青春岁月。

　　我又昏昏沉沉地睡了过去。清晨醒来的时候，我的头脑异常清晰，我父亲去世之后我的头脑第一次这样清晰。我决定和我的青年时代彻底告别，不再返回印度、波斯或者欧洲了。我要将我的余生留在西藏。克莱门特·莫克罗夫特，这个名字最近十年已经褪色了很多，没几个人还能记住它了。我把我的身份证明放在了一个同我的身高差不多并且尸体严重损害的盗贼的外套里，

然后转向东方，步行走向拉萨，准备在那里开始我作为
西藏人的全新人生。

我到达拉萨之后，在街上偶然听到了年轻的英国人
克莱门特·莫克罗夫特死亡的消息。一个拉萨商队发现
了他的尸体和身份文件，把那把金刀交给了我，把其他
东西交给了追击法鲁克盗贼团伙进入西藏的英国军官科
洛内尔·吉莱斯皮。那之后，我返回了安多，只有那里
的人知道我之前的身份。

尽管我离开这里只有一个月，可是一场可怕的灾难
彻底改变了这里。一场可怕的霍乱扫荡了整个村子，大
部分的村民因此死亡，我的朋友葛绒也没能逃过这场劫
难，留下了他的妻子和儿子帕桑。我找到他们的时候，
他们十分虚弱，濒临死亡。我花了好几天的时间把他们
从死亡边缘拉了回来，又用了一周的时间精心照顾他
们，让他们恢复了身体，彻底地脱离了危险。

我成功地救活了帕桑和他的母亲后，决定留下来治
疗其他在这场瘟疫中幸存下来的人。那里的头人答应了
我的要求。我能留下来帕桑的母亲也非常高兴，因为我
们之间产生了爱情的火化，于是，我在那里定居下来，
成了一个家庭的男主人和一个安多的牧羊人。

我就这样生活了三十年。帕桑已经长大成人，既强
壮又英俊，成了军队里的一名士兵。我和他的母亲又生
了几个孩子，为了怀念我的至交好友葛绒，我给其中一
个孩子起名为丹增葛绒。丹增从一开始就很特别，早熟
并且很聪明。当我逐渐老去的时候，他又意外地给了我
一个巨大的惊喜。

在丹增出生的那年，我们听说，大喇嘛，就是被称为达赖喇嘛的活佛，去世了，寻找转世灵童的仪式开始了。

这一仪式进行了三年之后，有一天，三个喇嘛出现在了我们的村子里。他们来这里是因为听说这里有一个特别聪明的叫丹增的孩子。他们走进我家的时候，正在和伙伴们一起玩耍的丹增看到他们，突然向他们跑了过去，并且面带微笑，就好像认识他们一样。突然之间，这个孩子看起来老成了许多，谁也不相信他当时年仅四岁。我们一起走进了房子，仪式正式开始了。喇嘛们带来了一些前任达赖喇嘛的私人物品——他的鹅毛笔、一个小铃铛、一份佛经的手抄本和一个银质的小如来佛神像。丹增似乎对这些东西非常熟悉，他告诉我们，这些东西都是他的。几个喇嘛向丹增提出了各式各样的问题，丹增全部回答对了。一连串的仪式结束后，喇嘛们一起站了起来，向丹增恭敬地鞠了一躬。丹增通过了所有的测试后被带出了房间。喇嘛们又同我和丹增的母亲谈了很久，仔细地询问了孩子的出生时间和当时的情况，又走到外面和当地的村民交谈了一番，接着又观察了一阵周围的风景。一个小时之后，他们回来了，告诉我们，他们确信丹增就是下一任达赖喇嘛，让我们同他们一起回拉萨。在拉萨通过仪式正式认可了丹增达赖喇嘛转世灵童的身份，随后进行了坐床仪式。

就这样，我成了新一任达赖喇嘛的父亲，离开了我度过大部分人生的小村庄安多，住进了布达拉宫，并且获得了在西藏等级制度中非常大的权力。在那里，一个

215

叫印春的老者被指定为服侍幼年达赖喇嘛的摄政者，他在两年之后去世，而我则被选为他的继承者，成为新的摄政者。

　　当时，南部的英国人强行向这里销售酒、鸦片还有枪支。我只得求助于俄国和日本政府，希望他们能帮我遏制英国扩张的势力。然而，我很快就发现，这两国政府同样危险，甚至比英国还要危险，它们急于将英国从亚洲排挤出去，然后重新分配它们的战利品，其中就包括西藏。

　　我摄政之后的第一个危机出现在1891年，那时达赖喇嘛还很年轻，而我已经八十一岁了。因为我的错误，把道基洛夫这个俄国特工放进了西藏，还有一个日本特工山本，他们的联盟使得道基洛夫在有野心的西藏贵族中成了一个有巨大影响力的人。他们试图在西藏搞独立，这在当时简直是一个愚蠢的不切实际的幻想。但是那些拉萨统治阶层的愚蠢贵族们却对此非常痴迷。军队将领竟然在我不知情的情况下违令行动，袭击了一支边境地区的英国军队，我们立刻逮捕了这些不服从命令的家伙，并且把他们一一处死。为了对抗山本在这里产生的影响，我将道基洛夫也带进了布达拉宫，任命他为高级佛学讲师。我这样做冒着巨大的风险，因为这意味着俄国势力对这里的影响增强了，但是这同样也意味着，我的人可以在更近的距离盯着这个家伙的一举一动。

　　英国政府对英军遭袭一事非常生气，派了一个叫威廉·曼宁的人来拉萨与我沟通。道基洛夫和山本知道此事之后，决定干掉曼宁。我知道了他们的阴谋之后，将曼宁转移到我的养子帕桑家。除了帕桑和他的妻子佩玛公主，没有人知道曼宁的踪迹。

山本和道基洛夫很快就找到了曼宁，但却没有找到机会对他下手。但是，事情突然发生了一个灾难般的意外变化。佩玛公主的丈夫帕桑在康巴战役中阵亡，不久之后，曼宁向佩玛公主表达了自己对她的爱意，并且向她求婚。这件事被传了出去，引起了轩然大波。道基洛夫和山本一起来见我，向我谴责这个英国特工在拉萨的行为。还有很多人聚集在大昭寺周围，抗议一个西藏妇女和一个英国人的结合。我被迫颁布了一道禁言法令，禁止任何人提起曼宁和与之有关的事情，并且别无选择地把曼宁关进了监狱，在那里，他获得了很好的照顾。他被关押在那里几个月之后，人们渐渐淡忘了这个人。英国政府接连发来几封信询问曼宁的情况，我都不予以答复，进行冷处理。然而，在拉萨突然出现了另外一名英国特使——挪威探险家和自然学家哈尔佛·西格森，他同样有着秘密使命。我拒绝了正式接见他的请求，但是也得知他还有一个任务，就是找到曼宁。

我决定以一种充满危险的方式展开我的行动，我先准备让威廉·曼宁死去。我知道，这是他离开西藏的最好时机。不过，如果想让他活着离开西藏，我就必须让道基洛夫和山本确信他已经死了。我先发布了一份秘密的官报：曼宁已经被西藏法庭判处死刑，按照西藏的法律，他会被送往惩戒院。在那里，他将备受折磨一直到死去。

我把曼宁送进了惩戒院，并且给他戴上了竹笼子。不过，我并不是真的想让他死去。几天之后，我的人通知我，曼宁已经被折磨得快死了，于是，我连夜把他转移，然后将在拉萨被抓的声名狼藉的罪犯萨克维尔·格兰姆斯替换了进去。格兰姆斯在一次战斗中受了重伤，已经濒临死亡，而且他和曼宁长得有几分相似。我想让道基洛夫和山本确信，死的这个人就是曼宁。我想起了自己还保留着一件我父亲的旧衣服。我父亲叫威廉·莫克罗夫特，所以他的衣服纽扣上印着 WM 两个缩写字母。我把我父亲的衣服穿在了萨克维尔·格兰姆斯的身上，将曼宁转移到了一个秘密地点，请我的好友高额沙哈照顾他。

　　但是我的计划出现了问题。萨克维尔·格兰姆斯在夜里死了，道基洛夫派去检查曼宁是否死亡的特工莱斯塔克夫却被西格森制服并关进了监狱。西格森已经回到了佩玛公主的住处并且在那里抓到了山本。尽管我很希望能够骗过山本和道基洛夫，但是同时也担心西格森也被骗了，我对他是否会把这个假的曼宁死亡的消息公布出去毫无把握。因此，我决定加快行动。我下达了逮捕道基洛夫、山本和西格森的命令。道基洛夫和山本被抓住了，但是西格森却从他的住处消失了。

　　黄昏之前，我收到了多年的好朋友高额沙哈的消息，他告诉我："西格森将会去拜访你，我已经把那把金刀给了他。"看到这个消息我顿时大吃一惊，因为这就意味着，高额沙哈认为西格森是个可以信任的人。

　　于是我命令停止对西格森的搜查，并且暗中放松了

218

布达拉宫的警戒力量。我在我的办公桌前等着与他见上一面。午夜时分，我正在打瞌睡，他终于来了。我们彼此对视了许久。我仔细地观察着西格森的脸。他十分瘦，几乎可以用骨瘦如柴来形容，鹰钩鼻子，眼神锐利。我觉得这个人很面熟，好像在什么地方看到过他的照片或者读到过关于他模样的描述。他一直盯着我，说出了一句让我永远也无法忘记的话："做得不错，莫克罗夫特……"时隔六十年的漫长岁月后，我再一次听到有人称呼我的英国名字。然后，西格森告诉了我他的真实身份：英国侦探夏洛克·福尔摩斯。

然而，我们的谈话突然被打断了。道基洛夫摆脱了看守他的卫兵，冲进了我的房间，用枪指着我们。

"你们两个都别动！"他大喊，"你们刚才说的话我全都听到了。这是多么幸运的一件事啊！我不但能干掉伪装的摄政者莫克罗夫特，还能干掉伪装的特使福尔摩斯。"

他正准备开枪，福尔摩斯像一只大猫一样腾空而起，将道基洛夫击倒在地。他的手枪飞了起来，穿过整个房间落到了我的面前。福尔摩斯用金刀抵着道基洛夫的咽喉，道基洛夫的力气很大，竟然将福尔摩斯掀翻在地。道基洛夫夺过金刀刺向福尔摩斯心脏的一刹那，我扣动了扳机，一枪把他击毙。他跌倒在地上，福尔摩斯顺势从他手上抢过了金刀。

"这可真是千钧一发啊，亲爱的莫克罗夫特。我刚从莱辛巴赫瀑布死里逃生，又差点儿在这里送了性命。这些经历几乎可以让我考虑换一个职业了……"福尔摩斯喘着气说，"不过我还是希望能再为这个世界多清除几个恶魔。"

"他是我亲手杀死的第二个人，而且这么做并没有让我感到很高兴。"我说，"不过，这就是我的宿命。"

我让士兵把道基洛夫的尸体拖了出去，然后将他意外死亡的消息通知了俄国政府。就在同一天，那名英国派往拉萨的使者威廉·曼宁被护送到了中印边境，他将先抵达德里，最后回到英格兰。在那不久之后，佩玛公主也离开了拉萨，随后在孟买追上了曼宁。两个人从那里一起回到了英格兰。

夏洛克·福尔摩斯在西藏又待了两年，继续以斯堪的纳维亚自然学家的身份进行科学研究。我们俩经常会面，当然都是秘密的，我和他成了亲密朋友。两年后，他同高额沙哈一起去了加德满都，这是他返回英格兰的长途旅行的第一个目的地。他身上携带着这份关于我人生的记录，依照他的意愿，这份记录可以在不确定的未来某个遥远的时刻出版问世。

福尔摩斯在他的桌边专注地进行着他的工作，而我则在一边阅读着这份涵盖了莫克罗夫特一生的记述。他感觉到我可能已经读完了，转过来看着我，脸上露出了笑容。

"顺便说一句，华生，那把刀现在归你了。"他说。

窃贼集市谋杀案

　　福尔摩斯侦破的案件涉及的犯罪类型十分广泛，他经常出没于世界某些最遥远的角落，各种案情不时引领着他去思考原本的世界与犯罪的世界之间的关系。就像那些真正的科学家一样，他始终坚信，一些定律支配着侦破科学，仔细观察和合理推论适用于所有案件的侦破过程，无论是在印度的蜿蜒小巷里，还是在巴黎和伦敦的宽阔大道上。

　　"就拿这个例子来说吧。"在一天晚上吃晚饭的时候福尔摩斯对我说，"这是一起发生在印度德里的谋杀案。作案现场到处都是红色污渍，看起来好像是血迹。如果是在伦敦，随便来一个什么人都能看出来这是血迹。但是在德里或者印度其他的地方，这种红色的污渍可能是血迹，但也有可能是蒌叶，这是一种在印度很常见的充满香味并且可以咀嚼的叶子，咀嚼完之后，吐出来的汁液就是红色的，看起来就像血迹一样。一般人看到这些汁液，都会以为是动物、人类或者其他什么东西的血。用这个简单的案子我们可以了解一下一个人应该如何找到他破案的线索。"

　　我几乎立刻就要忍不住同意他的观点了，不过我还是说了一句："但各地的罪犯是不是也有些不一样，亲爱的福尔摩斯？比如印度或者中国的罪犯肯定和英国本地的罪犯有所不同。罪犯的类型可以不用研究吗？"

"我可不这么认为，华生。残酷的行为和严重的违法犯罪活动可能是许多人与生俱来的本能，不过我认为，没有什么罪犯的类型，也没有什么犯罪的族群。在我看来，甘索普的那本关于印度部族和种姓犯罪的著作，完全就是胡说八道。"

我很惊讶能从福尔摩斯的口中听到这样的话，因为我认为，甘索普和斯利曼对印度的罪犯和犯罪群体都有很深的研究。

"那么隆布罗索的著作呢？"我立刻反驳道，"毫无疑问，他提出的身体类型和罪犯的直接关系的理论非常有道理。这个理论已经确立了他在欧洲犯罪学家中的领导地位。"

夏洛克·福尔摩斯用嘲讽的口气说："隆布罗索是一个很悲惨的笨蛋。他的著作中关于男性和女性流氓那部分让我几乎都要吐了。他把那些关在意大利监狱中的可怜人当样本。事实上，那些男人很多都是可怜的父亲，他们只是为了喂养他们饥饿的孩子偷了一块面包，除此之外再没有其他罪行了。而那些女人中很多都是母亲，她们出卖自己的肉体和灵魂也是因为同样的目的。华生，这是不对的。我要是按照隆布罗索的理论破案的话，肯定会把无辜的人抓进监狱。"

我对福尔摩斯对那些专家的一系列嘲讽感到有些气恼，那些专家在法律界都有很高的地位，但是我也知道，我对犯罪学知识的了解和福尔摩斯是没法比的。然而，我还是决定和他继续争论下去，因为这很有可能迫使他讲出一个我不知道的故事来。

福尔摩斯温和地一笑。

"你说得很棒，华生。"他大声说，"即使甘索普本人也不可能比你说得更好了。但是我知道，你其实并不相信自己说的那些蠢话。如果想让我再给你讲一个故事的话，你就应该直截了当地告诉我。"

他说的话终于让我忍不住笑出声来："我也许应该找一个比激将法更好的办法。不过也许你可以举一个比较长的例子来证明你刚刚说的侦查科学的普遍性和特殊情况的本质。"

"如果你想让我拿出一个间接的证据的话，华生，那我们可有的聊了。一个罪犯在英格兰，一个在意大利，一个在土耳其，还有一个在日本，他们的作案手法因为各地的情况不同也略有不同。但是在侦探的眼中，他们都有相同的作案细节。在观察者的眼里，他们的案子有很强的普遍性。你说的话让我想起了博斯科姆比溪谷谜案。"

"我好像记得这起案子。当时，好像没有人对年轻的麦卡锡会杀人感到怀疑。当时，如果不是你介入其中的话，莱斯特雷德会毫不犹豫地把那个可怜的年轻人送上绞刑架。"

"正是这样。在许多严重犯罪行为中，尤其是在谋杀案中，通常都缺乏目击证人或者其他直接证据。一些间接的证据会通向一个结论。但是如果从另外一个角度来看的话，就会非常明显地得出另外一个完全不同的结论。有罪的会变成无辜的，而无辜的往往会变成有罪的。"

福尔摩斯停了一会儿。

"华生，还有件事。"他好似回忆起什么东西，"有起案子可能正好适合我们讨论一下，这起案子你可能不太熟悉，因为这起案子发生在我在东方旅行的那段时间里。不过，我觉得，你可能会很高兴听听这个故事，对吧？"

我们从餐桌边转移到我们喜欢的椅子上。

他接下来要向我讲述一起发生在孟买的窃贼集市上的谋杀案。

"华生，你应该还记得我最近和你提起过的那个发生在亭可马里的可怕事件。"

"是的，我确实还记得那件事。"

"就在那件事发生不久之后，我离开了锡兰，长途旅行去孟买，我打算在那里开始返回英格兰的行程。我决定这次沿着印度西海岸旅行，因此第一站就到了令人心情愉快的印度城市特里凡得琅。在那里我遇到一个有趣的家伙，意大利贵族洛伦佐·斯皮内利。我们很谈得来，所以决定结伴旅行，因为我们的目的地都一样。斯皮内利对于印度哲学很有研究，尽管无法分享他对印度哲学的热情，我还是觉得，和他谈话是一种很不错的消遣，尤其是我们在旅行中经常要穿越荒无人烟的地区。他只有三名仆人，一个叫拉赫曼的年轻人，他是向导兼厨师，还有两个负责搬运斯皮内利的行李——大多是书籍和文件——的苦力。

"整个故事由此开始，华生。这起案子的主要人物是拉赫曼，这个年轻人对斯皮内利可谓忠心耿耿。当斯皮内利最终离开的时候，拉赫曼显得有些心烦意乱。他大约二十岁，出身于一个非常低的种姓，姓约吉，来自印度中部的一个最贫穷的小村子里，村子所在的地区叫巴斯塔。斯皮内利发现他的时候，他正在街道上流浪，于是斯皮内利收留了他，让他当自己的仆人。这个男孩儿十分诚实、聪明并且勤奋，在我们的旅途中，他起到了很大的作用。"

福尔摩斯向我讲述了这个故事。

后来，斯皮内利想把拉赫曼介绍到孟买的意大利公使馆工作，但是没有成功，于是给了拉赫曼一些钱，他估计，这些钱能让拉赫曼支持到找到下一个工作的时候。拉赫曼把钱给了妻子，在一个孟买的大型跳蚤市场边建了一座小屋子。由于这个男孩儿仍然没有收入来源，斯皮内利又慷慨解囊，给了拉赫曼大约五百印度卢比。斯皮内利将钱交给福尔摩斯保管。福尔摩斯向他承诺，自己最终离开孟买之前会去看看拉赫曼，并把钱转交给拉赫曼。

然而，斯皮内利离开三周后，福尔摩斯正准备去找拉赫曼的时候，孟买发生了一起让警方十分头疼的小案子。解决了这个案子之后，福尔摩斯才开始去找那个男孩儿。斯皮内利之前给他画了一张地图，按照这个地图，福尔摩斯很容易就找到了佐集市，当地人也称之为窃贼集市，打听到了拉赫曼在那附近的住处。

福尔摩斯到达那里的时候，发现只有拉赫曼的妻子在家。在此之前，福尔摩斯曾经和这个女人见过一次面。她一看到福尔摩斯就哭了起来，然后用印度语断断续续地告诉福尔摩斯，在可怜的拉赫曼身上发生了什么事情。

她说，就在前一天傍晚时分，拉赫曼和她一起去拜访了一些好朋友。他们的朋友很好地款待了他们。他们回来之后，坐在自己家的小花园里，准备在那里打发睡觉前的时间。拉赫曼那天下午和人吵了一架，心情不是很好，她试图劝解自己的丈夫但是没有成功。为了转移丈夫的注意力，她指着一只爬上椅子腿的蜘蛛问自己的丈夫："在你们的村子里，把这种小动物叫什么？"

"我不知道。"他烦躁地回答，然后恼火地捡起身边的一只鞋子，很显然他想给那只虫子来一个一击毙命。

"别杀死它，不要！"她大声喊道。

但是拉赫曼不理会她的恳求，拍死了那只可怜的蜘蛛。

"啊，愿它的灵魂能够安息。"做完这一切之后，拉赫曼嘲弄地说了一句。

她对自己丈夫的行为感到异常愤怒，站起身来想回屋里去。

　　但是就在这时，从房子里传出了一点儿声音。

　　"嘘，听听！"拉赫曼说，"有人和那个家伙在一起！"

　　因为这个拉赫曼显得更加愤怒了。

　　她想让丈夫平静了下来，把他拉去睡觉了。

　　因为手头拮据，他们把一个房间出租了。租客是一个从国外回来的退役士兵，刚才让拉赫曼发火的就是这个家伙。他们听到这个士兵在房间里同某个不认识的人在低声谈话。那天下午，拉赫曼和这个士兵吵了一架，两个人从争吵演变成了一场暴力冲突，因为那名士兵用语言调戏了他的妻子。两个人打架的时候有很多人都看到了。两个人吵得很凶，后来拉赫曼甚至威胁要干掉那个家伙，但是被邻居拦住了。

　　那天后半夜，他们正在房间里熟睡，突然被从那名士兵的房间里传出的"砰"的一声巨响吵醒。拉赫曼穿上衬衫，点了一支蜡烛，和妻子一起来到外面的走廊，听到从那名士兵的房间里传出来一阵奇怪的喘息声。两个人心惊胆战地打开士兵的房门，惊讶地发现那名士兵倒在血泊中，一把锋利的刀割开了他的脖子。地上还扔着一个盒子，里面装满了卢比。刚才吵醒他们的巨响，就是那个盒子掉在地上发出来的声音。显然这声巨响也让那个杀手受到了惊吓，他打开窗户快速地逃离了这里。拉赫曼抬起那个垂死的士兵的头，想给他喂一些水，但是由于伤势严重那个人很快就死了。

　　拉赫曼让妻子去报警，他则带着一身血迹，盯着地上那个曾经让他讨厌的家伙的尸体看了一阵，然后走出家门，去通知这个街区的负责人。

　　那天晚上伸手不见五指。他一开始走得很慢，脑海中不停地回想着那天发生的事情。调戏他妻子的恶棍被人杀死了，这让拉赫曼感到很高兴，但是那个人惨死的那一幕又让他曾经的怒火慢慢地转变成了怜悯。他独自一人在寂静的夜里走着，心中已经对那个死去的家伙毫无怨恨了，但同时惶恐的情绪又从他的心里冒了出来：如果有人指控我谋杀怎么办？我下午曾当着那么多人的面说要干掉那个家伙。他感到无比恐惧，想找个地方躲起来。

拉赫曼的妻子说，后来，警察在不远处的朋友家找到了他，当时，他不停地颤抖，满脸恐惧。他的朋友正在不停地劝他去自首。他因恐惧而逃跑，却让警察以为他就是杀人凶手。无论他妻子说什么都没有任何用处，警察认为，这个女人说的一切不过是在保护她的丈夫。拉赫曼因此被逮捕，而且被指控谋杀，现在被关在孟买的某个监狱里，等待着出庭受审。

拉赫曼的妻子哭着讲完了她的故事。看她的样子，福尔摩斯知道，自己也没法从她这里得到更多的线索了。他立刻赶往当地的警察局，试图见拉赫曼一面。山姆斯尔侦探向他表示，这件案子很明显，没有什么问题，并声称自己有决定性的证人。据证人说，他那天晚上经过拉赫曼家门口时，听到他妻子惊呼："不要杀死它！"紧接着拉赫曼愤怒地大吼了一声："啊，愿它的灵魂能够安息。"而且当时拉赫曼的衬衫上沾满了血迹，他的刀也不在他的刀鞘里，最重要的是他有充分的作案动机。拉赫曼在那天白天说过要杀死那个受害人，抢劫并不是他的作案动机。侦探最后总结道："我们还是不要浪费时间了，拉赫曼就是有罪的。是愤怒导致了这场悲剧性的谋杀。"

"也许是这样。"福尔摩斯说，"但是我很了解那个男孩儿，我不相信他会做出这样的事情。"

福尔摩斯要求见拉赫曼一面，他的请求立刻获得了允许。因为罪行严重，拉赫曼被一个人关在孟买戒备最森严的监狱深处的一个肮脏的小牢房里。这个可怜的男孩儿看到福尔摩斯的时候非常高兴，以为自己将要被放出去了。福尔摩斯告诉他，自己可以给予他一定的帮助，但是不知道能不能成功。

"我的案子到底怎么样了，先生？我真的没有杀那个人。相信我，还有我妻子说的话。当时有另外一个人在房子里，我进去的时候他从窗户逃走了。"

"那你为什么要逃跑呢？"福尔摩斯问。

"我当时害怕极了，先生，大脑一片空白，只想着快点儿逃跑。后来，我发现自己无处可去，所以跑到了朋友家。他叫来了警察。事情就是这样。"

福尔摩斯让拉赫曼详细地描述他还能记起来的所有事情，从他第一次见到那个士兵开始，一直到他从谋杀现场跑出来为止。拉赫曼讲的和他妻子说的差不多，提供不出什么新的线索。福尔摩斯让他回忆一下那个他认为是从士兵的房间里传出来的声音，但是他已经想不起来了。

福尔摩斯很了解这个小伙子，相信他是无罪的，但是他现在必须找到能证明拉赫曼无罪的证据。

福尔摩斯从监狱出来之后，直接去了拉赫曼家，检查案发现场。警察已经彻底地搜查过现场并且移走了尸体。他仔细地检查了屋子里的灰尘、少得可怜的家具、用绳子捆扎成的吊床还有房间里其他乱七八糟的物品。那扇窗户还开着，凶手当时可能听到拉赫曼和他的妻子的脚步声慌慌张张地跳窗离开，逃进了夜色之中。在窗户框和窗台上还能看到脏兮兮的脚印和手印。可问题是，怎么才能证明从窗户逃走的不是拉赫曼而是另外一个人呢？

福尔摩斯又将整个房间彻彻底底地仔细检查了一遍，把整个房间翻了个底朝天，最后终于在床下找到了两小块儿略带一点儿红色的黏土。他猜测，这些黏土可能是有人进屋时鞋底带进来的，可能是那个被杀的人带进来的，也可能是那个凶手带进来的。他再一次检查了窗台，并且在那里发现了同样的小块儿黏土。他异常高兴，把发现的黏土小心地放进了一个小信封里。接着，他又检查了房子的其余地方以及地上的所有的鞋子，又发现了一个重要线索，这个线索充分地证明了拉赫曼的妻子说的话是真的：在房间的一个角落有一只被拍死的蜘蛛。

到目前为止，福尔摩斯仍然对这件案子知之甚少，只知道他发现的那些红色黏土可能是从凶手的鞋子上掉下来的。他立刻赶到警察局，找到山姆斯尔侦探，希望能检查一下受害者的遗体和遗物，比如衣服或者他留下来的其他东西。因为福尔摩斯曾在侦破另一个案子时帮了当地警察一个忙，所以山姆斯尔侦探并没有反对他这么做，但是他认定了拉赫曼就是杀人凶手，因此没兴趣去找什么拉赫曼无罪的证据。

福尔摩斯首先检查了死者的伤口，断定割开颈部主动脉的是一把锋利的长刀。这名士兵光着脚，身上穿着衣服，但身上没有那种黏土。看守尸体的卫兵告诉他，死者的鞋子被偷走了。福尔摩斯在他身上没有发现其他的伤口。死者的肌肉很发达，身体上到处都是伤疤，这表明他经历过很多场近身搏杀。他的肩膀上有一个巨大的伤疤，下腹部还有一个更严重的伤口。他的头发呈铁灰色，左脸上有好几个小伤疤。

福尔摩斯又在死者的口袋里找到了两个很有趣的东西。第一件东西是半张船票，船票上有死者的名字以及登船的口岸，他叫维克拉姆·辛格，从亚丁登船。很显然，这名士兵是最近从累范特乘船到达孟买的。另外还有一份文件，文件上的文字一半是法

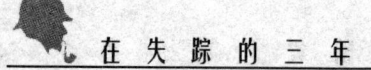

语，另一半是阿拉伯语。文件上满是血渍，好像是一份同一位来自东方的未知雇主签署的雇佣兵合同。很显然，这位士兵刚刚结束了他雇佣兵的职业生涯。

福尔摩斯正要离开那里的时候，看到从士兵的夹克里掉出来一个很小的损坏了的银耳环，上面镶嵌着一小块儿天青石。他知道，这东西的原产地不是印度。

福尔摩斯又看了一下那个装有很多印度卢比的木盒子。那些纸币磨损严重，并不是新钞，显然不是最近刚到孟买的人从银行兑换出来的，一些钱上还沾有血迹。纸币大多是小面额的，总共大概 10 000 卢比，对于一名士兵来说这可是一笔巨款，远远超过了他能存下来的薪水。福尔摩斯十分好奇：那名雇主是怎么支付这名士兵薪水的？是用什么货币支付的？支付的薪水不太可能是印度货币。他猜测，盒子里面的钱不仅仅是士兵的薪水。但是这些钱是从什么地方来的呢？是不是他偷的呢？如果是他偷的，他是从谁那里偷的呢？

他又仔细地检查了那个盒子。这是个很普通的孟买风格的盒子，很多街边小商店里的商人都有这种盒子。盒子上有个小锁，但是钥匙已经不见了。

接下来，福尔摩斯决定暂时让这个案子离开自己的脑子，以便让自己的头脑更清醒些。他去了运动场，在那里做了一轮健美操，然后又让一名孟买的按摩师对他进行了一次古法印度按摩。然后，他穿好衣服，坐在运动场的阳台上品尝印度奶茶。

也就是在那个时候，那个被杀死的士兵的故事和它的结局突然以另一种全新的方式慢慢地出现在他的脑海里。

那个被杀的士兵有丰富的战斗经验，曾在英国军队服役，执行完境外任务之后，他既没有离开那里，也没有脱离军队，而是成了一员法国雇佣兵。他在北非参加了一系列的战役，身体布满了战争给他留下的伤疤。他决定正式退役返回家乡，找一份比较安稳的工作。两天前，他乘坐轮船到达孟买，想在附近找一个可以落脚的地方。他偶然之间找到了拉赫曼的房子。拉赫曼的妻子将房间租给了他，他却试图借机调戏她。正在这个时候，拉赫曼回来了，听到了妻子的叫喊，看到了让他愤怒的一幕。拉赫曼威胁要杀死那名士兵，但被周围的人拉开。不过士兵已经付过房钱了，坚持要在拉赫曼家过夜，第二天早晨离开那里。拉赫曼不情愿地同意了他的要求。那个士兵在房间里放下了他的私人物品后离开了，直到天黑才回来，这个时候，拉赫曼和妻子去拜访亲戚还没有回来。

那个士兵走进了附近的一家妓院，狂饮一番之后，同一个操持皮肉生意的女性上了床。他身上没有带现金，于是就把一副从境外带回来的廉价耳环给了那个女人。那个女人被他感动了，告诉他，自己渴望脱离这种环境过平静正常的生活，并说她已经攒了一笔钱。那个士兵却趁她去收拾自己简单的私人物品的时候，偷走了她装钱的盒子。那个女人跟着士兵回到了拉赫曼家，在士兵睡觉的时候杀了他。他垂死挣扎的时候从那个女人的耳朵上扯下了一只耳环。耳环掉进了他衣服的褶皱里，而那个钱盒子则掉到了地板上，发出了巨大的声音。拉赫曼和他的妻子被惊醒，跑到士兵租住的房间去查看情况。那个女人急忙逃走，顾不上去捡那个盒子。

福尔摩斯觉得自己的推理十分合理，只是尚缺乏确凿的证据。于是，他离开了舒适的运动场，去了城里的红灯区。

他在一个小胡同里的一个妓院门前看到两个人在那里施工，挖出了大量的红色黏土。毫无疑问，这些黏土和他在那个士兵的房间里发现的完全一样。他知道，自己找对地方了。他沿着狭窄的楼梯走上楼，走进一个让人炫目的布满了天鹅绒的房间，看到一个女人坐在一个小桌子旁。

"我想找一个耳朵受伤的女人。"福尔摩斯告诉她。

那个女人皱了一下眉头，犹豫了一下："她今天不在这里，今天是她的休息日。"

"我会多付钱的。"福尔摩斯说。

"如果是这样的话，那么好吧，我去把她接来。请在这里等一下。"

福尔摩斯在这里等了几分钟。房间里热得让人窒息，焚香的味道混合着廉价香水的味道让他想要干呕。

过了没多久那个老鸨就回来了，身后还跟着一个很年轻的女人，她没有穿着那身职业性的装束，只是简单地披了一身纱丽，脸上也没有涂粉。她的右耳上缠着绷带，不过，另外一只耳朵上戴着一只银耳环，和福尔摩斯发现的那个一模一样。

福尔摩斯伸出手，他手心里放着那只他发现的耳环。

看到那只破损的耳环，那个女人先是极度惊讶，接着便陷入恐惧之中。

她示意福尔摩斯跟着她走进了自己的房间。

老鸨在福尔摩斯经过她身边的时候像母鸡一样发出了一连串

儿咯咯咯的笑声。

"让我们直截了当地说吧，亲爱的女士。"福尔摩斯用印度语对那个女人说，"我有理由怀疑你在昨天晚上残忍地杀死了一个叫维克拉姆·辛格的人。你为什么犯下这一罪行，对我来说并不重要，重要的是，我的一个年轻的朋友因为你做的事而被冤枉了。我必须恢复他的名誉，因此我要求你和我一起到警察总部去自首。"

她站在那里，不发一言，良久之后才轻声说："你说得没错。维克拉姆·辛格的确是我杀的。在我同你走之前，我希望你能听一听我的故事。"

福尔摩斯在房间角落的一把椅子上坐了下来。

那个女人看着福尔摩斯说："我已经在这个房间里居住和工作十一年了。当初被卖到这里的时候我才十三岁。"

她说话的时候，福尔摩斯立刻就意识到，自己之前的猜测和推断是正确的，正是因为这些情况才导致那个人被杀死。

"我出生在南部的一个村子。"那个女人继续说，"我出身于一个贫穷的农民家庭，大部分时间里我们都在饥饿之中苦苦挣扎。我的母亲生了五个孩子，我出生之后她就死了。我父亲尽可能地抚养我们几个孩子。

"一天，爸爸告诉我，他的表兄弟，也就是我的叔叔，要把我接到城市里去了，为我找一个舞女的工作。我会有吃有喝，也会挣到很多钱，生活也会越来越好。

"有一天，我叔叔带着我离开了我的父亲。我离开的时候哭了，但是我父亲对我不理不睬，我的哥哥们也无动于衷。我和叔叔一起乘火车到达了孟买。一到孟买，他就把我领到这里，把我卖给了你刚才看到的那个女人。我很快就被她教会了现在从事的这个职业，然后成了一名妓女。从那时开始一直到现在，我一直都在这里。

"在这段时间里，我从来没有见过我的家人。我的父亲曾经来过几次，但是他到这里来的目的只是从我这里拿到钱，我的大部分收入都被他拿走了。我的叔叔是一名士兵，因为战争离开了家，我觉得，他再也回不来了。

"就在两天前，一个男人到了这儿。我不认识他，但是他点名要了我。我有很多客人，也算比较有名，所以他点了我的名字我没觉得奇怪。他喝了不少酒，还吸了鸦片。一开始这个人还算和善，给了我一副耳环，就是我现在戴着的这对。他一边夸我多么美丽，一边温柔地抚摸我的脸颊。突然他猛地抓住我，把我抱进了他的怀里。我顺从了他。一切结束之后，他把钱甩在我的脸上，然后笑着告诉我，他其实是我父亲的表兄弟，就是那个把我带到这里来的那个叔叔的哥哥，他到这里来是要拿走我的积蓄。我很怀疑他说的话，并且告诉他我什么都没有。他搜遍了整个房间，找到了我这些年一点一点挣的钱。我告诉他，用这些钱能换回我的自由，但是他还是毫不犹豫地拿着那些钱离开了。我一直跟着他到了他的房间里之后，他威胁说，如果我再纠缠不休的话就杀死我，并把我推了出来。我绝望地回到了这里，一个可怕的念头涌上我的心头。我决定要去复仇。当夜幕降临的时候，我摸进了他寄宿的地方。他的窗户开着，我从外面看到他正在熟睡。我猛地冲到了他的身边，用尽全力割断了他的喉咙。剧痛让他醒了过来。鲜血从他脖子上的伤口喷了出来，飞溅到床上。他试图抓住我，但是却被我推倒在地，在那一刻，他把耳环从我的耳朵上扯了下去。剧烈的疼痛让我几乎叫出声来。我的钱箱掉到了地板上，惊动了房东。我听到脚步声，没来得及拿起钱箱就跳出窗户逃走了。现在你知道了我的故事，可以把我带走了。"

福尔摩斯让那个女人在她的房间里等着，然后到警察总部，把自己刚才听到的故事向山姆斯尔侦探说了一遍。

"福尔摩斯先生。"山姆斯尔说，"既然你现在有充分的证据证明年轻的拉赫曼无罪，我马上释放他。对于那个年轻的女士，听了你刚刚说的话，我相信，在她的案子里正义已经得到了伸张。你把钱盒还给那个年轻的女人吧。"

福尔摩斯按照山姆斯尔侦探说的话去做了。

福尔摩斯离开印度之前听说，那个女人已经逃离了孟买，不知去向。

拉赫曼和妻子幸福地再次团聚。福尔摩斯后来听说，从那以后他们一直过着幸福而又安宁的生活。

亭可马里的悲剧

伦敦的夏天很少像今年夏天这么燥热，竟然让人开始怀念起那阴冷的冬天了。1897 年 6 月末，正是女王陛下加冕十六周年纪念日，那个礼拜，整个英国大地上到处都是庆祝活动。成群结队的人从乡村来到了城里，加入到游行队伍之中。在我们打开的窗子外面，街道上的狂欢者们大声吵闹，把我和福尔摩斯平日里的轻松和舒适驱赶得一干二净。

"我不能在这里继续待下去了，华生。"福尔摩斯说，声音中充满难以掩饰的恼火情绪，同时用手帕擦着额头上的汗水。他想躺在沙发上阅读一下早晨送来的报纸，但却烦躁得根本读不进去。"不行，我们必须远离伦敦这些乱七八糟的乌合之众，找个安静的乡村好好地休息一下！"

"你的想法很不错，福尔摩斯，但是你想过没有，到乡村去的旅程可没有想象中的那么愉快？首先你要乘坐从来不按照时刻表行驶的火车，如果你选择坐汽车去旅行的话，就得祈祷自己可以避开那些挤得像罐头里的沙丁鱼似的人。而且还有一个很重要的问题：我们能到哪儿去？在这个疯狂的小岛上，现在还有安静的角落吗？到处都是和这里差不多的庆祝活动……"

"你说得简直太正确了，华生。但是不管怎么说，我们不要继续在这里坐以待毙了。现在刚 11 点，可是已经热得让人受不了了。我突然想起来附近有一个安静的地方——戴奥真尼斯俱乐部。那里刚刚安装了空调，那玩意可以把温度至少降低二十度。走吧，迈克罗夫特那儿还有杜松子酒和柠檬水在等着我们呢。"

我对他这个建议鼓掌表示欢迎。在福尔摩斯从伦敦消失的那段时间里，我曾经在迈克罗夫特的俱乐部里度过了许多美好的时光，所以我对那里很了解。

"你的提议太棒了！"我高兴地说，"让我们立刻离开这个鬼地方吧。"

当我们出门的时候，福尔摩斯突然对我说："华生，你知道吗？这种炎热和潮湿的天气突然让我想起了我在锡兰度过的日子。在那里我偶然间遇到了一些事情。这是个离奇的案子，是一个你还没听过的故事，这个故事恰好与这一周的庆典活动有点儿关系。迈克罗夫特也参与了这起案件。我想，如果这该死的鬼天气没有耗尽他最后一点儿能量的话，他应该愿意和你说说他是怎么卷进这起案子里的。"

"好极了。"我说。福尔摩斯总是喜欢用这种方式来描述他自己在境外的冒险故事。由于太兴奋了，在这一刻我突然忘记了这热得要死的鬼天气，开始期待即将听到的这个故事了。

整个贝克街上都是拥挤的人群，因此我们从后门离开了我们的住处。一到了外面，福尔摩斯就展现出了他如同百科全书般的道路知识，他对于伦敦的大街小巷十分熟悉。他带着我先走过一条接一条狭窄的用鹅卵石铺的马路，很快就到了巴林街。我们从那里直奔伊顿广场。在那里，福尔摩斯出乎我意料地在一栋漂亮的房子前面停了下来，然后从口袋里掏出了一串钥匙，打开了门。

"我可是这个乱七八糟的大渔村里最受欢迎的客人。"他对我说，"一位友人同意我在这里自由出入。在遍布整个城市的各式各样的安全地点中，这座房子是最好的一个。如果我没记错的话，惠灵顿公爵从埃及回来之后将在这里临时住上几天。"

当我们进到这座房子之后，我看到左半边的客厅里有三个人围坐在一张小桌子边。我们从旁边经过的时候，他们抬起头来看了我们一眼，福尔摩斯敷衍似的向他们点了点头。我们没有停下来和他们说话，穿过房子，到了一座小花园里。我们顺着园丁扔在那里的一个梯子爬上了后墙，然后跳到了墙外。福尔摩斯大步流星地向前走着，而我则气喘吁吁地跟在他的身后。最后，他在一个黑色大门前停了下来，按响了门铃。

"这里就是俱乐部的后门。"他笑着对我说，"这里可是一个很方便的地方，尤其是在我想尽快躲起来的时候。"

一名男管家打开了门，他立刻就认出了福尔摩斯，然后把我们直接带到了里面的大房间里。这家俱乐部并没有要求绝对肃静，允许客人低声交谈。尽管这个地方窄小拥挤，可是仍然比我们在贝克街闷热的住处要凉爽得多。迈克罗夫特·福尔摩斯独自一人坐在他常坐的一张非常大的桌子边。看到我们，他脸上露出了一个大大的笑容，但是却没有站起来。

"你好，亲爱的夏洛克，还有你，亲爱的华生医生。请原谅我不站起来迎接你们了，因为这该死的天气实在热得让人浑身上下都不舒服，尤其是对像我这样体积的人来说更是一种巨大的折磨。来吧，坐到我这里来。顺便问一句，夏洛克，你怎么看那个在吧台里的深色皮肤的先生？"

迈克罗夫特浑身上下大汗淋漓，在这样的鬼天气里，像他这样肥胖的人一定极其难受。但是他灰色的眼睛还是像往常一样闪烁着睿智的光芒。

"你说的是那个埃塞俄比亚的马球运动员吗?"福尔摩斯问。

"对，就是他，他以前还是个科普特教会的元老人物。"迈克罗夫特说。

"是的，他离开教会就是因为他对体育运动的热爱。对马匹的挚爱已经融入他的血液之中了……"福尔摩斯说。

"他可能是一位阿迪斯的皇室成员……"迈克罗夫特说。

"不，我可不觉得他来自阿迪斯，我看他更像是一位盖拉族的部落成员。注意一下他那个窄窄的鼻子，迈克罗夫特。看起来他今天早晨过得不怎么样……"

"嗯，和他的儿子吵了一架……"

"有场比赛打得不怎么样，他还没有从那场比赛失利的阴影中走出来。不过，他很快就会回去向他儿子道歉了。"

当他们说话的时候，我看到吧台里有一个瘦瘦小小的人站在那里和几个人聊天。我只能从他的细微特征上判断他来自东非，但是我完全无法理解福尔摩斯和他的哥哥是怎么了解到其他信息的。

"你们说的话太多也太快了，我完全跟不上你们的节奏。"我无可奈何地说。

"没关系，华生。你只是缺乏锻炼以及作出推理的勇气。还有，这只是我们兄弟之间的一种娱乐方式，这种推理没有什么实际意义，不过，嗨!"福尔摩斯突然提高了声音，"这个俱乐部的规则又发生变化了。我竟然看到一个女人出现在戴奥真尼斯俱乐部里! 这可能是第一个来到这里的女人，我亲爱的迈克罗夫特。"

福尔摩斯说的那个女人举止高雅，有着一股皇家风范，身穿精美的印度服装。她走进了俱乐部，然后开始同那位埃塞俄比亚人交谈。她的身上到处珠光宝气，其中最值钱的是镶嵌着钻石和蓝宝石的黄金皇冠，这个女人戴着它，恍如女王一般。很显然，她的血统十分高贵，而且很有可能有皇室血统。

"我们这个俱乐部没有太苛刻的规矩，比如我们就没有要求绝对肃静，所以，我们也放松了不允许女人进入这里的那些古板的原则。那个女人是拉吉布塔纳公主，她身上有十五世纪某个法国冒险家的血统。在英格兰，她也被称为玛丽·大·波皮本。她的家族最近正处于困难时期，不过女王仍然对她十分喜爱，因此，我们给予她一定的优待，让她的随从人员暂时寄宿在俱乐部里，所以这几周俱乐部里的人多了不少。女王陛下已经向我们表示了她真挚的感谢。"

当迈克罗夫特说话的时候，福尔摩斯看上去很严肃。他快速地环视了一下四周，以确定没有人正盯着他。

"真有趣。不过，迈克罗夫特，我刚才向亲爱的华生保证，你会给他讲一个和你有点儿关系的故事……"

迈克罗夫特笑容满面地抿了一小口杯子里的杜松子酒："你说的是……"

"就是我们之前提到的那个冒险故事，亭可马里的奇特悲剧。"

"这当然没什么问题，夏洛克，我也很乐意这么做。亲爱的华生，就像你一直以来都知道的那样，政府偶尔会向我咨询一些重要的问题，尤其是内阁感觉很难解决的问题。想要解决这些问题，通常需要一个中间人的协助。四年前，我在这里接待了一名受人尊敬的内阁成员，他带来了一个首相遇到的难题。如果我没记错的话，夏洛克，那应该是 1893 年秋天的某一天，确切地说，应该是在 9 月末。"

"的确是这样。"福尔摩斯说，"那时候我刚刚调查完苏门答腊岛上的关于巨鼠的离奇事件。"

"没错。"迈克罗夫特继续说，"当时，格莱斯顿首相想让我帮忙协调他和女王陛下之间的关系，这个难题很难解决。众人皆知，亲爱的医生，格莱斯顿首相并没有得到女王陛下的完全信任和喜爱。他一直试图补救这一点，可是不管他如何努力，女王陛下一直都对他不冷不热。在四年前的 9 月期间，内阁内部突然爆发了关于女王即位十六周年的大讨论。格莱斯顿首相对这件事十分热心，极力要促成庆典活动的成功举办，不仅仅在英国，而是在所有大英帝国的殖民地举办活动。首相非常希望将这场全世界范围的盛典作为彰显女王陛下荣耀的礼物送给女王。另外，他还想送给女王陛下一些特别的礼物。

"殖民地大臣说，他刚刚收到了一些来自境外但还没有得到最后确认的消息。根据常驻科伦坡的安东尼·范西塔特先生传回来的秘密情报，最近在锡兰的珍珠养殖场里发现了一颗迄今为止最大最好也最完美的一颗珍珠，整颗珍珠呈完美的圆形，重量超过五百格令，散发着迷人的冷光和醉人的色彩，其尺寸和品相远远超过了拿破仑从僧伽罗人那里得来现在被作为法国国宝收藏的那颗著名的珍珠。我们应该想办法把这颗珍珠弄到手，值女王即位周年庆典之际将它敬献给女王陛下。

"格莱斯顿首相对这个提议欣喜若狂。他接着又问：在我们的殖民地国家里，是否有和那颗珍珠品质差不多的其他珍宝？如果有的话，可以用那颗珍珠及其他珠宝为女王陛下打造一顶新的皇冠，在举行盛典的时候将其敬献给女王陛下。

"殖民地大臣充满自信地声称，南非、印度、锡兰还有缅甸都盛产珍贵的宝石。如果有足够的时间，我们没有理由找不到足够的珍宝。不过，政府首先要做的是，从锡兰拿到那颗举世无双的珍珠。

"内阁成员集体同意首先要取得那颗举世无双的珍珠后，殖民地大臣来同我接洽这件事情。他向我介绍了事情的整个经过，并希望我能给他推荐一个能在绝对保密的情况下协助他们拿到这颗珍珠的人。"

"如果我猜得没错的话，"夏洛克·福尔摩斯打断了迈克罗夫特的话，"那位殖民地大臣就是曾和我在佛罗伦萨讨论西藏问题的那位绅士吧？"

"就是他，亲爱的夏洛克。他首先向我问了你的行踪，然后问我你是否可以接受这个任务。我告诉他，我已经和你失去联系好几个月了，不过据我所知，你仍然在东方，但可能正在返回英格兰的路上了，我会尽快帮他联系你，转达他们的请求。不过，我也提醒他，对于你来说，去为格莱斯顿先生拿到一个昂贵的小玩意没有多大诱惑力。

"殖民地大臣说，任务本身对你来说可能没有什么挑战性，但是政府会付给你一笔很慷慨的报酬作为对你的补偿。你只要找到拥有那颗珍珠的人，鉴别一下珍珠的真伪并和他谈好价格，然后把它安全地交到英格兰的范西塔特先生手上就可以了。你应该还能记得，夏洛克，我在给你发的电报里特意说明了，尽管这个任务可能对你来说毫无吸引力，但是这能让女王陛下感到很满意并且加深她对格莱斯顿先生的好感。这将会帮助维持帝国内部的稳定，对我们帝国持续、健康、稳定的发展产生重大的作用。"

迈克罗夫特停下来，喝了一小口酒，然后抹了一下嘴。讲了

这么多话似乎让他感到有些疲劳，他瘫坐在椅子上，好像已经耗尽了其最后一点儿能量。

"我接到你的这个消息时很高兴。"福尔摩斯说，"坦率地说，对首相先生和女王陛下之间的关系，我毫无兴趣，而且去找一件取悦女王的玩物也不是一件特别吸引人的任务。格莱斯顿先生对我来说，或者我对格莱斯顿先生来说，有什么特别的关系吗？而且我觉得，这么简单的任务，范西塔特先生本人就可以轻松完成了。但由于这次长途旅行已经掏空了我的钱包，那笔酬金对我还是有些吸引力的。这是我的实话。"福尔摩斯面无表情地说，"而且我也有丰富的宝石鉴定的专业知识，其中包括鉴定珍珠，因为罪犯通常对这些小玩意儿很感兴趣。"

尽管迈克罗夫特很疲劳，他还是在椅子上挺起身子说："呵呵，夏洛克很谦虚，他并没有说出我之所以选择他来完成那次任务的全部理由。他在西藏的成功仅仅是原因之一，还有其他几个原因……"

"好了，亲爱的迈克罗夫特。"福尔摩斯说，"华生，你应该知道，从个人能力方面出发，我其实从来不认为谦虚是一种美德，因为它只会掩盖事情的真相，把人引入误区。如果迈克罗夫特暗指的事情我有所保留，没有说出来的话，意味着这些东西并不适合说出来，我要谨守自己的庄严承诺，对这些事情保持沉默。当然，我早期调查的案件让我对处理锡兰的事件有了一些非常独特的必要经验，其中就有一起关于声名狼藉的芭提雅倪伯爵的黑珍珠的案件。"

"正是通过福尔摩斯的努力……"迈克罗夫特再一次打断了福尔摩斯的话，"确凿无疑地证明，这颗珍珠是在一个半世纪之前从英国王室的珠宝中被盗走的。"

"在布达佩斯的一间当铺里发现那颗珍珠的过程，是那起案子中最有意思的部分。"福尔摩斯微笑着对我说，"还有一起与珍珠有关的案子，被称为'拉·佩莱格里纳案件'，是关于一颗一度为莫斯科的佐西玛兄弟所拥有的珍宝的。不过，现在我们要说的是亭可马里事件。"

"不过，福尔摩斯，我发现这里好像还有些别的东西。"我说，"某些和这起案子有联系的其他案件。我清楚地记得，亭可马里事件里的阿特金森兄弟好像在我早期的作品里出现过，如果我没记错的话，应该是在艾琳·艾德勒事件之前出现过……"

我提起到现在还被福尔摩斯称为那个女人的艾德勒小姐的时候，尽管已经过去很多年了，福尔摩斯仍然有些恼火，脸色有点儿发黑，不过很快就恢复了正常。

"很好，华生，你的记忆力真不错。的确，在早期的案子里，我在伦敦的确和涉及这起案子的当事人有过一些接触，但是在此之前我从来没去过亭可马里。尽管那起事件和这件多少有点儿联系，但是因为涉及国家机密，我不便透露太多。不过，我可以告诉你，那起案子也和一件珠宝有关，一块儿漂亮的蓝宝石……还有几起谋杀案。"

说到这里，福尔摩斯停了一下，喝了一口酒，然后凝视着远方，带着一丝伤感。

"这次任务涉及的那颗珍珠，据说是所有珍珠中最美的一颗，可能已经引起了无数罪犯的垂涎，这也是我最后接受这个任务的原因之一。那颗珍珠就像一个刚刚被杀死的猎物，窥视它的坏人会像盯上尸体的老鹰和秃鹫一样蜂拥而来，而我则有机会在那里看着他们聚集过来，看着他们的表演。这个任务有危险吗？显然是的，我距离那个猎物越近就越危险，很可能会被那些家伙视为威胁而摧毁。但是，彻底地断绝他们的希望是我想做的事情。"

"我看你倒有点儿像一条警犬，福尔摩斯。"我说。

"这个形容实在是太贴切了。"迈克罗夫特笑着说，"这就是我和我弟弟的区别。这种敏感的嗅觉成就了他，而缺乏这些的我只能老老实实地坐在椅子里了。"

福尔摩斯又抿了一口酒。这时候，大厅里已经空了大半。那位美丽的印度女士已经和那个埃塞俄比亚人离开了，她的随从也跟着一起离开了，剩下的好像都是俱乐部里的常客了。我从窗户看了一眼外面，发现天空中乌云密布，好像正在酝酿一场大雨。我再次向福尔摩斯看去时，他脸上的伤感表情已经彻底地消失了。

他继续讲述那个故事。

福尔摩斯后来给迈克罗夫特回了一个短信，同意接受那个任务。关于这件事的指令很快就送到了他的手上。莱斯顿首相的内阁拨款一百万英镑购买那颗珍珠，而在乌特勒支的基森公司已经被授权设计新的王冠。福尔摩斯则要去锡兰找常驻在科伦坡的安东尼·范西塔特绅士，他住在采珠场附近的经常发现巨大漂亮的珍珠的一所环形的小房子里。从这个时候开始，福尔摩斯必须靠自己的力量完成这个任务。

福尔摩斯立刻订了一张从新加坡前往锡兰的苏珊娜二世号轮船的船票，这是一艘来自利物浦的轮船，预计十天之后到达目的地。但是，在两天之后，福尔摩斯获得消息，由于风暴肆虐，船不得不向北行驶并停靠乌木海岸。在船上无所事事地等了一天之后，他下了船，在那儿住了一个晚上，然后给在加尔各答的老朋友高额沙哈发了一封电报，电报写得很简单："如果你方便，立刻来这儿；如果不方便，也要来这儿。"第二天一早，福尔摩斯乘坐当天的第一班火车前往拉姆斯瓦兰。

就是在这段旅行当中，福尔摩斯听到了那颗珍珠的消息。火车上异常拥挤，车厢里挤满了来自印度各地的珠宝商人，他们一直滔滔不绝地谈论着那颗在马纳尔湾发现的珍珠之王，称赞它多么美丽，多么让人无法抗拒。福尔摩斯静静地听着他们的话，预感到他的任务将非常艰巨。虽然没有得到官方的正式认可，但是那颗珍珠已经被人起名为马纳尔湾的月星。福尔摩斯并没有发表意见，尽量维持着自己的伪装身份，他现在的身份是从新加坡去锡兰研究阿努达拉普勒和婆罗那如瓦的古代遗址的伦敦考古学教授。

在那些客人之中福尔摩斯只认识一个人。她坐在福尔摩斯车厢隔间靠窗的座位上，名叫弗兰齐斯卡·范·雷德，是一个神秘的欧洲女人。福尔摩斯最初遇到她是在波罗奈斯，但是他们俩并没有交谈过。她的个子很高也很苗条，长着一头黑色的长发，喜欢穿旁遮普乡下女人穿的衣服。大多数人会觉得她挺漂亮的，因为她长得不错，肤色很浅。

火车在黄昏时分到达了终点站拉姆斯瓦兰。福尔摩斯下了火车，准备跟着拥挤的人群挤上渡轮。他从火车上下来的时候，看到了弗兰齐斯卡·范·雷德。她就在他的前面一点儿，没有和人群一起往前走，而是同她的苦力站在那里，看上去好像是在等某个人。福尔摩斯放慢了脚步，看到一个穿着一身白色衣服的高个子英俊男人向她走了过去，拥抱了她一下，表示欢迎。福尔摩斯从他们身边走过的时候认出了那个男人，他叫科洛内尔·塞巴斯蒂安·莫兰，是莫里亚蒂团伙残余中最危险的敌人。那两个人结伴走进了火车站，脱离了福尔摩斯的视线。福尔摩斯站在黄昏中微微一笑，突然发现，他将在锡兰执行的任务可能比格莱斯顿首相之前分配给他的任何任务都有趣。

　　福尔摩斯第二天早晨到达了一个小旅馆。旅馆的老板给了他一张范西塔特留下的纸条，上面写着，他希望下午 4 点与福尔摩斯在环形房子见面。

　　福尔摩斯住的房间十分糟糕，又热又闷，只有一扇糊着一张破烂的牛皮纸的窗户，偶尔还有苍蝇在里面飞来飞去，发出嗡嗡的声音。房间的中心位置有一张肮脏的床，上面挂着一个蚊帐，福尔摩斯爬了进去，准备抓紧时间休息一会儿，但是很快就发现，这根本就是痴心妄想，一群个头儿不大但是异常凶猛的亚洲特有的昆虫不停地骚扰他，让他根本无法入睡。他决定先去看一看珍珠城，于是来到了一个采珠场附近的市场。那里没有什么坚固的建筑，倒是有不少通宵营业的和性有关的住宅区。不过在采摘季节结束之后这里不会留下什么东西。整个小镇仅仅是一排小棚屋，这些堆在一起的屋子就是采珠人和收购商们的临时住所，到处都是横流的污水以及肮脏的食物。

　　福尔摩斯走出了那家小旅馆，直奔海岸边。

　　散发着恶臭的海岸到珍珠商人住的地方只有几步之遥。所谓的商店不过是靠着一些大房子建的小屋，就是为了给珠宝商们遮挡阳光和热气。采珠人拿着珍珠，不停地同路人搭讪。

　　克服了臭气和炎热，又击退了那些兜售珍珠和宝石的商人之后，福尔摩斯终于回到了自己的房间。他正努力适应这个糟糕的地方，因为他觉得，自己很有可能不得不在这里待上几天了。

　　福尔摩斯感觉，和这个糟糕的房间比起来，找到那颗巨大的珍珠并且保证它的安全似乎已经无关紧要了。他的脚上趴着几只已经吸饱了血的水蛭。他点燃了一支香烟，然后把点燃的烟头按在水蛭的背上，让这些害人的东西掉下来，然后坐在房间里唯一的一把椅子上，开始了同苍蝇的战争。就在这时，响起了一阵敲门声。

他打开门，看到朋友高额沙哈站在外面。

"对付这玩意要用柠檬汁。"高额沙哈说，然后用一个喷射器往自己和福尔摩斯的脸上、头上喷了一些柠檬汁。

那些苍蝇立刻就消失了。

收到福尔摩斯的消息之后，高额沙哈立刻乘坐最早的一班火车赶到了锡兰。到达珍珠城后，他在几分钟之内就找到了福尔摩斯这个"集市中的英国人"。福尔摩斯几乎有一年时间没有见过高额沙哈了，俩人寒暄了几句之后，福尔摩斯告诉了高额沙哈他此行的任务。

高额沙哈的脸色顿时一变，对福尔摩斯说："这颗珍珠已经不在珍珠城了。它现在在亭可马里，落到了阿特金森兄弟的手里，他们是著名的宝石商人。"

高额沙哈的消息比福尔摩斯要灵通得多，因此福尔摩斯请他帮自己继续打听消息。高额沙哈告诉福尔摩斯，晚上他会再来，到时候会告诉福尔摩斯自己搜集到的所有消息。听到他的话，福尔摩斯顿时松了一口气，因为高额沙哈不像"集市中的英国人"那样引人注目，他可以毫不引人注意地做许多事情或者去很多地方。

两个人聊了几句之后，高额沙哈离开了。而福尔摩斯则坐人力车直接去环形房子和范西塔特见面。他到了那里之后，一个工人告诉他，范西塔特正在里面的花园等他。

环形房子的花园里面到处都是鲜花和树木，在比较阴凉的角落里坐着两个穿着白色衣服的人。当福尔摩斯走过去的时候，那个年纪比较大的向他点了点头。

"欢迎你，福尔摩斯先生，欢迎你来到锡兰。我就是安东尼·范西塔特，这位是我的继任者亚瑟·韦尔兹利先生，他最近刚刚到达这里。"

"现在还不太合适公开称呼我的名字。"福尔摩斯说，"我的某些敌人现在已经聚集到一起了，如果他们发现我还活着的话，天知道会发生什么事情。在锡兰我的身份是英国考古学家罗杰·利顿·史密斯，我到这里的目的是完成伦敦大学分派给我的任务。"

"啊，请你原谅我的轻率言行，教授先生……"

他说话的时候，福尔摩斯仔细地观察着这两个人，然后查看了一下花园的环境。范西塔特年纪不小了，是一个彪形大汉，个子很高，而且看起来很强壮，他的草帽下面是满头的白发，脸色红润，在很多方面都能看出来他是一个在热带地区待了很久的英国人。非常年轻的韦尔兹利和范西塔特完全不同。他大概三十刚出头，在某种程度上让人感觉有些闷，他的头发不深也不浅，长着一张不让人讨厌但是也没什么分明棱角的脸，中等身材。看上去他好像还生着病，因为他脸色过度苍白，眼睛凹陷，眼球充血，这说明他现在有点儿虚弱。而且他和福尔摩斯说话的时候，能看到他的牙齿已经受损了，最有可能造成这种情况的就是酒精和鸦片了。

"你应该知道，"范西塔特继续说，"我很快就要离开这里了，确切地说，在一周之内我就返回英格兰。我在这里待了三年了，完成这个最后的任务后我就要回家了，因此协助你完成这次任务的主要是亚瑟。他已经了解了你任务的情况，你可以完全信任他。"

"谢谢你。但我通常都是独来独往，不需要什么协助，不过调查开始之后，你的帮助对我也是有好处的。最近有那颗珍珠的消息吗？"

"我们得到的消息目前为止比较少。"韦尔兹利说，"在某种程度上，我们得到的消息还存在矛盾。早期的情报是集市上的代理商代为收集的。据说是一个叫泰雅格玛的年轻的泰米尔女人首先发现那颗珍珠的，她父亲是一个资深潜水采珠人，名字叫奈卢斯科。那个女孩儿发现那颗珍珠后，立刻把它拿给了父亲，父女俩立刻离开了他们的住处。有人发现他们正在步行前往亭可马里的路上。"

"亭可马里，"福尔摩斯说，"印度首席宝石商人阿特金森兄弟的家乡。"

"没错，非常准确，你竟然知道他们，让我感到很惊讶……"

"不久之前，我调查了一起星彩蓝宝石被盗案件，他们俩在那起案子中扮演了很重要的角色……"

"不过，据我所知，事情已经发生了一个你不知道的变化。"范西塔特继续说，"阿特金森兄弟离开了自己的公司，并把公司卖给了阿拉伯珠宝商阿卜杜勒·拉迪夫，拉迪夫是一个很厉害的商人，其手段比阿特金森还要狠辣。很可能那颗珍珠已经落到了他的手里。如果是这样的话，我想，奈卢斯科和他女儿恐怕什么也别想从他那里得到。"

范西塔特停了下来，他看到一个又高又瘦的人走进了花园，慢慢地向花园边的一片竹林走了过去。那个人身上穿着阿拉伯服装，找个地方坐了下来。他的相貌和肤色既不像印度人也不像是僧伽罗人。福尔摩斯立刻就认出了他。

"亚瑟，"范西塔特说，"去问问他，看看他需要什么。"

韦尔兹利站起来，走到那个人的身边坐了下来，然后，从口袋里拿出一副扑克牌。两个人全神贯注地投入到了游戏当中。

"阿拉比·帕夏，"福尔摩斯说，"那位埃及的领袖，我差点儿忘了他流亡到了这里。"

听到他的话，范西塔特显得非常惊讶。

"没错，就是他。你的确非常善于观察。他已经在这个天堂里度过了十二年的监禁生涯。你应该知道他的故事。他的政权被推翻后他被送进了监狱。他先被判处死刑，之后又减刑为终身流放。在这三年时间里他几乎和我形影不离，无论我到什么地方，他都会在两个卫兵的陪同下和我在一起，就连他在睡觉的时候也会有卫兵看着他。这个可怜的家伙现在只有一个愿望，回到自己的国家，同家人在一个能看到尼罗河的地方静静地度过余生。但是政府拒绝改变对他终身流放的判决。他来自沙漠地区，锡兰的热带气候对他来说简直是一种煎熬，所以当他看似沉浸在纸牌游戏的时候，也在悄悄地策划着逃脱计划。尽管我们尽了最大努力，仍无法阻断他与外界的联系。我根本不知道他是怎么把消息送出去的。有两次他差点儿逃出去。感谢上帝，在我当值的时候没有出什么篓子。"

"韦尔兹利接你的班之后，他很快就会成功了。"福尔摩斯说。

范西塔特微微地眯起了眼睛："我再说一遍，你的观察力真是极其敏锐。尽管韦尔兹利有杰出的血统，而且对我在言语上也没有什么不恭的地方，但是，恐怕他的经验和能力还不太够。他刚刚到这里一个月，是从缅甸被丢脸地扔到这里的，他在曼德勒和当地的一个统治者的女儿陷入了一场丑闻之中。外交部把他派到这里，就是为了让他在环境恶劣的地方好好磨炼一下。如果他不能通过这场考验的话，那这里就是他的最后一个职位了。帕夏如果逃跑了，就会彻底地断送他的职业生涯。尽管到目前为止，韦尔兹利还没有捅出什么篓子，不过我一直有一种糟糕的预感：我离开这里之后，韦尔兹利可能无法处理它们。"

"你说的'它们'指的是什么？"福尔摩斯问。

范西塔特向前微微躬了一下身子，拉近了自己与福尔摩斯之间的距离。

"就是指锡兰，亲爱的教授。尽管你来这里的时间不长，相信你也发现了，这座天堂一般的小岛上充满着形形色色的不同外貌和不同种族的人。这里的人对我们有很深的仇恨。半个世纪前，我们击败了这里的国王，并接管了这个国家，在这里收购茶叶、橡胶，当然还有珍珠。那些深色皮肤的当地人表面上对我们很恭敬，平时腰弯得很低，称我们为主人，为我们提供服务，但只要一有机会，他们就会揭竿而起把我们撕成碎片……就像曾经在印度发生过的那样。而且，现在还有一个恶魔在这个岛上，他行踪不定，并且非常聪明，他已经把这里的反抗势力凝聚到了一起，包括罗摩四世国王及其家族、康迪安王城的幸存者、科伦坡和其他城市那些对我们不满的阶层的领导人，甚至连帕夏本人都在他身边。"

"那个人是谁？"福尔摩斯问道。

"他是我们的一个同胞，名叫塞巴斯蒂安·莫兰，之前可能在印度军队服役过。你可能听说过他，他是一个印度通，并且是一个老练的猎人。"

"告诉我一些他的情况。"福尔摩斯说。

"我们对他还需要了解，现在能告诉你的非常少。我在他到这里前一年曾见过他。此前，他常在喜马拉雅山脉打猎，但后来在西姆拉因为企图谋杀被当地警方通缉。他逃到这里后，几个身处高位的朋友保护了他的安全，他们不相信莫兰是一个恶棍。他举止优雅，受过很好的教育，而且他哥哥是一个忠诚的士兵，在阿富汗服役，是一个英雄人物，所以他很容易就取得了别人的信任。尤其糟糕的是，他获得了这里的统治者爱德华·戈登爵士的完全信任。韦尔兹利也格外地崇拜他。莫兰在科伦坡出生，父母被杀害后，他加入了印度军队，并成为了一名杰出的射手。他身材高大强壮，而且异常聪明。一年前，他从伦敦回到了科伦坡并买了一所大房子。他和一个朋友一起住在那里，那个人是个年轻的瑞士人，名叫贾科莫，到印度旅行之后留在了这里。我曾经在那所房子里见过莫兰。我当时坐在书房里等着和他见面。他牵着两条巨大的猎犬走进了书房，如果那两只猎犬当时没有被铁链拉着，会把我吞掉。一开始我们之间的对话还算愉快。接着，他告诉我，他刚刚巡查了一遍自己的房产。昨天夜里，一个十五岁的小男孩儿进来偷东西，被他的猎犬发现。他们抓住那个小偷后，把他打得血肉模糊然后把他扔出去了。也就是在那一刻，我感觉，这个男人很可能对我们来说是一个巨大的威胁。"

"那个男孩儿有没有被指控？"福尔摩斯问。

"那个男孩儿是个小偷，不论如何他就是个小偷，这里对待小偷的态度几乎一致。后来，有人在莫兰的房子外面发现了那个男孩儿，并把他送到了当地的医院。他康复之后不发一言，从那以后就再也没有他的消息了。"范西塔特压低声音用很快的语速说道。

福尔摩斯并没有告诉范西塔特自己对莫兰及其犯罪史的了解，唯恐打断范西塔特说话。然而他脑海里又浮现出了莫兰在莱辛巴赫瀑布用大石块砸向他的那一幕。

"还有什么其他的情况吗?"他继续问。

"他嗜赌成性,喜欢玩风险极高的赌博游戏,但是他很少输,莫兰会很残酷地对付那些胆敢赢他的对手。他有一个同母异父的姐姐,叫弗兰齐斯卡·范·雷德,在他的犯罪生涯中,他姐姐给他帮了不少忙。她住在别的地方,不过俩人经常见面。我从来没有见过那个女人。当地人特别害怕她,说她就像一只在天空翱翔在落日的余晖中寻找猎物的猛禽。"

"莫兰现在在什么地方?"

"这段时间他很少去科伦坡,大部分时间都在一个叫世界尽头的地方露营。那是这个岛上最美丽最吸引人的地方。莫兰白天狩猎,晚上则大吃大喝,很少睡觉。他生性残酷,嗜赌如命,喜好狩猎和奢侈的生活。他需要不断地用金钱来补给自己的这种生活,所以他不惜用犯罪达到自己的目的。"

这时,韦尔兹利回来了。

范西塔特立刻改变了话题。

"可能……"他说,"你需要从珍珠城开始你的任务。"

"帕夏希望同这位先生聊一聊。"韦尔兹利说。

"他想要和我聊些什么?"福尔摩斯问。

"考古学。他好像发现了埃及金字塔和锡兰的古代遗址之间某种联系……"

"我很高兴帕夏想和我讨论这个话题。顺便说一句,范西塔特,你应该在送信人毁掉证据之前,查看一下帕夏的茶杯的底部。我相信,那里应该写了某些消息。"

福尔摩斯从满脸惊讶的范西塔特身边离开,然后走到了帕夏坐着的地方。

"欢迎你来到锡兰，亲爱的教授。"帕夏说，"我希望你在这里停留期间会有收获，而且不要待太久。"

"我看到我想看的东西之后就会离开这个天堂。"福尔摩斯说。

"人间天堂对我来说是一种奢望。"帕夏带着微笑说，"想要适应这里更是超乎想象地困难。我们的一位伟大的阿拉伯旅行家曾经在十一世纪旅行到了印度。他著书立说，向我们介绍了这里的人民。我们同他们没有任何关系，他们同我们也没有关系。我仅仅是一个生活在沙漠中的普通人，只需要一点点水就能生存下去，不要太多，只要够用就行。现在的生活对我来说完全没有一点儿意义。我的国家正在被奴役，我也是这样。唉，我有生之年恐怕再也看不到尼罗河了。"

他说话的时候，福尔摩斯仔细地观察着他。尽管对于一名囚犯来说，他的待遇不错，他什么也不缺，但是为他提供的服务实在太周到了，已经彻底地毁了他。帕夏非常瘦，几乎可以称得上异常憔悴，可以明显地看出来，他的健康状态不是很好。他的目光迟钝，皮肤呈一种不健康的土黄色。福尔摩斯判断，他可能吸食了大量的鸦片、可卡因和酒，他的胳膊上能看到注射后留下的针孔。很显然，他身体虚弱并且疾病缠身。

"你再吸食鸦片的话会毁了你自己的。"福尔摩斯说。

听到福尔摩斯的话，帕夏笑了："你说得没错。但是这有什么关系呢？在来锡兰之前我从来没有接触过这东西，也没有喝过一滴酒。但是它们现在已经成了我的最爱，是我生活中不可或缺的一部分，唯有它们能让我忘掉苦闷和痛苦，彻底地把自己解放出来。没有它们，我根本无法活下去。但也正是因为有了它们，我时时刻刻被噩梦包围。"

他停了一会儿，接着说道："一名法国哲学家，可能是伟大的笛卡尔吧，他曾经说过，一个人应该在外国的土地上旅行，但是不要离开他的祖国太长时间，免得当自己返回家乡的时候，发现自己已经变成一个陌生人了。我离开我的家乡和我的人民已经十二年了。我对国家、人民甚至家庭的记忆每一天都在变淡，而且我也确定没有多少人记得我了。我想，现在应该允许我回我的家乡了。"

福尔摩斯同情地听着这个仍然骄傲的人说完这番话，然后说："很遗憾，我无法帮助你实现你的愿望。我只能告诉你那些你已经听了无数遍的话，能决定你命运的只有政府。你想回去的话，可以上诉，由他们来决定你的去留。"

帕夏的表情变得更加紧张了。

"所有的上诉到了总督那里都被截住了。"他说，"我不能依靠那些把我扔在这里的人的施舍回家。但是你，我亲爱的朋友，你却能够帮助我。或者我可以说得更确切一点儿，我们可以互相帮助。"他死死地盯着福尔摩斯的眼睛，低声说了几个字，"我有珍珠。"

听了他的话，福尔摩斯感到万分惊讶，但是他努力地让自己保持镇定。帕夏的表情告诉他，这个人已经知道了自己的任务和真实身份。他之所以知道这些，肯定是韦尔兹利告诉他的。

"我只是奉命来购买那颗珍珠，而不是因为它来和一个囚犯讨价还价。"福尔摩斯说。

"我当然知道这一点。我们都有自己的消息来源，有些来源是见不得光的。那颗珍珠美得让人无法相信，没有比它更美的珍珠了。我的代理人可以把它拿来交给你，作为释放我并让我安全返回埃及的条件。如果我的要求不能得到满足的话，我们会和其他对珍珠感兴趣的政府进行交易，我们同他们已经有过接触。请你把我的要求直接上报给那些派你执行任务的人，然后把他们的答复告诉我。当然你也可以把我们之间的谈话内容告诉范西塔特或者戈登总督。"他微笑了一下，然后接着说，"当然，这也可能导致我被转移到其他地方监禁，或者干脆被执行死刑。但是无论这两种情况的哪一种出现，那颗珍珠都会被卖给出价最高的那个人，而且所得的款项将会被用来支持埃及的反抗运动。"

福尔摩斯回到了范西塔特那里，把刚才的谈话告诉了他。听到帕夏想用珍珠换取自己的自由时，范西塔特顿时脸色苍白。他决定立刻把这个消息发往伦敦，让政府决定。

"也就是在那个时候，我收到了你发回来的消息。"一直津津有味地听福尔摩斯叙述的迈克罗夫特打断了弟弟的话。

"是的，亲爱的迈克罗夫特，就是在那个情况开始变得复杂化的时候，我要求你立刻通知殖民地大臣。我发给你的消息很简短：寻找对象已找到，等待最后指令。东西在帕夏的同党手中，帕夏作为东西所有者要求以自由为交换条件。如果必要，请当局与帕夏谈判，考虑是否将他释放。"

"收到这个消息之后，内阁紧急召开了一个会议。"迈克罗夫特说，"会议一直进行到了深夜，据我所知，争论的焦点集中在是否释放帕夏。很多人发了言，强烈反对释放帕夏。格莱斯顿先生听取了所有人的意见并且阐明了自己的观点。他期待福尔摩斯能够成功地完成任务，他说，为女王陛下献上新的皇冠的计划已经启动，如果整个计划缺少了那颗珍珠的话，将会美中不足。既然那颗珍珠现在已经落到了帕夏手里，如果拿到那颗珍珠的代价是释放帕夏的话，那也不是不可以考虑。他已经被流放超过十二年了，长时间的流离失所之后，即使他被放回埃及也无法对英国在埃及的统治造成什么威胁。首相称，根据报告，帕夏苍老衰弱，健康情况持续恶化，这些理由已经足够释放他了。让帕夏留在锡兰可能比把他放回埃及更麻烦一些，释放他总比让他跑了强。格莱斯顿先生最后补充说，如果因此可以节省十万英镑并弄到珍珠的话，财政大臣将会很开心。"

"因此，"迈克罗夫特继续说，"会议结束之后，殖民地大臣立刻找到我，让我转达福尔摩斯，授权他在必要的时候释放帕夏。"

福尔摩斯回到他在切蒂街的酒店，等着高额沙哈回来以及迈克罗夫特传回来的消息。他先等到了伦敦的答复：内阁同意释放帕夏，但有附加条件：返回埃及后，帕夏不得参与任何公共活动。他只有普通公民的身份，不能拥有任何公职。另外，他必须在夏洛克·福尔摩斯和一名卫兵的陪同下离开锡兰。如果没有什么意外的话，他将登上停泊在亭可马里港的苏珊娜二世号客轮。福尔摩斯被授权将把那颗珍珠带到亚历山大港，转交给戈登将军，然后由将军把珍珠安全地送回伦敦。福尔摩斯先生如果也想从埃及返回英格兰的话，政府也可以为他提供便利。福尔摩斯同时还得到另一个消息：范西塔特已经说服帕夏同意了释放他的条件并已经做好了让他离开的准备。福尔摩斯写了个简单的便条作为回复，同时要求范西塔特为他们安排前往亭可马里的旅程。

福尔摩斯读完消息的时候，下面街道上的混乱引起了他的注意。大量的人群开始聚集，其中大部分是泰米尔人，他们沉默地站在那里，过了一会儿，其中的一小群人从后面移到了前面。他们抬着竹子做的担架，担架上有两具尸体。聚集的人群跟在他们身后很快地离开了，街道上变得空无一人。这时，高额沙哈回来了，他告诉福尔摩斯，刚才那些人抬的是泰雅格玛和奈卢斯科的尸体，就是发现珍珠的人。在他们的房间他们被人残忍地杀害了，悲伤的人群准备把他们的尸体抬到海边进行火葬。

"没人知道他们是什么时候死的。"高额沙哈说，"尸体在几个小时之前刚刚被发现。他们是被刺死的，而且脸上还被残忍地割得血肉模糊。杀人者可能是因为没找到珍珠拿他们泄愤。如果杀他们是为了夺取珍珠的话，杀死这两个人完全没有必要，因为他们已经把珍珠卖给了阿特金森兄弟。"

高额沙哈带着福尔摩斯来到了凶案发生的旅馆。这里比福尔摩斯往的地方更加破败。大厅里十分昏暗，除了角落里的清洁工里面空无一人。福尔摩斯给了清洁工一把卢比后，清洁工把福尔摩斯他们带进了二楼的一间没有窗户的小房间。房间里面除了床什么都没有，到处都是血迹，但是没有搏斗的痕迹。受害人的所有东西都被拿走了，地上到处都是人赤脚走过留下的脚印。现场已经被发现尸体后进到这里的人彻底破坏了。

"我们来晚了。这里已经没有什么有价值的东西了。"福尔摩斯说，然后又给了那名清洁工一把卢比，问他在这里看到了什么。清洁工说，早晨天还没亮的时候，大概是早晨 4 点，两个穿着阿拉伯服装的欧洲人走进了旅店，一个男人和一个女人。两个人进了旅店之后直接去了二楼，在那里停留了一段时间之后才从上面下来，出了旅店。他当时没觉得有什么不对，因为在珍珠采摘季节旅店里夜晚进行的买卖很常见。看到尸体之后，他才把那两个人同这次谋杀案联系到一起。他说，那两个人里有一个个子非常高。采珠人奈卢斯科死得很惨，脸上就像是被老鹰的爪子抓烂了一样。

高额沙哈和福尔摩斯一起返回了福尔摩斯的住处，把他的判断向福尔摩斯重复了一遍：那颗珍珠已经在两个采珠人被杀之前卖掉了，现在珍珠就在亭可马里。然后，福尔摩斯把帕夏的要求告诉了高额沙哈。

"帕夏说的是实话。"福尔摩斯说，"因为现在阿特金森兄弟公司的所有者就是他的代理人，他们以廉价购买了那颗珍珠，然后带着珍珠离开了，那时泰雅格玛和奈卢斯科确实还活着。"

"那么究竟是谁杀了这两个采珠人呢？而且还是在珍珠被卖掉之后？清洁工看到的那两个人会不会就是凶手？"

"我们现在还不是很清楚，"福尔摩斯说，"你再到集市上去了解一下情况，然后跟我到亭可马里去一趟。"

高额沙哈走后，福尔摩斯去环形房子找帕夏。帕夏已经做好了离开这里的准备。福尔摩斯告诉他，等范西塔特安排好一切之后他们立刻出发。

从珍珠城到亭可马里之间没有铁路，所以范西塔特安排了马匹和一小队随行护卫。他们走了整整两天时间，尽管一路上危机重重，他们还是安全地抵达了目的地。福尔摩斯和帕夏直接走进了阿特金森兄弟的商店"银色大门"。到了那里之后，他们被领进了一间大房间里，等着帕夏的代理人阿卜杜勒·拉迪夫。

"注意门口。"帕夏说，"珠宝商的房间一般都会有很多的出入口。"

房间有六个银色的大门。一个大门打开后，阿卜杜勒·拉迪夫走了进来。他向帕夏鞠了一躬，然后把一个小盒子放在了他的手上。

帕夏打开盒子看了一眼，然后把它交给了福尔摩斯。

"这就是马纳尔湾的月星。"他说，"它真的很适合高贵的女王。你可以采用任何方法检验它的真伪，它重五百一十七格令，呈完美的圆形……"

福尔摩斯仔细看了几分钟之后，把那颗珍珠放回了盒子里。

"它的确如传说的那样完美。"他说。

"你现在可以把它拿走了。"帕夏说。

福尔摩斯把小盒子放进了自己的小袋子里。

现在第一部分的工作已经结束了。如果一切顺利的话，按照计划，几个小时之后，福尔摩斯和帕夏将登上苏珊娜二世号轮船，然后开始驶往埃及的航程。帕夏将获得自由，福尔摩斯将带着献给女王陛下的珍宝返回英国。

福尔摩斯这时做出了一个重大决定。他没有因为这件事情得以解决而放松下来。他决定先让卫兵先护送帕夏上轮船。他告诉帕夏，他还有点儿事情要处理，很快就会回来。

从那家珠宝店出来后，福尔摩斯走进了蜿蜒的亭可马里集市中的小巷。他没走多远就发现自己被跟踪了，于是躲进了一家小商店里，并且向店主询问是否能让他从后门离开。店主觉得福尔摩斯的举动有些奇怪，但还是带着福尔摩斯到了后面。福尔摩斯从店铺的后门出来的时候，看到莫兰站在那里。

莫兰手里拿着一把手枪，用马甲勉强把它挡住，枪口直指福尔摩斯。

"去哪儿，莫兰?"福尔摩斯随意地问道。

"向左走。"莫兰回答道。

莫兰的姐姐很快跟了上来。他们带着福尔摩斯返回了"银色大门"珠宝店。拉迪夫倒在血泊之中，有人残忍地割开了他的喉咙。

"把珍珠给我们。"弗兰齐斯卡说。

"这是我的荣幸，夫人。"福尔摩斯说。

福尔摩斯把盒子交给了莫兰。

莫兰打开盒子看了一眼，把它交给了他姐姐。

"从现在开始，它是你的了。"莫兰说。

弗兰齐斯卡好像完全被那颗珍珠迷住了，根本没有注意到其他的事情。

"我为了这一天可是等了很久了。"莫兰说，"当莫里亚蒂在莱辛巴赫瀑布死去的时候，时间对我来说就好像凝滞了一样。我现在直到永远都亏欠那个伟大的灵魂，伟大的莫里亚蒂。我从他那里学到了许许多多的事情。就是你这个恶魔摧毁了一个伟大的天才。"

"我诚挚地对他表示哀悼，老朋友。"福尔摩斯说，"不过，你必须理解我的做法，我和你们的观点不同。别忘了，当时莫里亚蒂可是跟着我爬上瀑布的。如果他聪明一点儿的话，那他现在还活得好好的，即使是在伦敦的监狱里活着，那也是活着。但是请把注意力转回到现在吧，我提醒你注意一下，亲爱的科洛内尔，你在从一名英国特使手里抢夺珍珠。我必须说一句，你的行为可是够莽撞的。"

"珍珠现在已经是我们的了！"弗兰齐斯卡说，她已经从刚才的兴奋中恢复了过来，"干掉他，不要错过这次机会。"

就在这一刻，福尔摩斯可谓万分危急，他没有一点儿抵抗的能力。莫兰和他的姐姐用两支枪指着他，而他则手无寸铁。

意外再一次发生了。

突然，房间的所有的银色大门轰然打开，好几个士兵冲了进来。他们是罗摩四世的反抗军，手里都端着步枪，对着屋子里的人。

莫兰和他的姐姐动都不敢动一下。

"好极了，莫兰。"其中一个男人说，"又是一个阴谋。"

说着，他狠狠地扇了莫兰一个耳光，把他打倒在地，取走了他的枪，然后用枪指着莫兰的头。

"不要！"弗兰齐斯卡惊叫了一声。

那个男人看到盒子在她的手上，立刻从她手里抢了过来，拿在手里把玩了两下。

"这里面有什么？"他嘲弄地说道，然后打开盒子，把里面的珍珠高举起来，让屋里的每个人都能看到它。"好极了，现在它是我们的了。让我们为它而欢呼吧！"

士兵把他们三个人的手捆住，押着他们步行了一个小时之后，到达了目的地。这里有一片延伸到海里的悬崖，位于亭可马里城镇的南面，悬崖离海平面足有三百英尺。

就在这个美丽的地方，发生了这场戏剧的最后一幕。

莫兰和福尔摩斯被带到了距离悬崖只有几英尺的地方。在他们对面的地上坐着大概五十名反抗军，他们的领导者罗摩四世国王坐在他们中间。弗兰齐斯卡坐在罗摩四世的左边，因为是女士，她被解开了绳索。

罗摩国王站了起来，对他们说："你们这些英国人给我们的岛屿带来了灭顶之灾。你们的臭气弥漫得到处都是。你们的存在污染了我们的土地。我活着的目的，就是为了在我们的祖国把你们这些瘟疫彻底地清除掉。"说到这里，他停了一下，然后接着说，"不过，今天晚上我们可以过得愉快一点儿，福尔摩斯先生，尊贵的客人，现在皇家节日就要开始了，今夜，你将为了你们尊敬的女王……"他说着拿起了那颗珍珠，将它放到了两块小石头中间，"为这颗珍珠以及你们的生命而战。脱光他们的衣服。拿

263

头巾来！蒙上他们的眼睛。"

为了取悦那些反抗军，福尔摩斯和莫兰准备殊死搏杀。历史有着惊人的相似之处，福尔摩斯再一次和一个试图杀死他的死敌站到了深渊边缘。

福尔摩斯从来没有想过自己会突然陷入这种情况，但是他此前为防备各种意外曾练习过在黑暗中行走和生活。当头巾遮住他的眼睛之后，他的耳朵和皮肤顿时变得极为敏感。他了解莫兰，知道莫兰比他强壮但绝不是他的对手。他曾在贝拿勒斯接受的训练让他变得更加强大，他的五官完全可以弥补视力的缺失。他能清楚地感觉到莫兰最轻微的移动，能听到他的呼吸声，嗅到他的汗味。眼睛被蒙上后，他分不清前面和后面，但可以凭感觉判断周围的各个方向。但是莫兰做不到这一点，他听不到福尔摩斯的呼吸声，因为福尔摩斯把呼吸声降低到了几乎听不见的程度。福尔摩斯能通过自己的脚感觉到莫兰沉重步伐引起的震动，但是莫兰却感觉不到福尔摩斯。莫兰移动的时候福尔摩斯一动不动，故意奚落莫兰，让莫兰知道他在哪里。然后，莫兰猛地向福尔摩斯冲了过来，福尔摩斯突然躲向一边，同时狠狠地踢了莫兰的肚子一脚，把他踢倒在地。莫兰不知所措，在地上痛苦地翻滚着。

福尔摩斯伸手从莫兰的头上把头巾扯了下来，对他说："来吧，亲爱的科洛内尔，这样你的机会可能会更多一些。"

莫兰愤怒地爬了起来，动作娴熟地移动身体，试图用脚勾住福尔摩斯。福尔摩斯巧妙地摆脱了莫兰的纠缠，可脚还是感觉到了一阵疼痛。莫兰向福尔摩斯冲过去，福尔摩斯灵巧地闪到了一边，伸脚一绊，让莫兰顿时失去了平衡。当他倒下的时候，福尔摩斯对着他的下颌骨就是一记重拳。莫兰哀号着倒在了地上。福尔摩斯把头巾从头上扯了下来，坐到了莫兰的面前。

"你这个魔鬼。"他冲着福尔摩斯狂吼道。

"来啊，来啊，我亲爱的伙计，一个人赢得的，就是另外一个人失去的。不幸的是，你刚刚失去的可是不少。"

这简直不能算是一场决斗。莫兰根本看不到福尔摩斯。他在黑暗中发狂，像一只愤怒的公牛一样挥动着拳头。

福尔摩斯猛地冲向那颗珍珠，抓起那颗珍珠，把它用力地向黑暗的夜空中抛了出去。珍珠在月光的映照下，璀璨生辉，在半空中划了一道弧线。

弗兰齐斯卡突然站了起来，脸上满是惊骇和贪婪混合的表情。

"不！"她大喊了一声，恶狠狠地扑向福尔摩斯，手指张开，把锋利的爪子完全暴露了出来。

福尔摩斯快速地向一边一闪，与她擦身而过，看着她扑到悬崖边。

那颗珍珠好像突然停在半空之中一般，接着轻轻颤抖了一下，然后猛地坠落下去。

弗兰齐斯卡伸出手向它抓了过去。她的爪子碰到了那颗珍珠，好像已经抓到它了。但是，她突然失去了平衡，发出一声凄厉的惨叫，和珍珠一起消失在深渊之中。

福尔摩斯向下望了一眼。下面除了咆哮的大海和被海浪冲撞的岩石什么都没有了。

莫兰冲到了悬崖边上，但也只看到了大海。他猛地转过头来看着福尔摩斯，脸上满是惊骇和绝望的表情。他突然彻底失去了勇气，猛地向一边的丛林里跑去。罗摩立刻派一些人去追他。

就在那一刻，福尔摩斯突然感觉到腿部一阵剧痛，好像断了一样。

罗摩四世异常愤怒地大声命令道："把这个家伙扔进海里！"

四个人走上前来，抓着福尔摩斯的四肢向悬崖边走去。他受伤的腿发出了一阵吱嘎声，接着，他昏了过去。

不知过了多久，福尔摩斯慢慢在黑暗中醒了过来，发现自己悬挂在半空中，距离悬崖顶端十五英尺左右。他躺在那里无法移动，只能听到下面大海咆哮的声音。他能看到远处苏珊娜二世号轮船上的灯光，它已经从亭可马里启程，驶往埃及，带着帕夏返回他的祖国。轮船消失在夜色之中时，他听到了一个友好的声音，一双手把他轻轻地抬了起来。接着，高额沙哈那温和的声音传进了他的耳朵，他再一次陷入了黑暗之中。

第二天，福尔摩斯在亭可马里的边境贸易站醒了过来，他一点也记不起来自己是怎么到这来的又来了多久。他头疼得厉害，脚上缠着厚厚的绷带。他睁开眼，看到高额沙哈坐在窗户边上打着瞌睡。

福尔摩斯两周之后才能开始继续旅行。他本来以为自己的一条腿断了，但只是严重的肌肉拉伤而已，因此他恢复的时间比预想的要快得多。在他离开之前，范西塔特告诉他，帕夏在亚丁湾停靠的时候从船上逃走了，在阿拉伯海岸与他的一群追随者会合到一起。据说他现在藏身于哈德拉毛省，随时准备返回埃及。而韦尔兹利以为帕夏仍然拿着那颗珍珠，所以冒充夏洛克·福尔摩斯登上了那艘船，后来因为试图抢劫帕夏而被船长抓住。但是，他也在航行中的某一天中消失了，可能是在海上失踪了，也可能是在帕夏逃跑的时候跟着一起上了岸。几年之后福尔摩斯才再次遇到亚瑟·韦尔兹利先生。至于帕夏，到现在他的努力还一事无成。

　　现在已经是下午 5 点左右。福尔摩斯讲完了他的故事之后，外面响起了一声巨大的雷声，瓢泼大雨倾盆而至。那种让人无法忍受的炎热被驱逐了，午后毒辣的太阳也不见了，一场雨带来了一个凉爽而又干净的伦敦。

　　迈克罗夫特看了一下自己的表。

　　"女王即位十六周年庆典活动，"他说，"现在已经结束了，女王陛下即将进入威斯敏斯特教堂。先生们，请起立。"

　　几个俱乐部成员同我们一起站了起来。

　　整个城市所有教堂的钟一起被敲响，然后，好像听到了指令一样，庄严的"天佑女王"的歌声在城市里响起，从窗户外飘了进来，就好像整个国家都在一起唱这首歌。甚至在保守的戴奥真尼斯俱乐部里的每一个人也在低声轻唱。

　　只有福尔摩斯例外。他缓缓地站了起来，表情冷漠，什么也没有说，什么也没有唱。

幽灵队长

　　我已经警告过读者，这些故事曾经几次让夏洛克·福尔摩斯在 1894 年返回英格兰之后的第一个月里，备受抑郁症的折磨，直到他开始发挥特长，有事情可做的时候，他那萎靡不振的情绪才开始消退。1895 年，几乎快到世纪末的时候，诺伍德建筑者案让福尔摩斯开始连续不断地忙碌起来。他给我讲述东方冒险故事的时间越来越少，常常只能讲一些小故事，有的时候甚至只是一个奇怪的片段，很难把这些拼成一个完整的故事。

　　下面这个故事就是我用长期以来收集的他的各种各样的匪夷所思的只言片语和支离破碎的参考文献拼凑出来的，展现了福尔摩斯从 1895 年到 1896 年的冒险历程。在这段时间里，福尔摩斯频繁地来往于欧洲大陆之间，他当时的名气已经很大了，时常接到国王和其他国家首脑的委托，其中甚至包括罗马教廷。就在他忙碌的行程中的间隙时间，就在臭名昭著的布索尼女儿的案件之后，他和我简单地说了几句下面这个故事，确切地说，他向我讲述的部分可以让我最终把故事按照时间顺序写出来。

　　福尔摩斯已经在东方旅行了将近三年时间，打算踏上归家之路了。他最初的计划是从印度德里启程，向西穿过拉吉布塔纳和信得，然后在卡拉奇乘船直达地中海地区。

他在德里遇到了一名法国人，名字叫路易斯·伯努瓦·德·布瓦尼，他正准备和随从一起前往拉贾斯坦邦。他的仆人是个印度男孩儿，叫希瓦。与他同行的还有一个年轻的瑞士画家，一开始福尔摩斯只知道他的名字叫绍姆堡。福尔摩斯感觉和这几个人很谈得来，所以便自称叫罗杰·利顿·史密斯，说想和他们结伴一起旅行。伯努瓦热情地同意了福尔摩斯的请求，他觉得，如果有更多人结伴穿越沙漠的话，会让旅途更加愉快。而且因为他之前的旅行导致他的手头有点儿拮据，他很高兴能有人和他们分摊一下旅费。

伯努瓦设计了一条很不错的旅行路线——途经拉吉布塔纳的斋蒲尔、乌代浦还有焦特布尔等主要城市，然后穿越游客稀少的杰伊瑟尔梅尔。这是一座位于沙漠之中的遥远的西部城市。很少有欧洲人去过那里。关于那座城市的美丽的传说强烈地吸引着伯努瓦，他把那里当成了旅行的最后一站，福尔摩斯也把那个地方当成了自己向南去卡拉奇之前的最后一站。此时此刻，他丝毫没有想到，这次旅行会把他卷入一起案件当中，差点儿让他返回英格兰的计划成为泡影。

"我们准备好了所有的必需品之后就出发了，华生。"福尔摩斯一开始这样说道，"在德里老城外面的尼桑穆丁，我们雇了两个向导，这两个人对沙漠很熟悉，并且负责为我们采购物资。我们骑马旅行到焦特布尔后，准备骑骆驼完成接下来的旅程，因为向导说，我们离开那座城市之后，就会进入一望无际的沙漠。我们最后的目的地是信得省的哈德拉巴，到那里后我就要和我的同伴们分道扬镳了，他们将从那里向北去拉合尔，而我则向南去卡拉奇，然后在那里找一艘驶往欧洲的船。"

这时，我打断了我朋友的话。

"福尔摩斯，这里面是不是有什么问题？我很难相信，你会和那两个人一起旅行。"

福尔摩斯露齿一笑："你能听出我话里的问题，说明你的观察能力增强了。你说得没错，华生。我很喜欢简简单单地一个人旅行。我一般不喜欢结伴旅行，无论是在海上还是在山里，我都喜欢一个人，因为我总觉得别人谈论的话题非常无聊。但是这一次我有点儿兴趣了，因为他们的自我描述和我对他们的观察产生了矛盾，我觉得有必要跟着他们一起看看。那两位来自欧洲的男士自我介绍说，他们一个是画家，另外一个是作家，两个人在马赛偶然相遇后，一起登上了开往孟买的轮船。他们在船上相处得很融洽，于是决定结伴旅行并且一起写一本旅行游记，这类书经常被中产阶级用来装饰书架。

"从表面上来看，他们毫无问题。他们的旅行很正常，他们同当地印度人的关系也很和谐。两个人衣着整齐，英语讲得相当好，而且他们的所作所为也与他们说的相符合。年轻的画家绍姆堡每天都在他选择的地方支起画架，一直画到中午才回来。伯努瓦则每天拂晓之前就起床，然后趴在那里写作，一直到他们准备出发为止。

"他们俩的所作所为可以骗过那些没有经过训练的人了，华生，但是却骗不了我，我不仅在看，而且还在观察。亲爱的医生，在这里我要插一句，我看到过太多行为举止和他们的自我介绍不太一样的人了。我一眼就看出来，他们俩其实是在试图误导别人，尽管还没有什么证据，但是我能感觉到，在他们这种看似无害的行为背后潜藏着一个阴险的动机。"

　　福尔摩斯判断，绍姆堡大概二十岁出头。他的头发剪得非常短，个子中等，非常瘦，几乎可以称得上骨瘦如柴，但他的身体却很结实。福尔摩斯还发现，他走路有一点儿跛，这是他身体唯一的缺陷。他之所以走路会有点儿跛，应该是以前受过伤造成的，后来福尔摩斯也证实了这一点，他在这个人的腿部发现了一个子弹造成的伤疤，这个伤疤应该是最近才造成的。他的眼睛是蓝色的，但是他不喜欢和人对视，好像是他的眼中隐藏着什么。

　　伯努瓦年纪比绍姆堡大得多，四十岁出头，身材谈不上苗条，不过个子很高，和福尔摩斯的身高差不多。他的手上有一个很深的伤痕，脖子上也有一道很长的伤口。除了时不时地蹦出一点儿法国口音之外，他的英语几乎可以称得上完美，不过他总是尽量不把法国口音暴露出来。他说话的声音很温柔，举止、动作也很镇定，但是他的这种故作镇定的表现让福尔摩斯觉得，他好像在掩饰他的紧张情绪。

　　"这两个人肌肉发达，脸因为风吹日晒而变得很粗糙。"福尔摩斯说，"两个人举手投足间都带着一股子抹不掉的军人气质。他们的手结实并且粗糙，说明他们做过繁重的体力劳动。没有任何一个画家或者作家会像他们这样。因此，华生，我第一次听他们自我介绍时就知道，他们肯定隐藏着什么不可告人的东西。"

　　福尔摩斯继续叙述着这个故事。

　　开始几天，他们的旅行风平浪静。他们第一天到达了婆罗多布尔，然后从那里继续前进到了安布尔，他们在那里待了几天之后，继续向南前往乌代布尔，中途游览了寓言中的木头城通克。

　　"就是在通克，他们出了一点儿小差错，让我第一次对他们的目的有了一点点模糊的概念。华生，我必须告诉你，尽管旅途中的自然环境优美，但是我已经有一点点不耐烦了。我们离开德里到现在已经整整六天了，我们好像与整个世界都失去了联系。在炎热的太阳下行进了一整天之后，我们非常疲劳和饥饿。终于在黄昏时分，通克出现在我们前方。我们在城外停了下来，准备露营。仆人为我们准备食物的时候，我们走进了城里，那里距离我们的露营地大概半英里。"

城里异常安静，街道上空空荡荡的，一个人也没有。他们看见中央清真寺的入口时才想起来，现在是晚间祈祷的时候，所有人都在向着圣地麦加的方向祷告。

绍姆堡说，他想一个人在城里转转，画几幅素描，过一会儿就会回营地和他们会合。

伯努瓦和福尔摩斯在一个拱形游廊下面坐了几分钟。这座海市蜃楼一般的城市让他们赞叹不已。他们向回走的时候，走到城门时，福尔摩斯突然有些意外地看到，绍姆堡偷偷摸摸地进了一间离清真寺不远的小房子。不过，他什么也没有和伯努瓦说，因为他觉得，说了也不会有什么用处。当太阳快要下山的时候，两个人回到了露营地，享用了一点简单的晚餐之后，就匆匆睡下了。

午夜时分，福尔摩斯突然被黑暗中传来的声音惊醒，看到伯努瓦和绍姆堡正坐在一小堆篝火边交谈，尽管他们压低了声音，但是还是能听见。

"我们必须摆脱那个家伙！"绍姆堡说，"当初我们就不应该带着他一起来。我告诉你，这是个巨大的错误。幽灵队长对我们带个陌生人到这里很不满。他在通克的特工今天晚上通知我，他们已经开始调查那个人了，如果他们发现我们想要……"

"小声点儿，不要这么神经质地说话，你这个傻瓜，你快把他吵醒了！"伯努瓦小声说，"我告诉你，这个家伙要和我们一起到信得去。他很安全，而且他的存在也是必需的。他是个英国人，这会让那些王公们感到异常高兴并且不会产生丝毫怀疑。他是个挡在我们前面的很好的掩护。而且他还给了那些王公治疗他们的疾病的药品。在此之前我们不是一直发愁怎么能在一路上不引起怀疑吗？到达海德拉巴之前，只有我才能决定什么时候让那个家伙滚蛋。让幽灵队长见鬼去吧！你们在沙漠里应该听从我的命令！我们到达杰伊瑟尔梅尔之后再做决定。"

"福尔摩斯，"我插嘴说，"你当时一定因为发现了这个秘密而扬扬得意……"

"说得没错，亲爱的华生，你了解我，我可不是一个喜欢观光旅游的人。不停地应付那些王公们并且参观他们的宫殿让我几天之后就开始感到厌倦了。但是，当我听到这一段对话的时候，黑暗之中，在我的帐篷里，我露出了一个笑容。我的那两个同伴随后也去休息了，我听到了从他们帐篷里传出来的沉重、平和的呼吸声，于是，我也在凛冽的沙漠地区特有的寒风中睡着了。"

当福尔摩斯在黎明中醒来的时候，绍姆堡已经支好了他的画架，他说，要画下沙漠中清晨的第一缕阳光。而伯努瓦则正在不远的地方写他的日记。

"看样子你睡得不错。"伯努瓦向福尔摩斯打了个招呼。

"确实不错。"福尔摩斯回答道，"你们很勤快啊，这么早就起来了。"

"我们起来得比你注意到的还要早。亲爱的罗杰，我已经出去了一趟，弄来了我们的早餐，看，三只山鹑和一只孔雀。"伯努瓦指着仆人从那些不幸的鸟身上拔下来的一大堆羽毛对福尔摩斯说道。那些鸟已经被放在火上烤了，发出了吱吱声。很快，三个人狼吞虎咽地吃光了它们，然后用巨大的杯子喝了些印度茶。

吃完奢侈的早餐后，他们继续向乌代浦进发。到了那里之后，他们拜访了当地的王公。王公在看了总督给利顿·史密斯开的介绍信之后，把他们当作最尊贵的客人留在了宫殿里。乌代浦的皇家宫殿对面有一片美丽的湖水，被一座环形的小山围绕着。城市里到处是白色的房子，安静地坐落在一个小山谷里，从宫殿的上部能够鸟瞰整座城市。几天之后，他们已经爱上了这个让人愉快的山谷了。福尔摩斯一直没弄明白那天晚上他听到的那两个同伴的对话到底是什么意思。伯努瓦每天穿梭于城市的大街小巷，常常为了购买一些小装饰品和小商贩们讨价还价，而且一直在写他的日记。而绍姆堡则孜孜不倦地画着他的速写。伯努瓦对王公承诺，他将把自己的日记编辑成一本介绍印度的书，并在书里加上绍姆堡的插图。看到伯努瓦表现出对文学极大的兴趣，王公很高兴并且热情地向他开放了自己巨大的书房，并让他的首席学者萨马尔·达斯协助伯努瓦完成他的日记。

　　"华生，我们参观那里的皇家书房时，我意外地得知了某些事情，当时，我隐约地猜到了那两个人的危险想法。"福尔摩斯说，"那时候，我无所事事地阅读一本厚厚的介绍莫卧儿帝国的历史文献时得知，在两百年前莫卧儿帝国和拉贾斯坦邦王公的战争中，莫卧儿的军队里有几个法国士兵，其中最著名的叫吉恩·德·波旁，效忠于阿克巴。接下来的内容让我受到了刺激甚至有些惊慌失措，因为接下来的几个段落介绍了早期冒险家幽灵队长和伯努瓦·德·布瓦尼。"

　　"这太让人惊讶了，福尔摩斯。这个巧合太奇怪了！这两个名字中的一个你曾在你的同伴晚上交谈的时候听到过，而另外一个正好就是你一个同伴的名字——"

　　"巧合，是的，华生，是个巧合，但是这个巧合只有一个。

他们的名字完全相同，但是他们绝不可能是那两个人。当然，这件事情我不会告诉伯努瓦，幸运的是，我看书的时候，他正在和一名图书管理员聊天儿。我合上了书，把这个信息存在我的脑海里，并且把它拿到了我思维工作的阁楼里，在那里，有两个幽灵队长，还有两个伯努瓦·德·布瓦尼。"

第十天傍晚，伯努瓦说，他们在这里待的时间已经够长的了，应该继续前进了。他说这番话的时候，声音似乎有些急迫。

三天后，他们到达了焦特布尔，停留了很短的时间后继续他们的旅行。也就是在那个时候，福尔摩斯发现，年轻的绍姆堡流露出了紧张情绪，这种紧张情绪渐渐地转变为怒气。看得出来，他在说话的时候强压着自己的怒气，倒霉的搬运工人成了他发泄的对象，犯一点点小错也会招来他的怒斥。伯努瓦偷偷警告那个家伙，要控制自己的情绪。福尔摩斯什么也没说，路上一直和他们保持一段距离并暗中观察他们的一举一动。看到绍姆堡的脾气与日俱增，福尔摩斯知道，他如此愤怒可能是因为自己，所以尽量避免这把火最后烧到自己头上，尽管最终可能不可避免。

第二天早晨，他们骑马穿过了焦特布尔，进入了拉吉布塔纳沙漠。沙漠一望无际，沙子非常细，一阵微风也足以把它们卷起来，吹到脸上，引起一阵不适。当时是冬天，天气在大部分时间里还算凉爽，但太阳很毒。偶尔有向东行驶的拖车经过。他们走过的痕迹马上便被黄沙掩埋。福尔摩斯想，如果这个时候突然刮起风暴的话，他们就会彻底消失，被永远地掩埋在一望无垠的沙海之中。

福尔摩斯这时已经知道，他们的行程其实是伯努瓦精心安排的，时间被控制得很精确，不过他为什么要这样做到目前为止还是一个谜。整个行程就像是被一只无形的手操纵着，他们按照那只手的安排一条一条地完成着它准备好的项目。福尔摩斯并没有抱怨什么，但绍姆堡的情绪越来越不稳定，时而安静时而愤怒，越接近目的地越焦躁不安，并且经常向伯努瓦发脾气。

距离他们的目的地还有两天时间时，他们的向导突然告诉他们，西边刮起了很大的沙尘暴，他们最好向北迂回一下，先到位于去重镇比卡内尔要塞的交通要道上一个叫巴普的城镇再转道向南。

伯努瓦告诉福尔摩斯和绍姆堡这个消息的时候，显得有些惊慌失措。

"尽管可能有些危险，但是我觉得，我们还是应该继续按照计划前进。"伯努瓦说，"沙尘暴也许明天就会过去。我们向北继续走的话就不会遇到它。"

"我尊重你的选择。"福尔摩斯说，"我没什么问题。"

不过，绍姆堡听到这个消息表现得非常恐惧。

"不，我讨厌沙漠上的风暴！"他激动地说，"我在北非见识过一次，所以我的意见是迂回一下。这样不会绕太远的路，但是我们会安全得多。"

"不，不能迂回。"伯努瓦异常冷酷地说，"我们按照计划继续前进。"

绍姆堡闭上了嘴巴，不再说话了。

于是，他们按照计划继续前行，没有绕路。几个小时之后，清晨的凉意消失了。太阳在蔚蓝的天空上残酷无情地折磨着他们。然而，还有比这个更糟糕的，他们前进的时候，拂面而过的微风渐渐地变得越来越强，他们的脸和手被扑面而来的沙子打得生疼。一场风暴即将来临，他们已经可以看到远处沙丘顶端被卷上半空的风沙。

这时候已经接近黄昏了，他们赶紧寻找避难所。向导带着他们走了没多久，看到了一座废弃的寺庙，他们赶紧躲了进去。

在此之前，福尔摩斯从来没有经历过任何能与之相比的场面。沙子在寺庙周围快速旋转，好像所有的空气都被抽走了一样。寺庙没有屋顶，他们只能把脸面向墙壁，缩在墙角。风力渐渐增强，狂沙开始在他们周围肆虐，沙子吹进了他们的眼睛和鼻孔，令人几乎无法呼吸了。

沙尘暴达到最强的时候，绍姆堡突然惊恐地大声尖叫：

"我们不能待在这里了！我们必须离开这里。走，快点儿！有人和我一起走吗？我们在这里继续待下去只能是等死！"

他猛地抓住福尔摩斯的胳膊试图拉着他走，但是福尔摩斯用力地反抗，让他没有得逞。绍姆堡站了起来，惊恐地大声尖叫着从寺庙冲进了沙尘暴之中。伯努瓦坐在那里一动不动。福尔摩斯跟着冲了出去，一把抓住了绍姆堡，用力地把他拉了回来。福尔摩斯和伯努瓦一起用力按着绍姆堡的头，让他面向墙趴下。绍姆堡已经崩溃了，满脸泪水，号啕大哭。伯努瓦向着他大吼，想让他平静下来，但绍姆堡仍然泪流满面。福尔摩斯假装什么都没听到。

沙尘暴退去的时候如同它来时一样突然。

福尔摩斯向外看了一眼。

沙尘暴已经过去了，外面除了炫目的白沙之外什么也没留下。

"最糟糕的时候已经过去了。"伯努瓦说。

"别和我说这个！"绍姆堡情绪激动地大声吼道，"我在撒哈拉沙漠已经受够这个了。你难道不记得了吗？这是最后一次——"

伯努瓦狠狠地抽了他一个耳光。

"记住你自己的身份——还有，想想我是谁！"伯努瓦恶狠狠地说。

绍姆堡顿时安静了下来，但仍闷闷不乐。三个人从寺庙出来，重新走进沙漠里。他们带来的所有东西都没有了，骆驼、水、食物、向导——所有的一切似乎都被淹没在滚滚黄沙之中。

"我们要死了！"绍姆堡说，"我就知道，这一次我们死定了！"

"闭嘴，你这个胆小鬼！"伯努瓦愤怒地大声吼道。

绍姆堡失声痛哭，伯努瓦用力地摇晃他，试图让他清醒过来，但是没有用。

他们发现距离他们几百码的地方有两处营火，立刻向那里走去。一群古扎尔牧人赶着他们的山羊和骆驼在那里宿营。他们说，他们在萨姆待了一天，避过了那场沙尘暴，他们的目的地是杰伊瑟尔梅尔市。他们为这些大难不死的旅行者们提供了食物和帐篷让他们过夜，并且告诉他们，愿意和他们一起前往那个沙漠城市。第二天黎明时分，他们骑着新的骆驼，开始了他们最后一段旅程。

他们在沙漠中走了两天时间，火辣辣的太阳一直在残酷地摧残着他们。第二天傍晚，他们终于到达了目的地——杰伊瑟尔梅尔。

"我永远也忘不了当我第一眼看到它时的感觉，华生。"福尔摩斯说，"我们在黄昏时分进了城市的主门并在城墙里侧支起了帐篷，此时我们已经疲惫不堪。城市里的人口稀少，城里的居民就像幽灵一样，穿着长长的白色长袍，戴着白色帽子，就连脸上都戴着白色的面具。"

四天之后，在接近傍晚的时候，福尔摩斯发现，他的两个同伴都变得非常激动，并且连门都不敢出。很明显，他们在等待什么，可能是在等待开始行动的信号。福尔摩斯找机会溜了出去，买了一件和当地人穿着的衣服一样的凉爽的白色棉布衣服，还买了一个面具。穿戴好之后，他爬上城墙。他向下看的时候，突然看见希瓦和其他两个赶骆驼的人坐在下面。在此之前，福尔摩斯一直以为，他们已经死在沙漠中或者失踪了。

他们并没有看到福尔摩斯。他们走后，福尔摩斯跳下城墙，悄悄地跟在希瓦身后。希瓦走得非常快，福尔摩斯差一点儿就把他跟丢了。他跟着希瓦来到当地一家旅店。看到希瓦进了一个房间，福尔摩斯为了不吓到他，轻轻地敲了敲他的房门。当希瓦打开门的时候，福尔摩斯摘下了自己的面具。一看到他，希瓦顿时脸色苍白，就好像见到了鬼一样。他试图反抗，但被福尔摩斯强行推进了他的房间。

"别害怕，希瓦。"福尔摩斯镇静地说道。接着，他告诉希瓦，尽管遭遇到了沙尘暴，他们仍然安全到达了杰伊瑟尔梅尔。

福尔摩斯说，他希望希瓦能告诉自己他知道的绍姆堡和伯努瓦的所有的事情。

"如果我和你说了，他们会杀了我的！"希瓦说。

"所以，你在那场沙尘暴中趁乱逃走了。他们以为你已经死了——你也以为我们三个人已经死了，对不对？"

"是的，我以为你们已经死了，以为自己终于重获自由了。我已经被伯努瓦奴役了三年了，不想再被他奴役了。"

"别害怕，希瓦，我和他们不是一伙的。和我说说你知道的事情。"

希瓦终于慢慢地冷静了下来。

"就在三年前,"他说,"我在孟买遇到了伯努瓦。我的家乡就是那附近的一个村子。那一年,我们遭遇了可怕的干旱,我的孩子挣扎在饿死的边缘。伯努瓦承诺给我一份很优厚的薪水。我和他一起来过拉贾斯坦邦三次。这次是我第四次来这里了。我们每年都在这个时候来这里,在杰伊瑟尔梅尔停留七天,然后去信德省的海德拉巴。他在那里和我分开后去卡拉奇,而我则返回孟买。

"我们每次在杰伊瑟尔梅尔停留的时候,他都会去曼多尔,然后从那里带回来许多沉重的袋子,但我一直不知道袋子里面装的是什么。我们第三次去的时候发生了一些事,我开始害怕了。去年我们在这里停留的时候,他们与一个叫幽灵队长的人进行了一次秘密会面。幽灵队长就是那个给他们袋子的人,来自杰伊瑟尔梅尔。每次见面时,幽灵队长总是从头到尾一言不发,头上戴着头巾,偶尔点一下头就算是应答了。后来一些仆人和工人告诉我,幽灵队长是弗朗茨的首领,是一个奇怪的人。他们的祖先在许多年前迁徙到这里,在这里拥有大量的土地。尽管很多个世纪过去了,他们仍然保持着自己的独立性。"

"那个幽灵队长住在什么地方?"

"就住在曼多尔中心位置的一栋大房子里。那里就是他的宫殿。"

"带我到那里去。"福尔摩斯说。

"我只能把你带到曼多尔的城墙边。据说曼多尔很容易进去,但要出来必须幽灵队长同意。"

他们从旅馆出来后,走到最近的城门边,然后搭乘一辆轻便

双轮马车前往十英里之外的曼多尔。车子在黑暗中行进的时候，福尔摩斯试图让希瓦再透露一些情况，但是大概因为车夫在旁边，所以希瓦一直保持着沉默。

马车到达曼多尔附近后，希瓦让福尔摩斯下了车，随后又坐着马车返回了杰伊瑟尔梅尔。

进城后，福尔摩斯走进了一家好像是咖啡馆一样的店铺里。里面的人都讲法语，但是夹杂着浓重的印度口音。福尔摩斯进来的时候，所有人都转过头来看着他，房间里顿时异常安静。福尔摩斯大声用法语说，他希望与"幽灵队长"见一面。正在吃晚餐的人们听到这句话立刻站了起来，快速地离开了，只剩下福尔摩斯和这里的老板。

福尔摩斯又把他的话重复了一遍。老板走到他身边，用当地的语言说："在曼多尔没有人叫幽灵队长。"

福尔摩斯知道他在说谎，所以决定离开这里。

他走到漆黑的街道上的时候，被一群拿着枪和棍棒的人围在了中间。这些人好像是城里的宪兵，说的方言福尔摩斯一句也听不懂。

"我是来见幽灵队长的。请立刻带我去见他！"福尔摩斯大声地说。

这些人押着福尔摩斯走进城里的一个小楼里。在一张桌子后面，坐着一个留着长长的白发的男子，除此之外，他还长着尖尖的胡子，和法国警察局探员的打扮几乎一样。

"你是谁？为什么到这里来？"他粗暴地用英语问道。

"我是谁和你无关，"福尔摩斯毫不退让地说，"但是如果你真的想知道的话，请看看这个。"

福尔摩斯把一份文件递给对方。这是驻印度总督保罗·利顿·史密斯的亲笔信，可以保证他平安无事地穿过整个印度次大陆。

对方接过了那封信。

福尔摩斯说："我希望见幽灵队长一面。"

看完信后，对方的脸上露出困惑的表情，然后说："好吧，如果你坚持的话，你会见到他的。这很容易。队长离这里不远，而且他见到陌生人会很高兴的。"

他们在一名士兵的陪同下穿过现在已经变得非常安静的城市。月光之中，福尔摩斯看到前方有座巨大的建筑物。那是一座巨大的宫殿，典型的拉其普特式建筑风格，但是花园和装饰品却是明显的欧洲式样。那位探员把福尔摩斯交给了一名哨兵，并且用当地方言向他下达了一个命令。哨兵带着福尔摩斯进了宫殿，然后把他带到一个不大的前厅里，让他在那里等着。

福尔摩斯等了好几个小时，尽管他处在不安全的环境中，但还是打起了瞌睡。黎明前，有人给他拿来了早餐和茶并通知他，队长很快就会接见他。

福尔摩斯被领着穿过一条走廊，走进走廊尽头的一个房间。他在早晨昏暗的光线中，模模糊糊地看见房间里有一个身材矮小的人坐在椅子上。他走过去之后，发现坐在那里的是一个个子不高并有些发福的中年女人，身上穿着印度公主的盛装。

她示意福尔摩斯在她旁边坐下，然后说："我就是幽灵队长。我听说你想见我。"

福尔摩斯吓了一跳，对此他毫无准备。

那个女人问："亲爱的朋友，你看起来好像有点儿惊讶，为什么呢?"

"是这样的，幽灵队长这个名字让我以为会碰到一位和你完全不同的人。"

"名字只是个称呼而已，并不意味着什么东西。"她说，"这是我祖先曾经用过的名字，我用它只是为了误导外面的人。我真名叫伊丽莎白·德·波旁，我是弗兰茨的女王和曼多尔的实际统治者。而你……"她扫了一眼面前的文件说，"你也不是一个普通的叫利顿·史密斯的英国旅行者。我的人已经查明，你是英国政府的特工夏洛克·福尔摩斯。"

"我的确是夏洛克·福尔摩斯，夫人，但我可不是什么政府的特工。我是一名私人侦探。至于我为什么会出现在这里，那说来话长了，我估计你不会对那些感兴趣的……"

"不，我对你很感兴趣，福尔摩斯先生，我的特工已经了解到很多你的情况。"她指了指那个文件，"你是个聪明的家伙，我已经久仰你的大名了。"

"谢谢夸奖，夫人，但我同样要说，你比我聪明多了。曼多尔和弗兰茨的秘密被你们很好地保护了起来，甚至连我们最好的东方学者也被瞒过去了，他们绘制了整个次大陆的地图，但是却不知道你和你的人民的存在。"

"这个秘密是保守得很好，但并不是绝对没人知道。"她说，"为了生存下来，我们不得不这么做。很少有人知道我们的存在，就连那些王公们也不知道我们在这里。我们的祖先曾经遭受了很多苦难，这教会了我们如何在一个充满敌视的环境中生存下去。我们靠自己的智慧生存了下来。"

"听你的名字，你应该是吉恩·德·波旁的直系后裔吧？"福尔摩斯问。

她微笑着说："你知道的事情远远超乎我的想象。是的，我是他的直系后裔，曼多尔人口最多的族群都是他的后裔。吉恩·

德·格朗，我们都叫他马哈吉恩，他是曼多尔的缔造者，阿巴克大帝的伟大战士。大帝把这个地方当礼物送给了马哈吉恩，让他和家人在这里定居。阿巴克大帝死后，杰伊瑟尔梅尔的国王带领军队攻击了马哈吉恩并杀死了马哈吉恩和他的许多家庭成员。他的大儿子皮埃尔一世带着幸存的人逃到了沙漠中的一个洞穴中，在那里，沙漠残酷的环境磨炼了他们的意志，让他们学会了坚强。然后，最神奇的事情发生了。在庆祝列·丁·德·拉的第九个拉坦，也可以称为第九个珠宝日，在你们的历法中应该是 1686 年 7 月 15 日，就在他们几乎要饿死的时候，在洞穴里发现了能让他们变得富有和强大的东西。"

她向福尔摩斯伸出了手，她的手上戴着一枚戒指，戒指上有一颗巨大的烁烁放光的宝石。

"这是世界上最大的红宝石。"她说，"皮埃尔一世最小的儿子埃米尔·列·帕蒂王侯发现了它，之后它就被每一个曼多尔的统治者戴在手上。后来，他们在洞穴里又发现了很多的宝石。通过卖各种各样的宝石，他们积累了大量的资金，他们利用这笔资金重建了自己的王国，并且花大价钱在从波斯和累范特甚至遥远的非洲雇了大量雇佣兵。我们变得越来越强大。弗兰茨人数量不多，只有不到一千人，但是我们的足迹从曼多尔开始，遍布了欧洲、美洲和远东。在瑞士和法国都有我们的据点，我们强大的间谍网络可以给我们提供我们需要的情报。皮埃尔三世认为，印度次大陆出现的英国势力对我们来说就是一场灾难，我们必须反抗英国人的暴政。所以，我们在全世界范围内支持反抗英国人的运动。我们还是拿破仑的主要支持者，一直在扶持法国和德国在非洲的势力，而且还会继续下去。"

"那么，伯努瓦和绍姆堡就是这个游戏中的一部分喽？"福尔摩斯问。

"你的确非常善于观察。你说得没错。你的那两位同伴绍姆堡和伯努瓦都是我们的人，他们在非洲对抗英国人的势力扩张。绍姆堡是一个货真价实的瑞士人，不过他在非洲出生并在那里长大，他决心彻底清除在非洲的英国人。他的家族在几年前遭到利安德·詹姆斯爵士率领的军队突袭，因此他对英国人有刻骨的仇恨，发誓彻底推翻他们的统治。"

"伯努瓦呢？"福尔摩斯问。

"他是一名在阿尔及利亚服役的外籍军团的士兵，他与绍姆堡不同。他对英国人没什么仇恨，他这么做只是在从事一名职业士兵的本职工作。"

"他们这次执行的任务是什么？"

"出口，不过他们出口的是来自印度的钻石和珠宝。这是他们第四次到曼多尔来。这一次，他们将带着价值几百万英镑的裸钻，前往君士坦丁堡的市场并在那里将它们出手，获得的资金将用于支持反抗军的财政。这些钻石是我们的礼物。"

"那么你们会得到什么回报呢？"福尔摩斯用嘲讽的口气问。

那位女士笑了："是的，你说得没错，我们确实期待某种回报，很简单的回报。"

她按了一下铃，一个仆人走了进来。她用当地的方言对他说了几句话。

过了没一会儿，那个仆人回来了，在他身后跟着伯努瓦和绍姆堡。他们看到福尔摩斯的时候并没有表现得十分惊讶，反而露出了相当愉快的笑容。

"啊哈，亲爱的罗杰。"绍姆堡说，"就像我一直猜测的那样，你是一个英国间谍。"

"不，并不完全是。我是一个自由职业者。我不为英国政府或者任何其他人服务。但是，尽管我不为任何人服务，我也不喜欢你们在印度次大陆从事的活动。你们应该结束这一切了。"

绍姆堡脸上的笑容消失了，变成了极度憎恨的表情。他转头对伯努瓦说："你看，你看，我在通克的时候就警告过你，但是你不听。"

伯努瓦没有搭理他，泰然自若地面对着同伴的指责，只是对队长说："我们的货物什么时候可以装好并运走？"

"已经准备好了。不过我们在拉合尔的特工报告说，在海德拉巴发生了骚乱，英国人在到卡拉奇的主要道路上布置了几千人的部队。你们可能要推迟五天才能离开。"

绍姆堡一听这话变得非常激动。

"我们最晚明天早晨必须离开，否则就赶不上我们在卡拉奇安排的船了……"

"冷静一点儿，绍姆堡先生。你太激动了。"幽灵队长说，"我们已经安排好了。你们的船会在那里等你们。现在，先生们，我们获得的那份酬金的文件在什么地方？"

"是不是让我们的英国朋友离开一下再谈这个问题？"伯努瓦问。

"不用担心。我们的朋友永远也不会离开曼多尔了。他将成为我们永远的客人。他知道得再多也没有关系。"

"既然这样，那么好吧。"伯努瓦继续说，"这里是一份官方的机密文件，由法国内务部和被布尔人承认的公司共同签署，授权布鲁塞尔的莱斯伯爵兄弟，拥有在法属阿尔及利亚地区和布尔人的纳塔尔及德兰士瓦省地区的采矿权。莱斯伯爵兄弟公司就是曼多尔的弗兰茨的独家代理人和代表。"

伯努瓦把文件交给了幽灵队长。她仔细地把这份文件阅读了一遍。

"文件没什么问题。"说完，她接过仆人拿来的笔，在文件上签了字，并把文件还给了伯努瓦。

"现在，伯努瓦和绍姆堡，我的朋友，接下来的几天里，你们可以休息一下，但请随时做好出发的准备。我们的人将会带你们通过一条秘密路线到达卡拉奇。我们为你们的旅行制订了详细的计划，以保证你们将珠宝安全送达君士坦丁堡。"然后，她转过头来看着福尔摩斯，"而你，我的朋友，你将会是曼多尔永远的客人。你可以随意在城市里闲逛，但是不要试图从这里逃走。我们在边境有很负责任的巡逻队，除非获得我的允许否则没人可以离开这里。不过，我可以提供给你优越舒适的生活。我们会尽量善待我们的客人。你有什么要求请告诉我，我会很荣幸地尽量满足你的要求。"

"福尔摩斯，我现在特别想知道这个历险故事最后是怎么结束的。"

福尔摩斯缓缓地扫视了一遍房间，然后他用欢快的语气说："接下来发生的事情令人十分意外。华生，在博物馆街有一家新开的土耳其餐馆，如果我们现在到那儿尝尝一些稀有的来自累范特的美味，再开上一瓶叙利亚的红酒之后，我就能把这个故事讲完了。走吧，我们快点儿去吧。刚才说的话太多了，我都有点儿饿了。"

在我发出抗议之前，福尔摩斯已经从椅子上站了起来，用最快的速度披上他的大衣逃走了。

我们以最快的速度在几分钟之内就赶到了大英博物馆前面，

然后从博物馆街向右转，走进了福尔摩斯说的那家不大的土耳其餐馆。

品了一口让他极为赞赏的干红酒之后，他再次打开了话匣子："在曼多尔停留的最初几天时间里，我完全被隔离了，除了送饭的仆人看不到别人。绍姆堡和伯努瓦好像失踪了一样，连那个幽灵队长也没了影子。我在紧邻我房间的花园里锻炼身体，并且还读了几本糟糕的小说。我知道，逃跑是一件很困难的事情，但是我必须从那里逃出去。我能从花园走到宫殿的围墙上，在那里鸟瞰整个城市。附近没有卫兵也没有巡逻队，但是宫殿对面的哨兵能看到我的一举一动。无论白天还是夜里，没有人能逃过他们的眼睛。我从仆人那里得知，绍姆堡和伯努瓦还没有出发。我必须阻止他们继续下去。在接下来的时间里，我慢慢等待着时机。"

几周时间过去了。在那段时间里，福尔摩斯很少到处乱闯。他花了不少时间制订逃亡计划。最后，他终于有了一个计划，但是这个计划风险很大，并且有可能无法实施。

终于有一天，福尔摩斯被带到了幽灵队长的房间里。

"你应该还记得……"她说话的语气带着一点儿消遣的味道，"我曾经承诺，你会在这里过得非常舒服。我很遗憾，在此之前你被关在一个单独的房间里很长时间。不过，我的人为了准备你的永久住处花了不少时间，比我想象的慢得多。现在你可以去那儿了，我相信，在未来的日子里你会对那里感到满意的。"

"她微笑着说着这番话，"福尔摩斯说，"就好像她的恶作剧得逞了一样。我微微鞠了一躬，然后跟着仆人去了我的新住处。在路上我一直都在思考，从一个东方女王的眼光来看，她会为英国人准备一个什么样的天堂呢？仆人带着我走到一扇门前并且给了我一把钥匙，然后独自离开了。我一看到那把钥匙，就猜到了她做了什么。我打开了门，华生，我就好像走进了我们的公寓一样，那是一个我们住的公寓——贝克街221B的复制品。我哈哈大笑，把钥匙扔到桌子上，坐在舒服的椅子上，拿起我的小提琴。我们住的公寓的所有细节都被完美地复制了下来，他们在短短几周的时间之内就完成了这项卓越的工程，我不得不对弗兰茨和他们的间谍感到惊讶。很显然，曾有人偷偷地进入过我们的公寓并记录下了里面的每一个细节，可能还拍了照片，然后让人照原样建了一个。华生，不仅有我们的桌子和椅子，还有我的烟斗和烟丝、波斯拖鞋、我的可卡因瓶子和注射器，就连我们住在那里造成的一点点邋遢的细节他们都没有放过。我看到这一切的时候忍不住笑了，因为我当时产生了一种错觉，就好像我已经摆脱困境并且奇迹般地回到了伦敦。"

不过，福尔摩斯很快就冷静下来，开始仔细地观察我们的住处和这个复制品之间的不同之处。他看了一遍之后注意到，墙上的画并不符合我们的品位。除此之外，他的手枪和他收藏的那些刀以及那些有毒的实验品这里都没有，毫无疑问，这是一种必要的预防措施，因为他其实是一名囚犯。

这时传来了一阵敲门声。福尔摩斯打开门，看到绍姆堡和伯努瓦站在外面。

"幽灵队长让我们来拜访你并且向你辞行，我们今天晚上就要离开这里了。"

"进来吧，我亲爱的朋友，欢迎你们来到我在伦敦的住所。"

他们进入房间的时候，福尔摩斯能够看到他们的脸上满是惊奇的表情。

"还不赖，尤其是对这个被上帝遗弃的地方来说。"绍姆堡说。

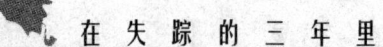

伯努瓦还是像平常一样沉默。福尔摩斯仔细地观察着他。伯努瓦仔细地浏览了一遍整个房间，目光偶尔还会在某件物品上停留一下。

接着，他们像朋友一样坐下来聊天，好像马上就要分开并且再也见不到对方了一样。

"我们在一起经历了很多……"绍姆堡说，"很遗憾，在这场可恶的战争中，我们是对立的两方。我会想念你的，我的朋友。请允许我再次感谢你在那场可恶的沙尘暴中拉了我一把。"

"这是我应该做的，亲爱的小伙子。就因为我们是对立的双方，我们就什么都不做了吗？"

伯努瓦看了看他的表。

"现在天快要黑了，我们快要走了。我们将在几个小时之后离开。"他说，"摸黑前进直到早晨。我们将躲过英国的巡逻队，安全地抵达信德。"

绍姆堡和伯努瓦离开之后，福尔摩斯正在考虑是将自己的计划付诸行动还是继续等待机会，突然传来了一阵敲门声。福尔摩斯的眼睛落到了一边的可卡因和注射器上。

福尔摩斯打开了门。伯努瓦走进屋，显得有些惊慌失措。

"你必须帮帮我！"他说。

"你要我怎么帮你？"福尔摩斯问。

"在赶路的时候，我需要你的可卡因。"

"你会拥有它的。"福尔摩斯说。

福尔摩斯抓住机会，在伯努瓦改变主意之前，用注射器将可卡因注射进了伯努瓦的胳膊。伯努瓦丝毫没有反抗，几乎立刻就进入了恍惚状态之中。福尔摩斯将伯努瓦扶到沙发上，然后开始

行动。在对我们的住处进行复原的时候，幽灵队长的手下并没有想到他们复原的某些东西有什么作用。福尔摩斯发现，他的大部分用来化装的装备都在这里，假发、粉末以及所有用于变换身份的设备样样齐全。他快速地将伯努瓦伪装成自己的样子，然后和伯努瓦换了衣服，把自己伪装成伯努瓦的模样。他在镜子前看了很久，最后微微一笑，因为他的化装非常成功，现在和伯努瓦很相似，即使是绍姆堡在黑暗中都认不出他来。接着，他给幽灵队长写了一个便条，别在伯努瓦的衬衫上："为感谢您热情的款待，我给您留下了一件礼物。这可能是一件复制品中的复制品，不过我相信，这是所有复制品中最好的一个。夏洛克·福尔摩斯。"

福尔摩斯跑到门口的时候遇到了绍姆堡。两个人沉默地上了他们的拖车，开始了他们的长途旅行。他们穿过城门并且进入沙漠几英里之后，福尔摩斯暗暗松了一口气，然后悄悄地返回了杰伊瑟尔梅尔，向英国当局汇报了绍姆堡的队伍的有关情况。在他们进入信德的那天早晨，这一伙人被逮捕了。

夏洛克·福尔摩斯的复制品醒来之后，被一个感觉莫名其妙的仆人带到了幽灵队长那里。那个人开始还以为伯努瓦生病了导致样子有点儿变化。

幽灵队长看到伯努瓦胸前的便条，立刻就明白发生了什么事，在我们的士兵逮捕她之前逃走了。据说，幽灵队长后来逃到了南非。

"那么弗兰茨呢？那些曼多尔城里剩下的人怎么样了？"我问。

"他们中的很多人后来迁徙到印度的其他地方去了，还有一些人，华生，据我所知已经来到了英格兰，并且悄悄地混进了上流社会。他们的城市已经被捣毁了，仅剩下一个不再生产宝石的

深坑。考虑到我是导致那里毁灭的罪魁祸首，我怀疑我听到的那些关于弗兰茨的最后消息是否是真实的。幽灵队长可不是轻易能忘记仇恨的人。"福尔摩斯沉默了一会儿，然后说，"华生，还有一件事，绍姆堡就是在莱辛巴赫瀑布向你传达假消息的那个瑞士小伙子，尽管他的模样有所改变，但我还是能认出他来。"

"天啊，福尔摩斯，我早就该注意到这一点。你是什么时候认出他来的？"

"我看到他第一眼时就把他认出来了，华生。这就是我决定和他们一起旅行的原因。但是，绍姆堡认出我的时候已经太晚了，可能是因为他在瀑布和我接触的时间太短了。他后来从奎达的监狱里逃走了，目前仍然逍遥法外。我毫不怀疑，他会在某一天出现在我的面前，但是只有天知道在什么时候。"

合同登记号：图字 01 - 2014 - 0564

在失踪的三年里

The Oriental Casebook of Sherlock Holmes

This edition arranged with Pegasus Book LLC

through Andrew Nurnberg Associates International Limited

图书在版编目（CIP）数据

在失踪的三年里／（美）里卡迪（Riccardi，T.）著；刘鑫译 . —北京：群
众出版社，2015.7

（福尔摩斯归来探案集）

ISBN 978 - 7 - 5014 - 5382 - 5

Ⅰ. ①在…　Ⅱ. ①里…②刘…　Ⅲ. ①长篇小说—美国—现代

Ⅳ. ①I712. 45

中国版本图书馆 CIP 数据核字（2015）第 137835 号

在失踪的三年里

（美）泰德·里卡迪　著　刘　鑫　译

出版发行：群众出版社

地　　址：北京市丰台区方庄芳星园三区 15 号楼

邮政编码：100078

经　　销：新华书店

印　　刷：北京通天印刷有限责任公司

版　　次：2015 年 8 月第 1 版

印　　次：2015 年 8 月第 1 次

印　　张：9. 5

开　　本：880 毫米×1230 毫米　1/32

字　　数：215 千字

书　　号：ISBN 978 - 7 - 5014 - 5382 - 5

定　　价：30. 00 元

网　　址：www. qzcbs. com

电子邮箱：qzcbs@ sohu. com

营销中心电话：010 - 83903254

读者服务部电话（门市）：010 - 83903257

警官读者俱乐部电话（网购、邮购）：010 - 83903253

文艺分社电话：010 - 83903973